Alle meine Töchter

Roman zur gleichnamigen ZDF Fernsehserie

Andreas Buchwieser

Familienbande

BSV
Burgschmiet Verlag

Die Deutsche Bibliothek - CIP Einheitsaufnahme
Ein Titeldatensatz für diese Publikation ist bei der Deutschen Bibliothek erhältlich.

ISBN 3-933731-70-4 – 1. Auflage 2001
Covergestaltung: Katharina Hitz
Satz: Reiner Swientek Fotosatz

Burgschmietstraße 2-4
90419 Nürnberg

PRINTED IN GERMANY

INHALT

NOTFÄLLE

Das einzige Adelige an Adrian von Freistatt war sein Name. Er hatte weder Anstand noch Manieren und machte sich ein Vergnügen daraus, seine Familie durch sein unflätiges Verhalten zu brüskieren. Adrians Leidenschaft gehörte dem Glücksspiel, schnellen Autos und Frauen, und zwar in dieser Reihenfolge. Diese drei Dinge würden ihn eines Tages auch ruinieren, befand die blaublütige Gesellschaft naserümpfend und wandte sich von ihm ab.

Adrians einzige Stütze war seine deutlich ältere Schwester Elisabeth von Wettenberg, was ein gewissermaßen Kuriosum darstellte, denn niemand führte das Wort „standesgemäß" so oft im Mund wie die Adelsdame mit dem rostroten Haar. Aber sie hatte an ihrem kleinen Bruder nun mal einen Narren gefressen und wollte ihn um jeden Preis wieder salonfähig machen.

Dazu schien ihr die bevorstehende Taufe ihrer Enkelin eine willkommene Gelegenheit. Wohlweislich sagte sie Adrian, der nach einem Rennunfall mit gebrochenem Arm und gequetschtem Bein im Krankenhaus lag, erst Bescheid, nachdem sie schon alles in die Wege geleitet hatte. Seine Reaktion fiel wie erwartet aus.

„Bist du verrückt?", fuhr er sie von seinem Krankenbett heraus an. „Du weißt genau, was ich von den Pfaffen halte. Und da soll ausgerechnet ich Taufpate sein? Ich muss mich schon sehr über dich wundern, Eli."

Elisabeth biss sich auf die geschminkte Unterlippe. Sie wusste von Adrians bitteren Erfahrungen mit der Geistlichkeit, die er in einem von Dominikanern geleiteten Internat gemacht hatte. In diesen Erlebnissen sah sie nicht nur die

Ursache für seinen Hass auf alles, was mit Kirche zu tun hatte, sondern überhaupt dafür, dass er im Leben gescheitert war.

„Ich weiß genau, was du vorhast", fuhr Adrian fort. „Du willst das schwarze Schaf wieder in den Schoß der Familie zurückführen. Als nächstes soll ich dunkle Anzüge tragen, in irgendeinem Büro arbeiten und zuletzt ein blasses Adelsfräulein heiraten. Schmink dir das lieber mal ab, Schwesterherz. Nicht mit mir!"

Elisabeth konnte schwerlich widersprechen, denn sie stellte es sich in der Tat genau so vor. Deshalb erwiderte sie nichts darauf und sagte stattdessen: „Du kannst nicht mehr zurück, Adrian. Du bist offiziell als Mariechens Taufpate benannt. Oder willst du mich etwa vor allen blamieren?"

Adrian zog die dichten dunklen Brauen zusammen und sah sie provozierend an. Elisabeth wurde klamm bei seinem Blick, der sie daran erinnerte, dass Adrian noch nie ein Problem damit gehabt hatte, sich und andere vor der ganzen Verwandtschaft zu blamieren.

Weder bei Sylvie noch bei Beat von Wettenberg, den Eltern des Täuflings, hatte Elisabeth mit ihrem Drängen Adrian zum Taufpaten zu bestellen, große Begeisterung ausgelöst. Sie kannten Adrian nur zu gut, denn der Schmarotzer war ihnen lange genug auf der Tasche gelegen. Und jetzt sollte ausgerechnet er mit Sylvies Schwester Patty Taufpate ihrer Tochter sein? Aber Beat glaubte wie so oft seiner Mutter den Wunsch nicht abschlagen zu können, und Sylvie fügte sich in ihr Schicksal.

Da Beat für ein paar Tage geschäftlich nach Prag verreist war, übernahm Sylvie in dieser Zeit allein die Vorbereitungen der Taufe. Sie wünschten sich beide, dass Weihbischof Roman Rottmann die Zeremonie durchführen sollte. Obwohl nicht verwandt, gehörte der für seine Verschmitztheit und seinen ironischen Humor bekannte Geistliche praktisch zur Familie

Sanwaldt, deren Spross auch Sylvie war. Dass er ein Nachbar der Sanwaldts war, kam der jungen Mutter wieder einmal sehr gelegen, denn so konnte sie, ehe sie „Onkel Roman“ aufsuchte, ohne große Umstände Marie bei ihrer Stiefmutter Margot vorbeibringen und bei dieser Gelegenheit auch gleich einen kleinen Plausch halten.

Natürlich war die bevorstehende Taufe der einzige Gesprächsgegenstand der beiden Frauen. Margot, eine attraktive Mittvierzigerin, begutachtete das Taufkleid und hörte sich Sylvies Klagen über Adrians wohl unvermeidliche Patenschaft an. Sylvie, die Margot in einem Sessel gegenübersaß, ertappte sich dabei, wie sie ihre Stiefmutter, die Marie auf dem Schoß sitzen hatte, musterte. Kaum zu glauben, dachte sie, dass eine Frau, die in ihrem Leben so viel Schlimmes erfahren musste, eine solche Freude und einen derartigen Optimismus ausstrahlte. Fünfzehn Jahre hatte Margot unschuldig im Gefängnis gesessen. Sie wurde wegen eines Mordes verurteilt, den sie nicht begangen hatte. Und vor kurzem erst hatte sie eine schwere Krebserkrankung überstanden. Trotzdem war keine Spur von Bitterkeit an ihr. Ihre blauen Augen strahlten und die Mundwinkel umspielte stets ein heiterer Zug.

Nachdem die wichtigsten Neuigkeiten ausgetauscht waren, stattete Sylvie Roman Rottmann im Nachbarhaus einen Besuch ab. Der Weihbischof fühlte sich geehrt, dass das junge Elternpaar sein Mariechen von ihm taufen lassen wollten. Er stellte allerdings eine Bedingung. „Die Taufe ist nicht nur ein Familienfest“, gab er zu bedenken, „sondern vor allem ein Sakrament. Deshalb möchte ich euch und auch die Taufpaten bitten an der Taufvorbereitung teilzunehmen, die jede Pfarrei anbietet.“

„Dagegen ist nichts einzuwenden“, erwiderte Sylvie.

Nach einer Weile verabschiedete sie sich von Rottmann, holte ihr Kind bei Margot wieder ab und ging nach Hause.

Sie war kaum aus dem Wagen gestiegen, als sie laute, hämmernde Musik hörte. Es schien so, als käme sie aus ihrem Haus, was aber unmöglich sein konnte.

Als sie die Villa betrat, wurde sie eines Besseren belehrt. Der Blick ins Wohnzimmer ließ sie fast erstarren. Ihr angeheirateter Onkel Adrian saß in einen Sessel hingefläzt und stopfte seine Backen mit einem Stück Pizza voll, von dem das Öl auf die Tischdecke tropfte. Nicht, dass ihn das im Mindesten bekümmert hätte. Wie ist der denn hereingekommen? fragte sich Sylvie. Vermutlich hatte Beat den Schlüssel nicht von ihm zurückverlangt, nachdem sie ihn bei seinem letzten Besuch hinausgeworfen hatten.

Mit großen Schritten stürmte Sylvie zur Stereoanlage und stellte die Musik ab. Ihre großen braunen Augen schossen wütende Blitze auf den ungebeten Gast ab. Der ließ sich nicht im Geringsten davon beeindrucken.

„Bist du übergeschnappt?", fuhr sie ihn an. „Was machst du hier?"

„Man hat mich heute aus dem Krankenhaus entlassen", entgegnete er gleichmütig.

„Die wollten dich vermutlich auch so schnell wie möglich loswerden." Sie trat vor ihn hin. „Verschwinde von hier. Wir haben keine Lust, dich schon wieder durchzufüttern."

Adrian zog gleichgültig die Brauen hoch und stopfte ein neues Stück Pizza in sich hinein. Sylvie ging zum Telefon und rief ein Taxi. „Wenn es da ist, verschwindest du, klar?", sagte sie scharf, während sie auflegte. Dann wandte sie sich ab um ihr Baby zu versorgen.

Kaum war sie damit fertig, da klingelte es. Das Taxi. Noch immer machte Adrian keinerlei Anstalten sich aus dem Sessel zu erheben. Sylvie war auf hundertachtzig. „Na schön", zischte sie, „dann rufe ich jetzt die Polizei. Was du hier machst, ist nämlich Hausfriedensbruch."

Erst als sie die Nummer schon gewählt hatte, stand er endlich auf und kam zu ihr. Sylvie gab ihm Geld fürs Taxi und brachte wegen seines eingegipsten Armes sogar sein Gepäck nach draußen. Um ihn loszuwerden, und zwar so schnell wie möglich, war ihr alles recht.

Böse sah er sie an. „Diesmal hast du gewonnen", sagte er. „Aber ich bin Spieler und ein Spieler sucht immer die Revanche. Mach dich auf was gefasst."

„Ph!", machte Sylvie. Sie war nicht der Typ, der sich Angst einjagen ließ.

Seit Margot von ihrer Krebserkrankung genesen war, trat sie in ihrer Firma, die wie ihr Produkt *Margosan* hieß, ein wenig kürzer. Doch zur Kur zu gehen, wie es ihr die Ärzte rieten, konnte sie sich nicht entschließen. Dabei hatte sie mit Johannes Hängsberg einen verlässlichen, kompetenten Teilhaber, in dessen Hände sie die Leitung der Firma bedenkenlos legen könnte.

An diesem sonnigen Morgen befand sich Johannes allein e in der Firma. Zumindest so lange, bis seine impulsive junge Frau Afra hereinstürmte. Wenn man sie sich in ihrem knapp geschnittenen Oberteil und der Figur betonenden Stretch-Hose so ansah, fiel es schwer zu glauben, dass sie noch vor nicht allzu langer Zeit eine Nonne gewesen war. Wie sehr sie ihren Lebensstil aber auch verändert haben mochte, in einem war sie sich treu geblieben: ihrem vernunftbetonten, manchmal energischen Wesen, dem Johannes sich nur schwer widersetzen konnte, und das mit einem unbestechlichen Perfektionismus eine ungute Verbindung eingegangen war.

Auch an diesem Tag gelang es Afra, ihr Ansinnen mit charmanter Hartnäckigkeit bei ihrem Mann durchzusetzen. Sie wollte einen Ausflug machen, und zwar in die Berge. „Wir könnten Sonja besuchen", sagte sie. „Nach dem Tod ihres

Mannes kann ihr ein bisschen Abwechslung bestimmt nicht schaden."

„Da bin ich aber platt!", rief Johannes erheitert aus. „Wenn ausgerechnet du mich daran erinnerst, dass ich mich um eine frühere Intimfreundin von mir kümmern soll, muss schon etwas Gewaltiges dahinter stecken."

Afra lächelte hintergründig. „Allerdings", sagte sie. „Ich erkläre es dir im Wagen."

Im Geländewagen rauschten die beiden über die Autobahn Richtung Süden. Die Luft war klar, sodass sich schon kurz hinter München ein wundervolles Bergpanorama vor ihnen auftat. Aber weder Johannes noch Afra hatten Augen dafür. Afras glanzvolle Idee nahm sie ganz in Beschlag. Mit Staunen, ja Bewunderung lauschte Johannes ihren Worten.

„Sonja ist doch Frauenärztin", erklärte sie gestikulierend, „und ihr Mann war Landwirt. Ich kann mir nicht vorstellen, dass Sonja den Hof weiter bewirtschaften wird. Sie wird ihn verpachten."

„Verstehe. Und du willst ihn pachten und Bäuerin werden." Das hätte eigentlich ein Scherz sein sollen. Umso überraschter sah Johannes Afra an, als sie erwiderte: „Genau!" Sie stellte aber gleich klar: „Natürlich will ich nicht selber Bäuerin werden. Aber den Hof pachten, das schon."

„Und was willst du damit anfangen?"

Gespannt hörte Johannes seiner Frau zu. Ihr Plan entwickelte sich vor ihm mit einer Selbstverständlichkeit und Plausibilität, dass er sich wunderte, warum er nicht selbst darauf gekommen war. Afra überraschte einen eben immer wieder.

Überrascht war auch Sonja über den unerwarteten Besuch. Der Schmerz über den Verlust ihres geliebten Mannes hatte sich tief in ihr Gesicht gegraben. Ihren sonst so strahlenden rehbraunen Augen fehlte der Glanz, das sonst so rosige Gesicht wirkte blass.

Sie führte Johannes und Afra auf dem Hof herum, der zwischen buntgesprenkelten sattgrünen Wiesen gelegen war und hinter dem sich gewaltige Bergmassive erhoben. Selbst angesichts von Sonjas Trauer fiel es Afra schwer, ihre Begeisterung über ihren Plan, den sie der Ärztin allerdings noch nicht offenbart hatte, zu verbergen. Nach dem Rundgang lud Sonja die beiden auf eine Tasse Kaffee ein, die vor dem Haus eingenommen wurde.

„Wollt ihr mir nicht endlich verraten, warum ihr euch für den Hof interessiert?“, fragte Sonja. „Du willst doch nicht etwa Ökobauer werden, Johannes?“

„Im Prinzip schon“, entgegnete Johannes strahlend. „Wir...“ Er konnte nicht zu Ende sprechen, denn Afra fiel ihm ins Wort. Sie war nicht zu bremsen. „Bisher sind wir für die Herstellung unseres Schlankheitsmittels auf unsere Lieferanten und ihre Versprechungen angewiesen“, erklärte sie. „Wenn wir die Kräuter, die wir brauchen, selbst anbauen, können wir auch für deren Qualität garantieren. Ich habe mich informiert. Klima und Bodenzusammensetzung sind hier ideal.“

„Sehr tüchtig, deine Frau“, sagte Sonja zu Johannes. Fast ein wenig zu tüchtig, dachte sie dabei.

Stolz legte Johannes seinen Arm um Afras Schultern. Sie schmiegte sich an ihn und strich mit einer koketten Geste ihr langes braunes Haar hinters Ohr. Die beiden wirkten wie die Verkörperung reinsten Glücks. Das Sonja ihnen auch gönnte. Trotzdem schmerzte sie dieser Anblick, da sie doch ihr Glück erst vor kurzem verloren hatte.

Spätnachmittags fuhren Johannes und Afra wieder nach München. Ihr kleiner Ausflug war ein voller Erfolg geworden. Auch wenn Sonja noch nicht definitiv zugesagt hatte, so deutete doch alles darauf hin, dass sie sich einverstanden erklären würde. Der Hof war nur noch ein belastendes Stück

Erinnerung für sie, von dem sie sich am besten so schnell wie möglich trennte.

Zurück in ihrer Villa, sah Afra zuerst nach Jenin und Job, den beiden Kindern, die Johannes aus seinen ersten beiden Ehen mitgebracht hatte und um die Afra sich auf vorbildliche Weise kümmerte. Der Babysitter hatte sie eben zu Bett gebracht. Als Afra zurück ins Wohnzimmer kam, sah sie, wie ihr Mann gerade zum Telefonhörer griff. „Was machst du da?", fragte sie.

„Ich rufe Margot an um ihr alles zu erzählen."

„Das solltest du besser lassen." Ihre Miene wirkte plötzlich unbewegt und kalt.

„Also, damit das klar ist", sagte Johannes ohne den Telefonhörer hinzulegen, „Margot und ich waren stets offen und fair miteinander. Dabei soll es auch bleiben. Ich werde keine geschäftlichen Alleingänge hinter ihrem Rücken unternehmen."

Afra trat zu ihm, nahm ihm den Hörer aus der Hand und legte ihn auf die Gabel. „Ich schätze Margot sehr", sagte sie, „aber du darfst zwei Dinge nicht vergessen."

„Und die wären?"

Afra wusste, dass sie sich auf immer dünner werdendes Eis begab. Johannes konnte manchmal von einer für einen Geschäftsmann überraschenden Naivität sein und es tat weh, wenn einem die ungeschminkte Wirklichkeit vor Augen gehalten wurde. Trotzdem musste es sein. „Margot war schwer krank", sagte sie. „Niemand weiß, ob sie den Kampf gegen den Krebs wirklich gewonnen hat."

„Was willst du damit sagen?"

„Soweit ich weiß, hat Margot bis jetzt kein Testament gemacht. Im Falle ihres Todes würde ihr Anteil an der Firma ihrem Mann Berthold Sanwaldt zufallen. Und ihrer Tochter Verena, die von einem Vormund vertreten werden müsste, der nicht Berthold sein dürfte. Wegen möglicher Interessenskollisionen. Eine ziemlich unkalkulierbare Konstellation, wenn du mich fragst. Hinzu kommt, dass Margot die alleinigen Rechte auf die Rezeptur für euer Schlankheitspräparat *Margosan* hat. Du brauchst sie, aber sie braucht dich nicht. Es könnte irgendwann dazu kommen, dass sie oder einer ihrer Erben dich ausbezahlen will. Und du glaubst doch nicht allen Ernstes, dass du dann wirklich das rausbekommst, was du reingesteckt hast."

Mit wachsender Fassungslosigkeit hatte Johannes bisher zugehört. „Du hast ja wirklich an alles gedacht", sagte er jetzt mit Bitterkeit in der Stimme.

Afra überhörte den Unterton, fasste seine Worte als Bestätigung auf. „Allerdings", sagte sie selbstbewusst. „Wenn du die Kräuter anbaust und dafür sorgst, dass Margot von dir abhängig wird, habt ihr zumindest eine Patt-Situation."

Johannes spürte eine Beklemmung in der Brust. Er zog seinen Krawattenknoten auf, weil er Angst hatte zu ersticken. „Begriffe wie Vertrauen oder Familienbande kommen in deinem Vokabular wohl nicht vor, oder?", sagte er provozierend.

„Nicht, wenn es ums Geschäft geht", konterte Afra kühl. „Außerdem vergisst du, dass du mit den Sanwaldts nicht richtig verwandt bist. Du warst mal ihr Schwiegersohn. Aber seit Annas Tod bist du gar nichts mehr." Afra empfand eine geheime Lust daran, seine Illusionen zum Platzen zu bringen, denn Naivität war ein Charakterzug, den sie nicht ausstehen konnte.

Johannes indessen entdeckte an ihr eine Seite, die ihm bisher verborgen geblieben war. Er hatte seine Frau schon immer für einen reinen Verstandesmenschen gehalten, aber nicht gedacht, dass eine Zynikerin in ihr steckte. „Ich muss mal an die frische Luft", sagte er angewidert, wandte sich auf dem Absatz um und verließ das Haus. Am liebsten wäre er für immer weggelaufen. Aber er liebte Afra so sehr, dass er nicht mehr ohne sie leben konnte.

Es war schon spät, als Johannes wieder nach Hause kam – in einem schrecklichen Zustand. Besorgt hatte Afra auf ihn gewartet. Seine Alkoholfahne war schon auf mehreren Metern Entfernung zu riechen. Sie hatte ihn noch nie so gesehen. „Wo warst du?“, fragte sie.

Johannes antwortete nicht, sagte nur mit schwerer Zunge: „Ich hab nachgedacht... über alle *Eventualitäten*...“ Es klang resigniert. Offenbar gab er seinen Widerstand auf. Ohne sie anzusehen ging er an seiner Frau vorbei zur Treppe und verschwand nach oben. Afra sah ihm vom Treppenabsatz aus nach und rief vorwurfsvoll: „Was ist denn so schlimm daran, wenn man seinen Verstand benutzt?“

Am selben Abend bereiteten sich Berthold und Margot Sanwaldt auf einen Konzertbesuch im Herkulessaal der Münchner Residenz vor. Berthold stand schon längst im Anzug und mit Fliege da, als Margot noch immer nicht wusste, was sie anziehen sollte. Kornblumenblau? Oder doch lieber etwas Dunkles? Was passte besser zu Strawinsky? Margot ließ einen verzweifelten Blick durchs Schlafzimmer schweifen, in dem überall Kleider und Kostüme herumlagen. Berthold sah ihr amüsiert zu. „Nun geh schon nach unten“, schimpfte seine Frau ärgerlich, „du machst mich ganz nervös, wenn du so dastehst.“

Während Berthold sich ins Wohnzimmer verzog, deodorierte Margot sich mit einem Deoroller die Achseln. Plötzlich hielt sie inne. Ihr war, als habe sie etwas gespürt. Vorsichtig tastete sie die Achsel ab. Tatsächlich! Da war etwas. Eine Verdickung!

Margots Herz setzte aus. Angst befiel sie. Düstere Momente ihres Lebens wurden schlagartig lebendig. Der Augenblick, in dem sie den ersten Knoten in ihrer Brust gespürt hatte. Und dann die vernichtende Diagnose: Krebs!

„Berthold!", rief sie und rannte nach unten. Tränen rannen über ihre erhitzten Wangen mit den vielen kleinen Sommersprossen, zu denen rötliche Hitzeflecken traten, die Margot immer bekam, wenn sie sich aufregte.

Berthold stand im Wohnzimmer. Er hatte sich eben einen Weinbrand eingeschenkt. Erstaunt sah er seine Frau in Tränen aufgelöst hereinstürmen. Sie blieb vor ihm stehen und streckte den Arm in die Luft. „Hier, fühl mal", forderte sie ihn auf, „da ist ein Knoten."

Berthold stellte das Glas weg und tastete Margots Achsel ab. Er spürte tatsächlich etwas. „Das kann alles Mögliche sein", versuchte er Margot zu beruhigen, obwohl ihm selbst ein kalter Schauder über den Rücken gelaufen war. „Du solltest dich nicht aufregen."

„Ich soll mich nicht aufregen?", rief Margot aus. „Der Krebs fängt wieder an zu wuchern und ich soll mich nicht aufregen?!"

„Du weißt doch gar nicht, ob es Krebs ist."

„Eben. Drum müssen wir auf der Stelle ins Krankenhaus fahren. Das muss sofort untersucht werden!"

Berthold nahm seine Frau an den Schultern. „Beruhige dich", beschwor er sie. „Es ist schon spät. Im Krankenhaus werden nur noch akute Notfälle behandelt. Gleich morgen früh gehst du hin, dann werden die nötigen Untersuchungen gemacht."

„Verdammt noch mal", rief Margot mit einer Heftigkeit aus, die Berthold selten an ihr gesehen hatte, „für mich ist das ein Notfall!" Ihre Verzweiflung war mit Händen zu greifen.

Auch Bertholds Nerven lagen inzwischen blank. Seine Oberlippe, sogar seine Wangen zitterten, als er hervorpresste: „Wenn du meine Tochter wärst und nicht meine Frau, würde ich sagen: Reiss dich zusammen! Du kannst jetzt nichts anderes tun als zu warten, deshalb musst du das aushalten." Er sah Margot mit einem liebevollen Blick an. „Aber ich sage das nicht, denn du bist meine Frau und ich habe dich nicht zu erziehen. Also, wenn du fahren willst…" Er hatte die Autoschlüssel aus seiner Hosentasche geholt und hielt sie ihr hin.

Die beiden sahen sich schweigend an. Margots Aufregung legte sich, ihr Schluchzen verebbte. Berthold hatte genau den richtigen Ton getroffen. Ihre Angst war zwar nicht verschwunden, aber Margot begriff, dass es ihr nicht weiterhalf, wenn sie sich gehen ließ. Und zum Glück war sie mit ihrer Angst ja nicht allein.

Zu gleichen Zeit kam Patty, Bertholds jüngste Tochter, aus dem Hallenbad. Patty war längst kein Küken mehr, sondern eine junge Frau mit einem eigenen Kopf. Das hatte sie schon bewiesen, als sie noch zur Schule gegangen war. Ohne sich um das Gerede der Leute zu kümmern hatte sie eine Liebesbeziehung mit Markus Trost, ihrem jungen Mathelehrer, angefangen. Inzwischen leistete Patty ein freiwilliges soziales Jahr in einer ökologischen Einrichtung in Wasserburg, war aber entgegen der Erwartungen ihrer ganzen Familie, die der Beziehung keine Chance gegeben hatten, noch immer mit Markus zusammen.

Erstaunt bemerkte Patty Markus' Geländewagen vor dem Hallenbad. Hinter dem Steuer erkannte sie sofort den Wuschelkopf ihres Freundes. Markus schien auf sie zu warten. Sogleich lief sie zu ihm. „Das ist aber nett, dass du mich abholst", rief sie ihm erfreut durch das offene Seitenfenster zu.

Markus hatte nur einen vorwurfsvollen Blick für sie übrig. „Muss ich ja wohl", schmollte er. „Sonst seh ich dich bald überhaupt nicht mehr."

Patty warf ihr Kinn hoch. „He", rief sie trotzig aus, „wer war auf Fortbildung? Du oder ich?" Da konnte er nicht widersprechen. „Hättest mich ja auch mal besuchen können", sagte er, nicht mehr ganz so auftrumpfend.

„Vielleicht ist es dir ja noch nicht aufgefallen, aber ich gehe ebenfalls einer Beschäftigung nach.“ Markus klopfte unruhig und ohne Patty anzusehen mit dem Daumen auf das Lenkrad. Dann wandte er ihr seinen Blick zu und meinte: „Ich hab das Gefühl, du gehst mir aus dem Weg. Und nicht nur mir, sondern vor allen Dingen einer Entscheidung.“

Patty wusste natürlich, was er meinte. Nichts Geringeres als den Heiratsantrag, den er ihr vor ein paar Wochen gemacht hatte. Sie hatte sich Bedenkzeit ausgebeten. Und irgendwie hatte er ja Recht: seitdem war sie ihm aus dem Weg gegangen.

„Bevor ich heirate, möchte ich erst studieren“, sagte sie jetzt.

„Wo ist das Problem?“, versetzte Markus. „Hältst du mich für einen Macho, der dich in die Küche sperren will? Mensch, Patty, ich will doch nur mit dir zusammen sein, will mir was aufbauen mit dir.“

Unruhig trat Patty von einem Bein aufs andere. Sie konnte Unterhaltungen wie diese nicht leiden. Wieso konnte Markus nicht einfach, so wie sie, das gemeinsame Glück genießen und abwarten, was die Zukunft ihnen brachte? Sie hatten doch alle Zeit der Welt.

„Ich fühle mich einfach noch zu jung für eine Ehe“, sagte sie schließlich. „Im Moment kann ich es mir beim besten Willen nicht vorstellen.“

Markus bekam die Worte in den falschen Hals. Seine Miene verdüsterte sich schlagartig. „Das ist wenigstens mal eine Antwort“, sagte er und startete den Motor. Ohne eine weiteres Wort, nicht einmal eines des Abschieds, brauste er davon. Patty sah ihm verständnislos nach.

Nach seinem Rauswurf durch Sylvie hatte Adrian sich bei seiner Schwester einquartiert. Als Elisabeth von einem kurzen London-Trip in ihre Münchner Stadtwohnung zurückkam, war sie zunächst nicht besonders begeistert darüber, ihren

Bruder auf dem teuren Ledersofa zu finden, während aus dem Fernseher wildes Geballere dröhnte. Trotzdem brachte sie es nicht über das Herz, ihn vor die Tür zu setzen.

„Ich will deine Gastfreundschaft nicht unbelohnt lassen“, erklärte er grinsend, während er an einer Hähnchenkeule knabberte. „Du hörst es sicher gerne, dass ich mich entschlossen habe, doch den Taufpaten von Beats Töchterlein zu spielen.“

„Wie schön!“, rief Elisabeth begeistert aus. Sogleich lief sie zum Telefon um Beat das, was sie für eine frohe Botschaft hielt, mitzuteilen. Ihr Sohn reagierte kühl, ließ sie nur pflichtgemäß wissen, dass es einen Taufvorbereitungskurs gebe, bei dem auch die Taufpaten anwesend sein sollten. Doch hoffte er inständig, Adrian möge fernbleiben.

Adrian indes ließ es sich nicht nehmen, höchstselbst ins Pfarrheim zu kommen, wenn auch mit Verspätung. So geräuschvoll wie möglich hielt er in dem kleinen Seminarraum, in dem schon die Eltern mit ihrem Kind saßen, Einzug. Beat, Sylvie und Patty sahen ihn mit dunkler Miene an, während er mit einer lässigen Geste zu ihnen hinübergrüßte. Allen, die Adrian kannten, war klar, dass das nicht lange gut gehen konnte. Tatsächlich wartete er nur auf einen günstigen Moment um einen seiner berühmt-berüchtigten Kommentare anzubringen.

„Sie haben das alles ja wunderschön erklärt, Herr Pfarrer“, warf er ein, nachdem der Geistliche seine Ausführungen unterbrochen hatte um auf Fragen antworten zu können, „aber einige Sachen haben Sie trotzdem offen gelassen. Zum Beispiel, warum die katholische wie die evangelische Kirche die Erwachsenentaufe abgeschafft haben um von da an Säuglinge unter Zuhilfenahme ihrer Paten zu Zwangsmitgliedern der Firma Gott & Sohn zu machen.“

Sylvie wandte den Kopf und warf Adrian einen bösen Blick zu. „Ich hab’s geahnt“, murmelte sie.

„Ich denke nicht, dass sich diese Frage im Rahmen unserer Veranstaltung klären lässt", erwiderte unterdessen der Pfarrer arglos. Er konnte nicht ahnen, dass dies lediglich der Auftakt zu einem wahren Hagelsturm provozierender Fragen war, mit denen Adrian ihn aus dem Konzept und die Kursteilnehmer in eine Diskussion verwickeln wollte, deren einziger Sinn es war, Beat und Sylvie einen Vorgeschmack von dem zu geben, was sie bei der Taufe erwartete.

Am nächsten Morgen brachte Berthold Margot ins Krankenhaus, wo die Verdickung in ihrer Achselhöhle von Professor Grave, der sie auch operiert hatte, untersucht wurde. Schon nach kurzem Abtasten konnte der Arzt Entwarnung geben. „Nur eine verhärtete Talgdrüse", teilte er mit. „Kein Grund sich Sorgen zu machen."

Margot atmete erleichtert auf und zog ihre Bluse wieder an. Eine zentnerschwere Last fiel von ihren Schultern. Im nächsten Moment schämte sie sich ihrer unbegründeten Angst wegen. „Tut mir Leid, dass ich …", begann sie.

„Kein Grund, sich zu entschuldigen", entgegnete Professor Grave rasch. Nachdem Margot sich ganz angezogen hatte, nahm sie vor seinem Schreibtisch Platz. „Nach einer Krebsoperation reagieren die meisten Patienten bei der kleinsten gesundheitlichen Irritation übersensibel", erklärte der Arzt. Er verschränkte seine Finger und sah Margot eindringlich an. „Sie sollten eine Kur in Erwägung ziehen, die Sie vollkommen wiederherstellt. Nach einer schweren Erkrankung, wie der Ihren, brauchen Körper, Geist und Seele gleichermaßen Erholung."

Margot schlug die Augen nieder, denn sie hörte den leichten Tadel aus den Worten des Professors heraus und konnte ihm schwerlich widersprechen. Sie hätte sich wirklich noch mehr schonen müssen. „Ich werde darüber nachdenken", versprach sie nun. Nachdem sie Professor Grave für seine Geduld ihren

Dank ausgesprochen hatte, verließ Margot sein Behandlungszimmer.

Berthold erwartete sie auf dem Flur. Er war die ganze Zeit schon unruhig auf und ab gegangen. Nun kam er auf sie zu, traute sich aber nicht zu fragen. Margot fiel ihm um den Hals. „Es ist alles gut", sagte sie. „Kein Krebs." Berthold drückte seine geliebte Frau fest an sich.

Als sie das Krankenhaus Hand in Hand verließen, teilte Margot ihre Pläne mit: „Ich werde nun doch zur Kur gehen... so bald wie möglich."

Berthold sah sie an und nickte. Er würde sie vermissen. Aber damit sie wieder ganz gesund würde, nahm er alles in Kauf.

Nicht nur Margot war an diesem Morgen zu einer Entscheidung gekommen, sondern auch Sylvie. Adrians Auftritt bei der Taufvorbereitung hatte ihr und Beat den Rest gegeben. Für sie beide stand eines fest: Nur über ihre Leiche würden sie Adrian noch mal die Gelegenheit geben, eine solche Farce abzuziehen.

„Ist doch klar, was er vorhat", meinte Sylvie am Frühstückstisch. „Er will uns die Taufe vermiesen um uns so eins auszuwischen."

Ihr Mann nickte. „Mama wird es uns allerdings nie verzeihen, wenn wir Adrian das Taufpatenamt wieder entziehen", sagte er nachdenklich. „Ich wünschte, es gäbe eine diplomatische Lösung..."

„Dabei kann sie uns dankbar sein", fiel Sylvie ein. „Wir ersparen ihr einen Eklat, der..." Sie hielt mitten im Satz inne. Im nächsten Moment trat ein besonderer Glanz in ihre Augen, ihre Wangen erröteten. Beat kannte diesen Ausdruck an seiner Frau. Er bedeutete, dass sie eine Idee hatte.

„Was hast du vor?", fragte er.

„Erzähl ich dir später", vertröstete sie ihn, sprang auf und lief zum Telefon.

Am frühen Nachmittag fuhren Sylvie und Beat vor Roman Rottmans Haus vor. Sie brachten Mariechen, die ein langes weißes Taufkleid trug, im Maxi-Kosi-Körbchen mit. Der Geistliche erwartete sie schon an der Tür. „Ihr Sandwaldt-Töchter habt es wirklich faustdick hinter den Ohren", sagte er und sah Sylvie mit einem schalkhaften Augenzwinkern an. Sie lächelte verlegen und stolz zugleich. Drinnen wartete Patty schon.

„Eins steht schon mal fest", sagte Roman wenig später im Wohnzimmer, „du hast im Taufunterricht gut aufgepasst, Sylvie. Sonst wäre dir die Idee mit der Nottaufe sicher nicht gekommen. Ein Glück nur, dass das Kirchenrecht nicht so ganz genau festlegt, was unter einer Notsituation zu verstehen ist."

„Das hier ist eine Notsituation!", behauptete Sylvie. „Adrian würde die Taufe zu einer Farce umfunktionieren. Und Elisabeth wäre zu Tode beleidigt, wenn wir ihren kleinen Bruder von seinem Amt entbinden. So aber bleibt offiziell Adrian der Taufpate, den Elsa...", sie warf Rottmanns Haushälterin einen freundlichen Blick zu, „...nur vertritt. So bekommen alle, was sie wollen."

„Nur Adrian nicht", lachte Patty.

„Dann wollen wir zur Tat schreiten", sagte der Geistliche, legte seine Stola um und trat an den Wohnzimmertisch, auf dem er schon alles, was er brauchte, vorbereitet hatte: ein Kruzifix, eine Taufkerze, einen Krug mit Weihwasser und ein silbernes Gefäß mit wohlriechendem Chrisam, mit dem Mariechen gesalbt werden sollte. „Im Namen des Vaters, des Sohnes und des Heiligen Geistes...", begann der Weihbischof.

Als die geladenen Taufgäste sich am folgenden Sonntag in der kleinen Kirche versammelt hatten, staunten sie nicht schlecht über die Mitteilung, dass Mariechen schon getauft war.

Elisabeth sah ihren Sohn fragend an, während Sylvie Adrian einen triumphierenden Blick zuwarf. Der aber biss sich verärgert auf die Unterlippe. Irgendwann zahle ich dir alles heim, dachte er grollend.

DER PROTESTMARSCH

Drei Wochen war Pattys Streit mit Markus jetzt her. Drei Wochen, in denen absolute Funkstille geherrscht hatte. So konnte es doch nicht weitergehen! Aber je mehr Zeit verstrich, desto mehr wurde es zu einer Frage der Ehre, nur ja nicht als Erster auf den anderen zuzugehen. Wenn Patty Markus nur nicht so sehr vermisst hätte. Händeringend suchte sie nach einer Möglichkeit ihn wiederzusehen ohne das Gesicht zu verlieren. Schließlich hielt sie es einfach nicht länger aus und fuhr zu ihrer alten Schule, wo Markus als Mathematiklehrer unterrichtete. Vielleicht traf sie Markus ja *zufällig* beim Verlassen der Schule.

Aber Patty traf vor der Schule nicht auf Markus. Sie hatte auf dem Lehrerparkplatz nicht einmal sein Auto gesehen. Stattdessen begrüßte sie Frau Haberl, ihre ehemalige Deutschlehrerin, überschwenglich. Nachdem Patty erzählt hatte, was es zu erzählen gab, von ihrem freiwilligem Jahr in Wasserburg, das nun zu Ende ging, und von ihrer Absicht im kommenden Herbstsemester Jura zu studieren.

Doch plötzlich wechselte Frau Haberl das Thema. „Schon eine traurige Geschichte mit Markus Trost. Wie verkraftet er den schweren Schicksalsschlag denn?“ Patty zog erstaunt die Brauen hoch. Traurige Geschichte? Schwerer Schicksalsschlag? Nichts wusste sie. „Was ist denn…?“

Frau Haberl machte ein betroffenes Gesicht. „Seine Eltern sind verunglückt. Beide tot. Und auch sein jüngerer Bruder. Ist ja auch eine dumme Sache. Wegen einer Gasheizung im Wohnmobil. Unvorstellbar, was? Sie waren beim Campen in Dänemark und wollten noch nach Norwegen.“

Patty stand wie angewurzelt da. Sie fühlte sich plötzlich wie der schlechteste Mensch auf der Welt. Während sie ihr Ego gepflegt hatte, hätte Markus sie dringend gebraucht. Frau Haberls geschwätzige Worte, mit denen sie den Schicksalsschlag bedauerte, perlten an ihr ab.

Noch immer benommen, wendete sie ihr Fahrrad und schob es die Straße entlang. Das Lärmen der Schüler vor dem Gymnasium verlor sich hinter ihr. Was sollte sie jetzt machen? Konnte sie einfach zu Markus gehen? Was, wenn er sie jetzt noch einmal bat, seine Frau zu werden? Wie sollte sie ihm das in einer solchen Situation abschlagen?

Ein Glück, dass es Papa gab. Bei ihm konnte Patty sich hemmungslos ausweinen. Selbstverständlich war er auch mit einem guten Rat zur Stelle. „Geh zu ihm", sagte Berthold mit seiner warmen, dunklen Stimme. „Markus braucht jetzt deinen Beistand. Eure Streitereien könnt ihr später noch klären. Vielleicht erübrigen sie sich ja auch von selbst."

Wenn du wüsstest…, dachte Patty. Außer Sylvie hatte sie niemandem von Markus' Heiratsantrag erzählt. Aber wie auch immer, ihr Vater hatte Recht. Patty konnte einfach nicht abseits stehen, wenn es ihrem Markus so schlecht ging. Deshalb stieg sie in ihren schwarzen Smart und machte sich auf zum Gasthof der Familie Trost, der sich in Kimmersweiler im Alpenvorland befand.

Sie war kaum eine halbe Stunde weg, als Sylvie in der Villa Sanwaldt auftauchte. Sie hatte heute einen mariechenfreien Nachmittag, den sie ungestört plaudernd mit ihrem Vater und ihrer Stiefmutter auf der Terrasse ihres Elternhauses verbringen wollte.

Margot fand, dass Sylvie noch strahlender aussah als früher. Die großen braunen Augen, die vollen Lippen und die Rundungen ihres Körpers vermittelten mehr denn je eine Sinnlichkeit. Aber Sylvie wirkte irgendwie abgeklärter und gelassener als früher. Es ist wohl was dran an der alten Weisheit, dass eine Frau mit jedem Kind schöner wird, dachte Margot. Und erwachsener. Richtig vernünftig war sie geworden. Dabei hatte sie früher als unbezähmbar gegolten. Na ja, irgendwo tief drin war sie das wohl immer noch.

„Wo ist eigentlich Patty?", fragte Sylvie und nahm einen Schluck Kaffee. „Ich dachte, sie hat diese Woche keine Öko-Maloche."

Berthold warf seiner Tochter einen tadelnden Blick zu. „Das klingt aber sehr arrogant, Frau Gräfin. Sie ist bei Markus Trost. Um sich zu versöhnen, schätze ich."

Um ein Haar hätte Sylvie aufgelacht. „Versöhnen? Nie und nimmer. Dann müsste ja einer der beiden Dickschädel nachgeben und das halte ich für völlig ausgeschlossen. Markus wird drauf bestehen, dass Patty ihn heiratet..."

Berthold blieb der Erdbeerkuchen im Halse stecken. Hatte er es an den Ohren oder hatte Sylvie eben was von Heiraten gesagt? Betroffen sahen er und Margot sich an, ehe sie beide Sylvie anstarrten.

Sie merkte gleich, dass sie sich eben den Mund verbrannt hatte. „Sie hat euch nichts davon erzählt?", fragte sie unschuldig. „Das wusste ich nicht."

Berthold war die Laune damit gründlich verhagelt. Je länger er darüber nachdachte, desto mehr geriet er in Rage. Patty war noch so jung. Im Herbstsemester wollte sie mit ihrem Studium beginnen. Zumindest hatte sie das behauptet. Und jetzt so was!

„Gibt es einen bestimmten Grund für diese Eile?", fragte Berthold bissig.

Sylvie war klar, dass sie jetzt alles sagen musste. „Den gibt es", antwortete sie. „Allerdings nicht das, was du vielleicht vermutest." Dann erzählte Sylvie von Markus' Absicht, an einer deutschen Schule in Shanghai zu unterrichten, die im Herbst eröffnen wolle. Die Moralvorstellungen der Chinesen seien ziemlich traditionell, weshalb er Patty nur als seine Frau mitnehmen könne.

Berthold platzte fast der Kragen. Er sprang auf und lief nach drinnen, denn sonst hätte die ganze Nachbarschaft seinen Ausbruch miterleben müssen. „Das hat man nun von seinem Liberalismus!“, wetterte er, während er mit großen Schritten im Wohnzimmer auf und ab lief.

„Anzeigen hätte man den Kerl sollen, schon damals, als Patty noch seine Schülerin war und er die Finger nicht von ihr lassen konnte.“

Margot und Sylvie, die den Ausbruch des meist schlummernden Vulkans namens Berthold aus sicherer Entfernung beobachteten, warfen sich einen besorgten Blick zu. „Wieso regst du dich nur so auf?“, fragte Margot dann. „Du hast doch gehört, was Sylvie gesagt hat. Patty denkt gar nicht daran zu heiraten.“

„Na so was!“, rief Berthold aus. „Vielleicht nicht heute. Aber wer weiß, was ihr morgen einfällt?“

„Lass uns einfach abwarten, bis Patty nach Hause kommt“, schlug Margot vor. „Wir begackern hier ungelegte Eier.“

Berthold machte ein paar große Schritt auf sie zu und schüttelte vor ihrer Nase die geballte Faust, während aus seinen Augen Funken stoben. „Ich habe keine Lust, abzuwarten, bis wir dieses Kuckucksei im Nest haben!“, rief er. „Ich ziehe vor, zu verhindern, dass es überhaupt gelegt wird!“

Er fuhr herum und ging zur Tür hinaus. Wenig später schlug die Haustür zu. Margot lief ihm nach, aber da saß er schon im Wagen, startete den Motor und brauste zur Einfahrt hinaus.

Unterdessen hatte im Gasthof *Goldener Adler*, dem Traditionsbetrieb der Familie Trost, die große Versöhnung stattgefunden. Markus hielt Patty in seinen kräftigen Armen, die beiden küssten sich so überschwenglich, als wollten sie all die versäumten Küsse der letzten drei Wochen auf einmal nachholen. Mit finsterer Miene beobachtete die alte Fanny die zärtliche Versöhnung an der Tür. Fanny arbeitete im Gasthof seit Markus denken konnte. Merkwürdigerweise konnte er sich nicht erinnern, dass sie jemals anders ausgesehen hatte als heute. Es kam ihm vor, als habe sie schon immer graue Haare gehabt und ihre dickrandige Brille mit den großen Gläsern auf der Nase und das hellblaue Schürzenkleid am Leib getragen. Obwohl sie nicht verwandt waren, war sie immer wie ein Familienmitglied behandelt worden, auch wenn sie mit ihrem Aberglauben allen stets auf die Nerven ging.

Sie gab sich eine Ruck und ging in die Gaststube, wobei sie vor sich hinmurmelte: „Jetzt kommt er weg, noch in der Stund'." Sie lief an den beiden Liebenden vorbei zum Herrgottswinkel, von dem sie das Kruzifix herabriss. Als sie damit verschwinden wollte, hielt Markus sie zurück. „Wo willst du denn damit hin?", fragte er.

„Weg muss es", beharrte sie. „Weil es nur Unglück bringt. Dein Vater wollt' ja nix davon wissen. Jetzt ist er tot. Und deine Mutter und dein Bruder auch." Sie hielt ihm das Kruzifix vor die Nase. „Da schau doch her! Der Heiland hat den linken über den rechten Fuß geschlagen."

„Red keinen Schmarrn!", versetzte Markus genervt, nahm ihr das Kreuz weg und brachte es zurück zum Herrgottswinkel. „Eine kaputte Lüftungsanlage hat das Unglück verursacht, sonst nichts. Das Kreuz war ein Hochzeitsgeschenk, das meine Eltern bekommen haben. Drum bleibt es hier!"

„Wirst schon sehen, was du davon hast", schimpfte Fanny im Hinausgehen. „Aber wenn das Unglück erst einmal seinen Lauf genommen hat, ist es zu spät."

Berthold hatte sich nach der Kaffeetafel auf dem Weg zum *Goldenen Adler* gemacht. Seine Wut war noch immer nicht verraucht. Es ärgerte ihn maßlos, dass seine Töchter ihre Entscheidungen nur allzu gerne ohne seine Beteiligung trafen. Aber wenn die Sache schiefging, dann tanzten sie bei ihm an, damit er die Sache wieder richten sollte. Diesmal wollte er nicht so lange warten.

Als Bertholds silbergrauer Mercedes vor dem Landgasthof ankam, war Patty längst wieder auf den Weg nach München. Das kam ihm nicht ungelegen, denn er wollte mit Markus unter vier Augen sprechen. Von Mann zu Mann, gewissermaßen. An der Eingangstür war ein Zettel befestigt. „Wegen Trauerfall geschlossen!" Trotzdem ging Berthold hinein. Markus saß in der Gaststube und sah die Kondolenzbriefe durch, mehr um sich zu beschäftigen als aus wirklichem Interesse.

Berthold ging auf ihn zu und drückte ihm sein Beileid aus. Aber Markus wusste sofort, dass er nicht deshalb gekommen war. Der junge Lehrer stand auf und stellte sich Berthold mit verschränkten Armen gegenüber.

„Ich nehme an, Sie haben von unseren Heiratsabsichten erfahren", sagte er.

„Von den *Ihren,* um genau zu sein", versetzte Berthold. „Für Sie mag es ja eine interessante Erfahrung sein, nach Schanghai zu gehen. Aber für Patty sind es verlorene Jahre." Berthold breitete vor Markus alles an Argumenten aus, was gegen diese Ehe sprach, wobei er so sachlich wie möglich zu bleiben versuchte. „Patty will mit ihrem Studium beginnen", sagte er. „In China ist das völlig ausgeschlossen, noch nicht einmal ein englischsprachiges Studium wäre möglich."

„Wir haben daran gedacht", entgegnete Markus kühl. „Sie wird ein Fernstudium machen."

„Na, das ist wirklich der Stein der Weisen!", rief Berthold aus. „Bei einem Jurastudium kommt es nicht nur darauf an, *dass,* sondern auch wo man studiert hat. Professor Kollege und Dozent E-mail haben da kein besonders großes Renommee.

Außerdem braucht Patty danach ein Referendariat an einem deutschen Gericht."

„Wir haben ja nicht vor für immer in China zu bleiben", sagte Markus ungerührt von Bertholds Argumenten. „Nur fünf Jahre."

„Beruflich gesehen sind das aber die fünf wichtigsten Jahre für Patty!"

So sehr Berthold auch argumentierte, so stichhaltig ihm seine Einwände auch schienen, es half wenig. Markus hörte ihm gleichmütig zu, aber er rückte keinen Millimeter von seinem Vorhaben ab, wollte noch nicht einmal darüber nachdenken. Er war ein fürchterlicher Dickkopf und ein Egoist noch obendrein, dachte Berthold.

Wütend verließ Berthold den *Goldenen Adler.* Als er vor dem Gasthof abfuhr, ließ er den Motor aufheulen, was sonst ganz und gar nicht seine Art war. Dann verpasste er auch noch die richtige Abzweigung nach München. In der nächsten Ortschaft, die er in einer Entfernung von einem knappen Kilometer erblickte, wollte er wenden. Doch gleich hinter dem Ortsschild bemerkte er auf einer Wiese ein Bierzelt mit ein paar Jahrmarktbuden. Ein Schild verriet, dass es sich bei der ländlichen Lustbarkeit um ein Vereinsjubiläum handelte. Kurz entschlossen parkte Berthold den Wagen um den Ärger mit einem Bier hinunterzuspülen.

Es blieb allerdings nicht bei dem einem Bier, denn Berthold schloss Freundschaft mit zwei jungen Männern aus dem Dorf. Zum Bier kam noch der eine oder andere Obstler, man sang zur schmetternden Blasmusik „Freut euch des Lebens" und „So ein Tag, so wunderschön wie heute". Berthold vergaß darüber nicht nur die Zeit, sondern auch seine Sorgen.

Es ging schon auf den Abend zu, als Berthold aufbrechen wollte. Aber er merkte, dass er die Fahrt nach München in seinem Zustand besser bleiben ließ. Zum Glück gab es am anderen Ende der Ortschaft einen Bauernhof, wo man Fremdenzimmer vermietete. Berthold stieg in den Wagen. Die paar hundert Meter würde es schon gehen. Doch hinter eine Kurve bemerkte er mit Schrecken die beiden Uniformierten, die ihn mit ihrer Kelle an den Straßenrand winkten.

Patty war ganz schön sauer, als sie wieder zu Hause war und erfuhr, dass ihr Vater zu Markus gefahren war um Klartext mit ihm zu reden.

„Was mischt ihr euch in meine Angelegenheiten!“, fuhr sie Margot verärgert an.

„Weil wir dich lieben“, versetzte Margot. Dann kam auch schon Markus’ Anruf. Brühwarm erzählte er ihr, was Berthold ihm an den Kopf geworfen hatte und dass er sich überhaupt aufgeführt habe wie ein allmächtiger Patriarch. Jetzt schmollte Patty erst recht und Margot war kaum weniger verärgert über ihren Mann, der sich benahm wie ein Elefant im Porzellanladen.

Als er einige Zeit später selber anrief und mitteilte, er stecke in einem Ort namens Walldorf fest und käme diese Nacht nicht heim, weil er etwas getrunken habe und deshalb nicht mehr ganz fahrtüchtig sei, glaubte Margot, der Tag habe wahrlich genug unliebsame Überraschungen gebracht. Doch Berthold setzte noch eins drauf, indem er ihr in einem Nebensatz mitteilte, zwei freundliche Polizeibeamte hätten ihm den Führerschein entzogen. „Gute Nacht“ und klack. Er hatte aufgelegt.

Da Margot am nächsten Morgen einen wichtigen Geschäftstermin in der Firma hatte, rief sie Sylvie an und erzählte ihr, was geschehen war. Sie bat ihre Tochter, ihren Vater in Walldorf abzuholen. Sylvie versprach es gerne, schon weil sie es sich nicht entgehen lassen wollte, Bertholds Gesicht nach dieser Dummheit zu sehen.

Mit dem Zug fuhr sie nach Walldorf. Herauszufinden, wo ihr Vater die Nacht verbracht hatte, war nicht schwer, denn in Walldorf wurde nur auf diesem einen Hof Zimmer vermietet.

Sylvie traf den Sünder beim Frühstück an. „Guten Morgen“, grüßte sie ihn mit einem süffisanten Lächeln.

Berthold blickte auf. Seine Tochter lehnte am Türrahmen. „Haben sie dich also für die Aufgabe abkommandiert, mich heimzuholen“, brummte er mürrisch.

„Patty war sauer, nach deinem Auftritt bei Markus“, erzählte Sylvie, während sie näherkam. „Margot übrigens auch.“

„Verstehe. Ich versuche immer wieder, die idiotischen Entscheidungen meiner Töchter geradezubiegen und als Dank sind am Ende alle sauer auf mich. Kaffee?“ Sylvie setzte sich zu ihm an den Tisch. Berthold kam erst richtig in Rage. „Und nicht genug damit, ich verliere darüber auch noch meinen Führerschein.“

„Aber das hast du ja wohl nicht unseretwegen gemacht, oder?“

Berthold sah Sylvie mit einem ärgerlichen Blick an. Wenn er jetzt etwas nicht vertragen konnte, dann waren es ironische Bemerkungen. „Weißt du was“, fuhr er auf, „danke für die Mühe, die du dir gemacht hast um mich abzuholen. Aber ich habe mich eben dazu entschlossen, meinen Status als Fußgänger heute noch anzutreten. Hier!“ Er hatte den Autoschlüssel aus seiner Hosentasche gekramt und warf ihn Sylvie hin.

Verdutzt sah ihn seine Tochter an. „Aber das sind mindestens hundert Kilometer bis nach Hause“, wandte sie erstaunt ein.

„Na und? Ich bin freier Schriftsteller und dazu noch ein erfolgreicher. Ich kann mir meine Zeit einteilen wie ich will. Ich muss es also nicht in einem Tag schaffen. Komm gut nach Hause!“

Er sprang auf und verließ mit forschem Schritt den Frühstücksraum. Wie es aussah, meinte er es ernst. Offenbar war sein väterliches Ego ziemlich gekränkt worden. Sylvie holte ihr Handy heraus. Das musste sie sofort Margot berichten.

Margot hatte ihren Wagen eben auf dem Firmenparkplatz abgestellt und schritt auf den Eingang des mehrstöckigen Flachbaus zu, in dem *Margosan* untergebracht war, als das Handy in ihrer Handtasche klingelte. „Sanwaldt", meldete sie sich. Mit wachsendem Erstaunen vernahm Margot, was ihre Stieftochter zu erzählen hatte. „Nicht zu glauben", sagte sie nach dem Ende des Gespräches vor sich hin und schüttelte dabei den Kopf.

„Was ist nicht zu glauben?", fragte da Johannes.

Margot blickte erstaunt auf. Sie hatte ihn gar nicht näherkommen hören. „Berthold macht einen Protestmarsch", teilte sie mit.

Sie waren bei der Eingangstür angekommen. Johannes hielt sie ihr auf, während er fragte: „Und wogegen protestiert er?"

„Gegen den Rest der Familie."

Wenigstens brachte der Geschäftstermin, bei dem Vertriebsbedingungen von *Margosan* für Frankreich und die Benelux-Länder ausgehandelt wurden, ein erfreuliches Ergebnis. Margot war darüber so zufrieden, dass sie fürs erste die familiären Querelen vergessen konnte.

„Hast du noch etwas Zeit?", fragte sie Johannes, nachdem sie den französischen Geschäftspartner verabschiedet hatten. Johannes nickte. Margot lehnte sich in ihrem Bürostuhl zurück, zwinkerte ihren Teilhaber verschmitzt an und teilte verheißungsvoll mit: „Ich möchte dich in meine neuste Idee einweihen."

„Da bin ich ja schon richtig gespannt", sagte er.

„Es geht um Sonjas Hof. Ich glaube nicht, dass sie ihn nach Veits Tod bewirtschaften wird. Sie wird wohl eher ihre Praxis zurück nach München verlegen. Da wäre es doch eine hervorragende Idee, wenn wir dort eine Kräuterfarm einrichten würden. Dann wären wir in Zukunft nicht mehr von unseren Lieferanten abhängig und hätten die Qualität der Kräuter selbst in der Hand… Johannes? Was hast du denn? Du sagst ja gar nichts. Ist dir nicht gut?"

Johannes glaubte, seinen Ohren nicht zu trauen. Ein flaues Gefühl machte sich in seiner Magengrube breit.

„Tja… weißt du, Margot…", druckste er herum, „ich hab… das schon erledigt."

Jetzt war die Überraschung ganz auf Margots Seite. „Was hast du erledigt?", fragte sie.

Schweiß trat auf Johannes' Stirn. „Ich habe Sonjas Hof gepachtet… auf zehn Jahre… mit anschließender Kaufoption. Wir waren gestern beim Notar und haben den Vertrag unterzeichnet."

Margot fiel aus allen Wolken. Wie kam er dazu, eine so wichtige Entscheidung hinter ihrem Rücken zu treffen? Hatten sie nicht bisher über alles gesprochen? Sie fühlte sich betrogen. „Weiß Sonja, dass du mich ausgeschlossen hast?", fragte sie.

„Ich hab dich nicht ausgeschlossen", entgegnete Johannes. Sein Mund war papiertrocken und rau. „Es war nur…" Die Worte versagten ihm.

Margots Augen verengten sich. „Es war Afras Idee, nicht wahr?", schloss sie messerscharf. „Allein wärst du nie auf so was gekommen."

Johannes wich ihrem Blick aus. „Afra hat… Es gibt viele gute Gründe dafür…"

„Nenn mir einen Einzigen!", schrie Margot ihn an. „Ich meine einen einzigen guten Grund dafür, jemanden, der dir immer vertraut hat, zu hintergehen." Johannes wollte etwas erwidern, aber Margot fiel ihm ins Wort. Sie hatte Tränen in den Augen. „Ich will nichts hören", schrie sie ihn an. „Raus hier! Lass mich allein!"

Wie ein getretener Hund schlich Johannes zur Tür. Dort wandte er sich noch einmal um. Margot hatte das Gesicht in den Händen verborgen und schluchzte in sich hinein. Das hatte er nicht gewollt.

In Walldorf ging Berthold in ein Sportgeschäft. Eine Stunde später verließ er es mit den besten Wünschen des Verkäufers und einer kompletten Wanderausrüstung: Wanderschuhe, Stöcke, Rucksack, Regenüberzug. Er war fest entschlossen sein Vorhaben umzusetzen. Und er würde es genießen, endlich einmal ganz für sich und aller Verpflichtungen ledig zu sein. Vielleicht, so dachte er, würde sich der Verlust des Führerscheins als Segen für ihn erweisen.

So wanderte er zwischen blumenbewachsenen Wiesen vor sich hin. Immer wieder blieb er stehen, sog die frische Luft in seine Lungen und erfreute sich des herrlichen Bergpanoramas, über das sich ein Himmel wie aus hellblauem Satin spannte.

Mittags kehrte er in einem einfachen Gasthaus ein und ließ sich einen Schweinebraten mit Semmelknödel schmecken. Einen Augenblick vermisste er Margot. Zu gerne hätte er die wunderbare Wanderschaft mit ihr gemeinsam unternommen. Aber er spülte diesen Anflug von Wehmut mit einem Schluck Bier hinunter. Dann zog er wieder weiter.

„München 92 km", las Berthold auf dem Wegweiser am Ortsende. Das war noch eine gewaltige Strecke für einen, dem jetzt schon die Beine weh taten. Und nach dem reichlichen Essen fiel ihm das Wandern noch schwerer. Er blieb stehen und sah die Landstraße hinab, die sich zwischen den Hügeln hindurchschlägelte. Keine Müdigkeit vorschützen, ermahnte er sich selbst, immer frisch voran.

Kaum zehn Minuten waren vergangen, da ertappte er sich bei einem imaginären Dialog mit Patty. Einen Moment lang sah er sich, wie er im Wohnzimmer vor ihr auf und ab schritt und ihr mit flammenden Worten klarzumachen versuchte, dass sie geradewegs in ihr Unglück rannte, wenn sie mit Markus Trost nach Schanghai ging.

Was tust du denn da, Berthold, unterbrach ihn eine innere Stimme. Es ist ihre Entscheidung, nicht deine. Du wolltest auf dieser Wanderschaft ganz für dich sein und nichts anderes tun als die Schönheit der Natur zu bewundern.

Spätnachmittags suchte Berthold sich eine Pension. Für heute war er am Ende seiner Kraft. Muskeln und Gelenke taten ihm weh. An den nächsten Tag wollte er am liebsten nicht denken. Dafür ließ er die zurückliegende Wanderung Revue passieren. Obwohl sie schön gewesen war, fühlte er sich irgendwie unerfüllt. Auch, weil von dem Enthusiasmus am Morgen nur schmerzende Glieder übrig geblieben waren. Schlimmer noch war, dass er die schöne Wanderung nicht mit der Frau geteilt hatte, die er über alles liebte.

Weihbischof Roman Rottmann hatte sich eigentlich auf einen gemütlichen Abend eingestellt. Er hatte einen Band geistlicher Lyrik des Barock aus dem Bücherschrank geholt und eben angefangen darin zu blättern, als es an der Tür läutete. Zunächst regte er sich nicht, bis ihm einfiel, dass seine Haushälterin Elsa ja weggegangen war. Also musste er sich selbst zur Tür bequemen. Vor ihm stand Johannes Hängsberg, der Mann seiner Nichte Afra, mit einer Flasche Wein in der Hand und einem Mitleid erregenden Ausdruck im Gesicht.

„Ehekrise?“, fragte Roman schon an der Tür.

Johannes schüttelte den Kopf. „Eher Judas-Syndrom.“

Wenigstens der Wein war gut. Was Johannes zu erzählen hatte, mundete dem Weihbischof indes weniger. Es fiel ihm schwer, Johannes Worten bis zum Ende zuzuhören. Als er schließlich fertig war, sagte Roman mit erhobener Stimme: „Man kann es drehen und wenden, wie man will, Johannes. Es bleibt Verrat!" Er sprach den Satz abgehackt aus, betonte jedes Wort. „Das Ganze ist auf Afras Mist gewachsen, hab ich Recht?"

„Jetzt fang du nicht auch noch an", wehrte Johannes ab. „Es sollte nur eine Vorsichtsmaßnahme sein."

„Erzähl mir nichts über meine Nichte, ich weiß über sie Bescheid. Sie hat einen Verstand wie ein Schlachtmesser. Gewiss, vom logischen Standpunkt aus hat sie Recht. Aber Logik ist die eine Seite, Vertrauen und Freundschaft ist die andere."

Es gefiel Johannes gar nicht, dass jeder unverzüglich Afra auf die Anklagebank setzte. Deshalb ging er nicht weiter auf Romans Worte ein, sondern meinte: „Ich hätte es Margot bestimmt irgendwann in den nächsten Tagen gesagt."

„Das ist doch völlig unerheblich", versetzte der Geistliche und schlug mit der flachen Hand auf den Tisch. „Du hättest mit ihr sprechen müssen, bevor du den Pachtvertrag unterschrieben hast. Aber Afra hat dir das bestimmt tunlichst untersagt."

„Und nicht ohne Grund", verteidigte Johannes seine Frau, „Margot ist im Besitz der Rezeptur für *Margosan.* Und was hab ich? Gar nichts. Zumindestens nichts, was nicht ersetzbar wäre. Deshalb muss ich etwas in der Hand haben, was sie braucht, sodass zwischen uns ein Gleichgewicht der Kräfte herrscht."

„Sagt Afra", fügte Roman ironisch hinzu.

„Herrgott, ja!", fuhr Johannes auf. „Und sie hat Recht damit." Dann wurde er still und nahm einen Schluck Wein. Schließlich sagte er in weit gedämpfterem Ton: „Was soll ich jetzt tun, Roman?"

Der Geistliche nahm ebenfalls einen Schluck Rotwein, überlegte kurz und meinte dann: „Am besten ist es, du tust gar nichts. Margot dürfte im Moment zu verletzt sein um ein offenes Gespräch führen zu können. Geh also zur Tagesordnung über und verschiebe alles andere auf einen späteren Zeitpunkt, wenn die Wogen sich etwas geglättet haben. Zerstörtes Vertrauen in einer Freundschaft wieder zu kitten, ist eine schwierige Sache. Schwieriger noch als in einer Ehe, denn die Selbstheilungskraft der Liebe ist groß. Was mich hoffen lässt, dass wenigstens deine Ehe diese unleidige Geschichte überleben wird, obwohl Afra es war, die dich in diese Bredouille gebracht hat."

Johannes setzte sich aufrecht hin, er sah Roman mit einem ernsten Blick an, aus dem alles Unsichere, Unschlüssige gewichen war. „Da mach dir keine Sorgen", sagte er. „Ich liebe Afra. Ehe ich sie aufgebe, verabschiede ich mich lieber von der Firma, der Sanwaldt-Sippe... und im schlimmsten Fall sogar von meinen Kindern. Das hört sich schrecklich an, oder? Aber es ist die Wahrheit, Roman."

Während Johannes bei Roman sein Herz ausschüttete, lief Margot im Nachbarhaus unruhig durch die Zimmer. Sie war zutiefst verletzt. Eben hatte sie die kleine Verena ins Bett gebracht, Patty war für ein paar Stunden bei Sylvie untergetaucht, denn sie fand, wie sie sagte, die dumpfe Atmosphäre zu Hause unerträglich. Deshalb war Margot ganz allein. Die Stille in der Villa wirkte erdrückend und vertiefte ihren Schmerz noch. Wenn nur Berthold bei ihr gewesen wäre.

Da hörte sie, wie ein Wagen vorfuhr. Wer konnte das sein? Kurze Zeit später ging die Haustür auf und Berthold trat in Wanderausrüstung herein. Überrascht und erfreut zugleich sah Margot ihn an. Dann fiel sie ihm um den Hals. „Ich hab mir ein Taxi genommen", erklärte er, während er sie an sich drückte.

„Weißt du, irgendwie hatte ich das Gefühl, du würdest mich brauchen. Deshalb habe ich meinen Protestmarsch abgebrochen.“ Er lächelte verschmitzt. „Du wirst natürlich behaupten, es sei wegen der beiden Blasen an meinen Füßen und des Muskelkaters.“

Margot löste sich ein wenig von ihm und sah ihn überglücklich an. „Ich werde gar nichts behaupten“, sagte sie sanft wie eine Katze. „Ich habe dich nämlich wirklich gebraucht.“

Wenig später fiel Berthold müde aufs Sofa nieder. Er machte einen so erledigten Eindruck, dass man glauben konnte, er würde sich für den Rest seines Lebens nicht mehr von hier wegbewegen. Margot zog ihm die Wanderschuhe aus.

Da klingelte das Telefon. Sylvie war dran. Sie bat Margot zu ihr zu kommen, damit sie nicht so allein sei. Erstaunt vernahm Sylvie, dass ihr Vater wieder zu Vernunft und deshalb nach Hause gekommen war.

Zufrieden legte Sylvie den Hörer auf. Zumindest ein Problem hatte sich erledigt. Sie wandte sich wieder Patty zu, die neben ihr auf der Couch saß. „Papa ist nach Hause gekommen“, teilte sie ihrer Schwester mit.

„Na wunderbar“, entgegnete Patty ironisch. „Dann hat Margot ja jetzt einen Tröster.“

„Wirklich eine schlimme Erfahrung, die Margot da machen musste“, sagte Sylvie völlig ernst. „Aber was du gerade machst, ist noch viel schlimmer.“

Patty sah Sylvie trotzig an. „Was ist denn daran so schlimm?“

Sylvies Ton wurde sanfter, aber keineswegs nachgiebig, als sie sagte: „Du machst mir nichts vor, Patty. Hast du mir nicht selbst immer wieder erzählt, dass dir Markus’ Heiratsantrag viel zu früh kam? Hast du ihn nicht ständig hingehalten? Und jetzt willst du plötzlich seine Frau werden und mit ihm nach Shanghai gehen. Aber ich weiß: Das ist weder dein Wunsch noch deine freie Entscheidung. Du hast Mitleid mit ihm, weil dieses Unglück fast seine ganze Familie ausgelöscht hat. Deshalb willst du ihn nicht hängen lassen. Aber wenn du mich fragst: Mitleid ist eine ziemlich schlechte Basis für eine Ehe."

Patty hob herausfordernd ihr Kinn. Natürlich spürte sie, dass an Sylvies Worten vieles, vielleicht sogar alles stimmte. Aber sie konnte es nicht leiden, dass alle zu wissen glaubten, was für sie das Beste sei. Sie mochte die jüngste Schwester sein, aber sie war kein Kind mehr, sondern durchaus in der Lage, ihre Entscheidungen selbst zu treffen.

DIE KUR

Acht Wochen war Berthold schon ohne Führerschein. Er trug es mit bewundernswerter Fassung, fand Margot. Natürlich lamentierte er von Zeit zu Zeit über seine Unfreiheit, aber immerhin genoss er nun den Vorzug, dass seine Frau ihn höchstpersönlich durch die Stadt chauffierte. An diesem wundervoll sonnigen Tag setzte sie ihn vor dem Justizpalast ab. Berthold hatte eine Einladung eines Staatssekretäres im bayerischen Justizministerium bekommen, genau wie sein Freund und Kollege Erich Mang. Keiner von beiden hatte auch nur den leisesten Schimmer, was man von ihnen wollte. „Vielleicht gibt er dir ja wegen deiner Verdienste um die Justiz deinen Führerschein einen Monat früher wieder", scherzte Margot, während sie den Wagen am Bordstein zum Stehen brachte.

„Ganz bestimmt, und auch noch höchstpersönlich", lächelte Berthold.

„Aber wo ist der rote Teppich?" Margot lachte und kniff ihn zärtlich in die Wange.

„Wo fährst du eigentlich jetzt hin?", fragte ihr Mann, ehe er ausstieg.

„Ich hab noch einen Termin bei Dr. Wolfram", teilte sie mit. Es klang wenig erfreut. Nach ihrer Krebsoperation hatte Margot sich auf Anraten ihres behandelnden Arztes Dr. Grave auch in psychotherapeutische Behandlung gegeben. Dr. Wolfram war schon der dritte Therapeut, mit dem sie es versuchte. Aber auch mit ihm schien sie nicht sonderlich zufrieden zu sein.

Nach einem Abschiedskuss stieg Berthold aus. Margot winkte noch einmal und fuhr los. Als er auf den Eingang des

Justizpalastes zuging, begegnete ihm Erich Mang. Die beiden ehemaligen Kollegen, die sich auch heute noch gelegentlich auf ein Gläschen Wein trafen, begrüßten sich mit einem herzlichen Handschlag. Dann verschwanden sie ins Innere des Gebäudes.

Während die beiden Männer vom Staatssekretär empfangen wurden, suchte Margot vor der Praxis ihres Psychologen einen Parkplatz. Sie war ein paar Minuten zu spät. Bestimmt würde Dr. Wolfram das gleich wieder als unausgesprochenen Widerstand gegen die Therapie werten. Na ja, ganz Unrecht hatte er damit nicht.

Dr. Wolfram empfing Margot mit diesem Lächeln, das Freundlichkeit und menschliche Wärme vermitteln sollte, eine gewisse Arroganz aber nicht verbergen konnte. Margot stellte mit jedem Besuch mehr fest, was für ein glatter Typ der Psychologe doch eigentlich war.

„Sie wissen, weshalb ich Sie zu mir gebeten habe", sagte er mit samtweicher Stimme, nachdem er sich in seinem Sessel niedergelassen hatte. „Haben Sie sich wegen der Kur bereits entschieden?"

Margot schüttelte verhalten den Kopf. „Das ist nicht so leicht", sagte sie. „Ich habe eine Familie und..."

„Die Firma, ich weiß", vervollständigte Dr. Wolfram. „Sie dürfen aber eines nicht vergessen, Frau Sanwaldt: Sie haben nur eine Gesundheit. Durch Ihre Krebserkrankung sollte Ihnen klar geworden sein, um welch zerbrechliches Gut es sich dabei handelt. Geben Sie Ihrem Körper und Ihrer Psyche die Möglichkeit sich von den Strapazen der Operation und der Chemotherapie zu erholen. Sonst kann es schon bald wieder soweit sein."

Sein Blick war im Verlauf seiner Rede immer stechender geworden. Das verfehlte seine Wirkung auf Margot keineswegs. Im Grunde hatte er ja Recht. Es gefiel ihr nur nicht, dass er sie derart drängte. „Ich befürworte die Kur ja", sagte sie,

„aber im Moment ist es ein wenig schwierig mit allen Verpflichtungen."

Dr. Wolfram lehnte sich zurück. Er legte die Fingerspitzen aneinander und sagte: „Um ehrlich zu sein: Ich habe den Eindruck gewonnen, dass es diese Verpflichtungen sind, die Sie krank machen."

„Was wollen Sie denn damit sagen?", fragte Margot erstaunt und betroffen zugleich.

„Sie haben mir viel über Ihr Leben erzählt, Frau Sanwaldt. Vor allem über die Beziehung zu ihrem Mann und dessen Familie. Was würde Ihr Mann in einer vergleichbaren Situation wohl tun? Er würde sich die Zeit nehmen, die er braucht. Anders als Sie. Sie stellen Ihre Bedürfnisse ganz hinten an."

„Verstehen Sie das denn nicht? Ich habe Ihnen doch gesagt, was ich Berthold verdanke."

„Damit sind wir genau beim Kern des Problems. Ihre Ehe basiert auf Dankbarkeit, nicht auf Liebe. Denn Liebe macht frei. Sie aber befinden sich in einem selbst gewählten Gefängnis."

„Jetzt reicht's aber!", rief Margot erbost aus. Sie ließ ja über vieles mit sich reden, aber wenn es eine Sicherheit in ihrem Leben gab, dann war das ihre Liebe zu Berthold. „Ich lass mir doch von Ihnen keine Dankbarkeitsneurose einreden!", schrie sie den Psychologen an. Sie sprang auf und lief zur Praxis hinaus. Der konnte sie mal kreuzweise!

Sehr viel ruhiger ließen es Berthold und Erich Mang angehen. Nach ihrem Gespräch mit dem Staatssekretär suchten sie einen Biergarten auf und ließen sich eine frisch gezapfte Maß Bier schmecken. Dabei erörterten sie das Angebot, das ihnen der Staatssekretär gemacht hatte. Sie sollten an einer internationalen Rechtskonferenz in Salzburg teilnehmen, die die Angleichung nationaler Rechtsnormen innerhalb der

Europäischen Union zum Thema hatte. Eine überaus ehrenvolle Aufgabe.

„Der Staatssekretär hat etwas von drei deutschen Teilnehmern gesagt", meinte Berthold. „Du hast ja im Hinausgehen noch mit ihm gesprochen. Hat er erwähnt, wer der dritte Kollege sein wird?"

Erich lachte in sich hinein, als er entgegnete: „Es ist eine Kolleg*in,* und du kennst sie gut."

„So?", fragte Berthold und zog die Brauen hoch.

„Miriam Bertram. Sie ist Professorin in Tübingen. Und ist sie nicht auch eine Jugendliebe von dir?"

Berthold lächelte verlegen. Er erinnerte sich gut an Miriam. Sie war schon damals eine blitzgescheite junge Frau gewesen, die genau gewusst hatte, was sie wollte. Dass sie es zur Professorin gebracht hatte, überraschte deshalb nicht. Eine Zeit lang war er rasend verliebt in sie gewesen. Aber dann waren seine Gefühle erkaltet. Ihm war klar geworden, dass er etwas bei ihr vermisste, ohne das er nicht leben konnte: Wärme. Um Abstand von Miriam zu gewinnen, hatte er sich kurzerhand entschlossen, zwei Semester in Lyon zu studieren.

„Das Treffen in Salzburg verspricht in jeder Hinsicht interessant zu werden", lachte Erich und hob seinen Maßkrug. „Darauf wollen wir anstoßen!"

Johannes konnte Afra keinen Wunsch abschlagen. Schon seit mehr als einer Stunde zogen sie in der Münchner Innenstadt von Boutique zu Boutique. Afra hatte darauf bestanden, dass sie für die bevorstehende Reise nach Kalifornien eine neue Garderobe haben müsse. Johannes war ziemlich mulmig zumute. Nicht wegen der neuen Garderobe. Die Reise nach Amerika bereitete ihm Kopfzerbrechen. Afra hatte ihn gedrängt, Lizenzverhandlungen mit einem amerikanischen Diätmittelhersteller anzubahnen, und zwar hinter Margots

Rücken. Das war nun schon die zweite eigenmächtige Handlung, die Johannes unter Afras Einfluss unternahm. – Ein Einfluss, dessen Johannes sich immer weniger erwehren konnte. Und schon gar nicht, wenn Afra so vor ihm stand wie jetzt, in einem engen Kostüm, das ihre weiblichen Formen deutlich betonte. Was hat diese Frau nur mit mir angestellt, dachte er. Ich tue Dinge, die ich früher nicht einmal zu denken gewagt hätte... und ich fühle mich gut dabei.

Das stimmte nur zum Teil. Manchmal überkam Johannes sehr wohl ein schlechtes Gewissen. Afra indes schien dagegen völlig gefeit zu sein. „Hast du Margot inzwischen über die Verhandlungen in Amerika informiert?“, fragte sie, während sie zur Umkleidekabine ging.

„Noch nicht“, entgegnete Johannes, der ihr folgte.

„Das solltest du auch nicht tun. Margot und die anderen Sanwaldts einschließlich Onkel Roman reden sowieso kaum noch mit uns. Da kannst du mal sehen, wie sie sich benehmen, wenn man nicht mehr das tut, was sie von einem wollen.“

Johannes sah zu, wie sie flink das Kostüm abstreifte. Wenig später stand sie vor ihm, wie im Traum, bekleidet nur mit fliederfarbener Unterwäsche. Er sah sie einen Moment schweigend an. Afra sah den bewundernden, ja anbetungsvollen Ausdruck in seinen Augen und genoss ihn wie warmen Regen.

Schließlich riss Johannes sich los und sagte: „Ich kann die Reaktion der Sanwaldts durchaus verstehen. Die Kräuterfarm hinter Margots Rücken zu pachten war nicht unbedingt die feine englische Art.“

Afra verzog den Mund und schüttelte verständnislos den Kopf. Dann sah sie Johannes mit einem tadelnden Blick an und meinte: „Hat Margot dir jemals angeboten, die Rechte für die Rezeptur von *Margosan* mit dir zu teilen?“

„Die Frage hat sich nie gestellt.“

„Es wäre eine Geste gewesen, die für geschäftliche Gleichberechtigung gesorgt hätte. Margot wusste wohl, warum sie das unterlassen hat. Sie wollte dich in der Position des Schwächeren halten. Aber jetzt werden die Karten neu gemischt und diesmal sollst du auch ein paar Trümphe bekommen. Die Kräuterfarm war erst der erste Schritt. Amerika ist der zweite."

Johannes sah zu, wie Afra sich ein geblümtes Sommerkleid überstreifte. Aus ihrem Mund klang das alles so logisch, ja beinahe selbstverständlich. Er wünschte, er hätte die Dinge ebenso kühl betrachten können wie sie. Aber für ihn war Margot eben mehr als eine Geschäftspartnerin. Sie war nicht nur die Stiefmutter seiner verstorbenen Frau gewesen, sondern eine enge Freundin geworden. Ihre geschäftliche Zusammenarbeit hatte nie auf Verträgen beruht, sondern auf Vertrauen und Zuneigung. Afra fand das ziemlich naiv.

Nach ihrem Termin beim Psychologen hatte Margot noch eine Reihe von Besorgungen zu machen. Ziemlich erledigt kam sie in der Sanwaldt'schen Villa an. Doch an Ruhe war nicht zu denken, denn die nächste Überraschung wartete schon auf sie. Patty fing sie nämlich an der Haustür ab und sagte ihr, dass sie schon bald mit Markus nach Shanghai reisen würde. „Wir wollen uns die Stadt und die Schule mal ansehen", sagte sie.

„Weiß dein Vater davon?", fragte Margot.

Patty nickte. „Er ist in der Bibliothek."

Margot runzelte die Stirn. In ihren Augen war diese ganze China-Angelegenheit einschließlich der Heirat ein Riesenfehler und das Schlimmste daran war, dass Patty das ahnte.

Während Patty das Haus verließ, ging Margot in die Bibliothek. Sie fand Berthold in seinem Lehnstuhl. Hier und nicht am Schreibtisch, wo sich die juristische Literatur befand, saß er stets, wenn er nachdachte oder einen anspruchsvollen Roman las.

„Ich hab mit Patty geredet“, sagte Margot. „Du hast ihr die Reise nach Shanghai wirklich erlaubt?“

Berthold nickte, wirkte aber nicht besonders glücklich. „Ich habe noch mal über alles nachgedacht. Natürlich halte ich dieses Vorhaben nach wie vor für falsch. Aber Patty ist anders veranlagt als Sylvie. Bei ihr wird sich irgendwann die Vernunft durchsetzen. Sie muss nur das Gefühl haben sich frei entscheiden zu können.“

Margot trat näher. „Unterschätzt du da nicht die Macht der Liebe?“, fragte sie mit einem ironischen Unterton.

Berthold lehnte sich vor. Sein Blick ging nachdenklich auf den Boden. „Stell dir vor, genau darüber denke ich jetzt schon eine ganze Weile nach“, sagte er. „Über die Macht der Liebe. Und darüber, was man für die Liebe alles aufgeben sollte. Und vor allem: was nicht.“

Was für ein Zufall, dachte Margot. Über die gleiche Frage hatte sie mit Dr. Wolfram gestritten. Während der ganzen Rückfahrt war ihr das nicht mehr aus dem Kopf gegangen. Dann erzählte Berthold ihr vom Gespräch mit dem Staatssekretär und dass er die angetragene Aufgabe übernommen hatte. „Ich werde also vier Wochen in Salzburg sein“, schloss er.

Margot musste wieder an die Worte des Psychologen denken. Bei allem Unsinn, den er erzählt haben mochte, in einem hatte er Recht gehabt: Berthold tat das, was er für richtig hielt. Die Aufgabe in Salzburg reizte ihn, also ging er hin ohne sich Gedanken darüber zu machen, wie es in der Zwischenzeit mit der Familie weiterging.

„Wenn du weg bist, wird es sehr still hier werden“, sagte Margot. „Sylvie und Beat sind mit dem Kind in Ungarn, Patty in Shanghai. Nur unsere kleine Verena und ich halten die Stellung.“

„Wieso machst du nicht endlich die Kur, zu der dir die Ärzte und dein Psychologe so dringend raten?“, fragte Berthold. „Mathilde und Albert fahren nach Sylt. Die würden Verena samt Kindermädchen bestimmt gerne mitnehmen.“

Berthold war überrascht über Margots Blick. Wieso war sie so nachdenklich? Gefiel ihr etwas an dem Vorschlag nicht? War sie beleidigt, weil er sie wegen Salzburg nicht vorher gefragt hatte? Sie war doch sonst nicht so empfindlich. „Hab ich was Falsches gesagt?“, fragte er unschlüssig.

Margot schüttelte den Kopf. „Ganz und gar nicht.“

Am nächsten Morgen kam Margot in die Firma. Sie hatte einen Entschluss gefasst, den sie Johannes unverzüglich mitteilen wollte. Deshalb ging sie sogleich in sein Büro. Sie blieb wie angewurzelt an der Tür stehen. Statt Johannes saß Afra hinter dem Schreibtisch und blätterte mit so beiläufigem Interesse in seiner Korrespondenz, als handle es sich dabei um eine Illustrierte. Sie wartete augenscheinlich auf Johannes.

„Erlaubt er dir, seine Post zu lesen?“, fragte Margot entgeistert.

„Eheleute haben keine Geheimnisse voreinander“, erwiderte Afra schnippisch.

„Wie ihr das zu Hause handhabt, ist mir egal. Aber das hier ist unsere Firma. Da bin ich Johannes’ Partnerin, verstehst du? Wo ist er eigentlich?“

„Bin schon zur Stelle“, erklang es da hinter ihr. Johannes kam an ihr vorbei herein. „Was gibt’s?“

„Ich wollte dir eigentlich nur mitteilen, dass ich für vier Wochen in Kur gehen werde. Herr Förster vertritt mich in der Zwischenzeit.“

„Das ist ein guter Entschluss“, meinte Johannes.

Afra war hinter dem Schreibtisch hervorgekommen. „Wegen des Geschäfts brauchst du dir keine Sorgen zu machen“, sagte sie. „Johannes tut, was er kann.“

„Gewiss“, entgegnete Margot und sah Afra böse an. „Und du vermutlich auch.“

Afra lächelte hintergründig.

Margot wandte sich wieder Johannes zu. „An deiner Stelle wäre ich vorsichtig“, warnte sie ihn. „Ich jedenfalls bin es, was deine Gattin betrifft.“ Sie warf Afra einen drohenden Blick zu, ehe sie verschwand.

Afra trat zu Johannes und legte ihre Hand an seine Schulter. „Sie hat die Kur nötig“, sagte sie. „Aber ob eine Kur auch alles richten wird? Wenn du mich fragst, wird sie sich über kurz oder lang aus der Firma zurückziehen. Ein Grund mehr für dich in Amerika hart zu verhandeln.“

Während die Familie Sanwaldt ihre Koffer packte um sich in alle Winde zu zerstreuen, steckte der Spross einer anderen, mit ihr verbandelten Familie in tiefen Schwierigkeiten: Adrian von Freistatt. Er hatte eine ganze Nacht durchgepokert und dabei fast zwanzigtausend Mark verzockt. Zwanzigtausend Mark, die er nicht hatte. Der Morgen graute, als er aus dem Hinterzimmer einer Bar auf die offene Straße trat. Und Adrian graute auch. Vor sich und seinem Leben, dem der Mittelpunkt fehlte.

Die Hände in den Hosentaschen vergraben, stiefelte er die Straße hinab. Er war jetzt Ende dreißig und noch immer auf die Zuwendungen und den Schutz seiner Schwester angewiesen. Beat, sein Neffe, hatte von seinem Vater die Leitung der Porzellanmanufaktur übernommen und schwamm im Geld. Nur er, Adrian, hatte nichts und war immer auf die Unterstützung anderer angewiesen. So einen moralischen Durchhänger hatte Adrian gelegentlich, wenn er pleite war. Aber bisher waren sie nie tief genug gewesen um sein Leben zu ändern. Dabei hätte er gute Voraussetzungen gehabt, denn er hatte Architektur studiert und durchaus vorzeigbare Leistungen gebracht.

Ein Glück nur, dass Elisabeth ihrem kleinen Bruder einen Notfallschlüssel für ihr Apartment überlassen hatte. Sie selbst war mit einer Freundin nach Lugano verreist, dummerweise ohne ihre Telefonnummer zu hinterlassen. Deshalb war Adrian diesmal ganz auf sich allein gestellt.

Er durchsuchte die Wohnung seiner Schwester, fand aber keinen nennenswerten Geldbetrag. Das war zu erwarten gewesen. Elisabeth war viel zu vorsichtig um in einem Sparstrumpf oder unter der Matratze Bargeld zu horten. Wenigstens hatte Adrian neben dem Telefon Beats Telefonnummer in Ungarn gefunden.

Ein kleiner Lichtblick, der sich allerdings rasch verdunkelte. Trotz der späten Stunde rief Adrian seinen Neffen an. Der aber ließ ihn mit seiner Bitte um Geld eiskalt abblitzen.

Nervös lief Adrian durch die Wohnung, rauchte dabei eine Zigarette nach der anderen. Die Jungs, bei denen er in der Kreide stand, würden nicht lange auf ihr Geld warten. Und wenn sie es nicht bekamen, konnten sie ausgesprochen böse werden. Es musste etwas geschehen.

Da fiel Adrians Blick auf die Briefe, die auf einer Kommode lagen. Er hatte sie vorher schon auf der Suche nach Geld flüchtig durchstöbert. Angebote von Maklern für ein Haus. Adrian wusste, dass Elisabeth schon seit längerem nach einer Villa suchte, in der sie mit Beat, Sylvie und Mariechen in getrennten Wohnungen, aber unter einem Dach leben konnte. Bisher hatte er sich nie dafür interessiert, aber jetzt wurde ihm klar, dass er ein paar Leute kannte, die da vielleicht hilfreich sein konnten. Er rieb sich das Kinn. Hinter seiner Stirn arbeitete es fieberhaft. „Vielleicht ist das ja eine Möglichkeit…“, murmelte er vor sich hin.

Margot traute ihren Augen nicht. Das sollte Sanatorium *Sonnhalde* sein? Das Gebäude, das inmitten einer großzügigen

Grünanlage mit Brunnen und Teichen lag, sah viel eher aus wie ein Luxushotel. Kaum war sie ausgestiegen, da sprang auch schon ein livrierter Boy herbei um ihren Wagen in die Garage zu fahren. Ein anderer hatte ihr Gepäck aus dem Kofferraum geholt und trug es vor ihr her in die Empfangshalle. Und in diesem Stil ging es auch weiter. Die Dame am Empfang trug statt eines weißen Kittels ein schickes marineblaues Kostüm, Margots Zimmer vermittelte mit all dem Stuck an den Decken den Eindruck, als befände sie sich in einem Schloss.

Nachdem sie sich von der Fahrt ausgeruht hatte, wurde Margot zur Begrüßung in das Büro von Dr. Hübner, dem Leiter des Sanatoriums, gebeten. Auch er trug keinen Kittel, sondern feinen Zwirn. Er wirkte nicht wie ein Arzt, sondern eher wie ein Bankdirektor. Stolz zählte er auf, was *Sonnhalde* außer Luxus noch so alles anzubieten hatte: eine eingehende medizinische Untersuchung, Wassergymnastik, Yoga, autogenes Training...

„Moment mal", unterbrach Margot die Aufzählung, „das alles hätte ich auch in München im Schwimmbad und an der Volkshochschule haben können. Für deutlich weniger Geld, wohlgemerkt."

Dr. Hübner lächelte etwas herablassend. „Nur weil die Namen ähnlich klingen, ist es noch längst nicht dasselbe", sagte er.

„Und die Untersuchungen wurden doch alle erst vor kurzem gemacht. Wieso fangen sie hier wieder von vorne an?"

„Ich will die Gründlichkeit der Kollegen nicht in Abrede stellen, aber wir verlassen uns doch lieber auf unsere eigenen Ergebnisse." Margot verkniff sich jeden weiteren Kommentar.

Am nächsten Tag unterzog sie sich also zunächst den Untersuchungen. Sie konnte nicht feststellen, dass dabei mit größerer Sorgfältigkeit vorgegangen worden wäre, als dies im Krankenhaus der Fall war. Margot schwante Schlimmes.

Der Kurs im Autogenen Training, den sie am Nachmittag besuchte, bestätigte ihre Befürchtungen. Sie hatte schon mal an der Volkshochschule einen solchen Kurs gemacht. Damit aber war der Kurs im Sanatorium, den Dr. Hübner höchstpersönlich leitete, nicht zu vergleichen. Margot saß im Sportdress auf einer Schaumstoffmatte in einem völlig überfüllten Saal. Die Wände waren so dünn, dass man von nebenan die Musik der Tanztherapie hörte. Dr. Hübner schien das nicht zu stören. Unverdrossen faselte er weiter von blühenden Wiesen, die man sich vorstellen sollte.

„Was ist denn mit Ihnen, Frau Sanwaldt?", fragte er Margot schließlich, nachdem sie ihn schon eine Weile provozierend angestarrt hatte.

„Tut mir Leid", sagte sie mit angespannter Stimme, „aber bei mir funktioniert das irgendwie nicht. Ich sehe keine Blumenwiese. Ich höre nur die Musik und das Gehüpfe von nebenan."

„Weil Sie Ihre Aufmerksamkeit viel zu sehr nach außen richten", erwiderte Dr. Hübner sanft.

„Schon möglich. Und deshalb bitte ich Sie mich zu entschuldigen. Ich halt das hier nämlich nicht mehr aus."

Sie stand auf, rollte ihr Matte ein und ließ die Tür zuknallen.

Berthold hatte ein ziemlich mulmiges Gefühl, als er mit Erich zur Eröffnung des EU-Kongresses ging. Während sein Freund von den Herrlichkeiten Salzburgs schwärmte und seine Hoffnung ausdrückte hier einmal den „Jedermann" sehen zu können, dachte Berthold unentwegt an Miriam. Die bevorstehende Begegnung mit ihr machte ihn nervöser, als er gedacht hatte, obwohl nun schon so viele Jahre vergangen waren. Vielleicht, weil er sich damals nicht gerade als Gentleman von ihr getrennt hatte.

Nachdem ein offizieller EU-Vertreter die anwesenden Juristen im barocken Festsaal der Residenz begrüßt hatte, gab es einen kleinen Sektempfang, damit man sich kennen lernen konnte. Von Miriam indes war nichts zu sehen.

„Vielleicht kommt sie ja gar nicht“, meinte Erich.

„Sie wird kommen“, versicherte Berthold. „Trotz ihres Perfektionismus hat Miriam es schon zu unserer Zeit nicht geschafft, pünktlich zu sein. Daran scheint sich nichts geändert zu haben.“

Berthold sollte Recht behalten. Wenig später betrat eine Frau den Saal, in der er Miriam sofort wieder erkannte. Auch wenn sie inzwischen Ende fünfzig war, sah sie noch immer blendend aus. Ihre kurz geschnittenen dunklen Haare wirkten jugendlich und die Augen so frisch wie vor sechsunddreißig Jahren. Sie mochte ein wenig molliger geworden sein, aber das, was ihre Attraktivität schon immer ausgemacht hatte, war noch da.

„Guten Tag, Berthold“, grüßte sie freundlich. Wenn sie nervös sein sollte, dann verbarg sie es geschickt. Sie schien auch keinen Groll gegen Berthold zu hegen. Erich hatte sich inzwischen zurückgezogen, damit die beiden unter sich waren.

„Wir sind in der selben Arbeitsgruppe“, teilte sie mit. „Und zwar ganz allein. Dottore Melani ist erkrankt und konnte nicht kommen.“ Sie lächelte ironisch. „Wenn das kein Wink des Schicksals ist.“

„Und was, glaubst du, will uns das Schicksal damit sagen?“, entgegnete Berthold.

„Vielleicht will es nur, dass ich endlich die Erklärung bekomme“, sagte sie nun, ganz ohne Ironie, „die Erklärung dafür, warum ein Mann wie du sich zwei Monate vor der geplanten Hochzeit einfach abgesetzt und mir bis heute jede Begründung dafür verweigert hat.“

Berthold schlug die Augen nieder. Er hörte den Vorwurf in ihren Worten und er war nur zu berechtigt. Das war wohl keine Glanzleistung von ihm gewesen, aber vermutlich die einzige Möglichkeit um den größten Fehler seines Lebens zu vermeiden.

Am nächsten Tag stand für die Gruppe, in die Margot eingeteilt worden war, Selbstüberwindung auf dem Programm. Dr. Hübner versammelte seine Schützlinge in der Parklandschaft hinter dem Hauptgebäude um sich. Auf Margot richtete er sein besonderes Augenmerk, denn er hatte ein Gespür für Leute, die die Harmonie der Gruppe störten.

„Wir befassen uns heute mit unserem Urvertrauen", sagte er. „Bekommen wir Angst, wenn wir die Kontrolle verlieren? Oder bleiben wir gelassen?"

Dr. Hübner schnippte mit dem Finger, woraufhin eine riesige aufgeblasene Kugel aus durchsichtigem Plastik herangerollt wurde. Sie hatte einen Durchmesser von mindestens zwei Meter. Durch einen Einstieg konnte man in ihren Hohlraum gelangen.

„Wenn die Kugel einmal ins Rollen gekommen ist, kann man sie nicht mehr steuern", erklärte Dr. Hübner. „Wir erfahren dabei sehr viel über uns selbst." Er blickte in die Runde. „Wer meldet sich freiwillig?"

Die Leute vermieden schüchtern den Blickkontakt mit dem Arzt, starrten stattdessen Löcher in den Boden. Nur Margot sah Dr. Hübner offen an. Als keiner sich meldete, hob sie die Hand. „Ich würde mir das schon zutrauen", sagte sie und trat vor.

Sie kroch in den engen Innenraum der Kugel. Dann legte sie sich einfach auf eine Seite um sie in Bewegung zu versetzen. Sie rollte zunächst langsam los, wurde dann aber rasch schneller, zumal sie einen kleinen Abhang hinabrollte. Margot wurde im Innern heftig durchgeschüttelt. Aber sie hatte keine Angst. Im Gegenteil, es machte ihr richtig Spaß. Bisher das einzige in diesem Sanatorium.

Schließlich kam die Kugel zum Stillstand. Margot kroch heraus. Dr. Hübner selbst reichte ihr die Hand. Neugierig sah er sie an. Vielleicht erwartete er einen entsetzten, ängstlichen Ausdruck. Aber Margot sah aus wie das blühende Leben, die pure Freude funkelte in ihren Augen.

„So schlecht scheint es um mein Urvertrauen nicht bestellt zu sein“, sagte sie stolz und ging davon.

Zur gleichen Zeit fanden sich Berthold und Miriam in dem ihnen zugewiesenen Arbeitszimmer ein. Aber bevor sie mit der eigentlichen Arbeit beginnen konnten, gab es noch etwas, das aus dem Weg geräumt werden musste. Berthold sah in Miriams Augen, dass sie ihm keine Ausflüchte lassen würde. Trotzdem versuchte er es.

„Das Ganze ist doch sechsunddreißig Jahre her“, sagte er. „Eigentlich ist es längst verjährt.“

„Manche Dinge verjähren nie“, beharrte Miriam. „Leg endlich los mit deinem Plädoyer.“

Berthold stand auf. Miriam indes lehnte sich in ihrem Stuhl zurück. Sie sahen jetzt wirklich aus wie Verteidiger und Richterin.

„Hast du wirklich nur aus Feigheit einen Rückzieher gemacht oder gab es noch andere Gründe dafür?“, fragte sie.

Berthold ging nachdenklich ein paar Schritte vor. „Ich hatte einfach nur das Gefühl, dass ich dabei war, einen Fehler zu machen“, sagte er. „Die Erkenntnis kam nicht plötzlich, sondern in kleinen Stücken. Wie ein Mosaik, das aus winzigen Teilen besteht und erst am Ende ein ganzes Bild ergibt. Aber als ich dieses Bild vor Augen hatte, konnte ich nichts anderes tun als das, was ich getan habe, ohne Rücksicht auf die Reaktion vor allem meiner Familie, ohne Rücksicht auf meine Liebe zu dir.“

Miriam zog eine Augenbraue hoch. „Bist du sicher, dass du das richtige Wort verwendet hast?“, fragte sie.

„Vollkommen", versicherte Berthold. „Ich habe dich geliebt. Aber ich war zu naiv, denn ich dachte, Liebe allein genügt. Aber Liebe allein..."

„Du schweifst ab, Berthold", ermahnte ihn Miriam.

Er sah sie lächelnd an. „Du hast Recht", entgegnete er, „so wie du immer Recht gehabt hast. Und damit wären wir auch an dem Punkt, an dem unsere Beziehung gescheitert ist."

Miriam beugte sich vor. Ihr Gesicht wirkte noch wachsamer. „Jetzt wird es interessant", sagte sie.

„Ich habe es nicht ertragen, mit einer Frau verheiratet zu sein, deren Intellekt schärfer ist als meiner", erklärte Berthold. „Du warst ein Argumentationsgenie. Wie hätte ich mit dir über eine Trennung diskutieren sollen? Deshalb zog ich es vor, nach Lyon zu gehen."

„Ohne ein Wort der Erklärung."

„Es erschien mir die wirkungsvollste Methode."

Miriam sah ihn verständnislos an.

Da trat Berthold an ihren Tisch und erläuterte: „Ich hab darüber nachgedacht, dir ein paar Worte zu schreiben. Aber dann habe ich es gelassen. Du hättest mir etwas erwidert, so wie du es immer getan hast. Einfach zu verschwinden war etwas völlig Irrationales, auf das du höchstens mit Verachtung reagieren konntest. Und diese Verachtung war nötig um die Sache zu beenden."

Miriam sah Berthold unverwandt an. In ihrem Gesicht war nicht mehr das geringste Anzeichen von Ironie. Sie spürte wieder die Verletzungen, die sie damals an ihrer Seele erlitten hatte. Aber gleichzeitig musste sie zugeben, dass Berthold gar nicht so falsch lag. Wenn er ihr eine Erklärung gegeben hätte, so hätte sie nicht geruht, bis sie deren Sinnhaftigkeit bis ins letzte Detail widerlegt hätte.

„Vielleicht war mein Verhalten feige", sagte Berthold nach kurzem Schweigen. „Aber wenn ich ehrlich bin, wüsste ich auch heute kaum eine bessere Lösung. Obwohl es mir bis heute Leid tut, dass ich dir mit meinem Verhalten weh getan habe."

„Das hast du", erwiderte Miriam.

„Dann befindest du mich also für schuldig?"

Miriam nickte. „Aber immerhin billige ich dir mildernde Umstände zu. Du kommst also wohl mit einer Bewährungsstrafe davon." Sie konnte schon wieder lächeln. „Und jetzt sollten wir endlich mit unserer Arbeit anfangen."

Berthold konnte über Miriam nur staunen. Sie arbeitete mit einer Akribie, die ihresgleichen suchte und höchstens noch von ihrem Tempo überboten wurde. Nach kaum zwei Wochen hatten beide fast schon das ganze Pensum geschafft. Die Arbeit hatte sie einander rasch wieder näher gebracht, wenn auch nur auf eine freundschaftliche Weise. Zumindest schien die Hypothek der Vergangenheit rasch abgetragen zu sein.

Miriam war eben aus dem Arbeitszimmer verschwunden um Kaffee zu holen, als die Tür aufflog. Berthold traute seinen Augen nicht: Margot stand vor ihm. Sie lief auf ihn zu und fiel ihm um den Hals. „Wo kommst du denn her?", fragte er erstaunt. „Ich dachte, du seist in Kur."

„War ich auch", sagte sie. „Aber da bin ich auf zwei ausgemachte Gauner hereingefallen."

„Wie bitte?"

Margot erzählte aufgeregt, wie sie von den anderen Kurteilnehmern erfahren hatte, dass sie allesamt von dem gleichen Psychologen eingewiesen worden waren: Dr. Wolfram. Sie wäre nicht die Frau eines Juristen gewesen, wenn sie da nicht sofort halbseidene Machenschaften gewittert hätte. Aus dem Prospekt habe sie ersehen, dass das Sanatorium *Sonnhalde* eine GmbH sei. Deshalb sei sie ins Amtsgericht und habe sich den Eintrag ins Handelsregister zeigen lassen. Und siehe da, die GmbH hatte nur zwei Gesellschafter: Dr. Hübner und Dr. Wolfram.

„Der eine redet den Menschen die Notwendigkeit einer Kur ein", schloss Margot, „der andere führt diese sogenannte Kur durch, die nichts hält, was sie verspricht. Und beide kassieren ab. Ich hab sofort die Koffer gepackt und mir für meine Kur ein anderes Haus gesucht."

„Das ist ja wunderbar", rief Berthold erfreut aus. „Dann werde ich dich besuchen. Ich bin hier nämlich so gut wie fertig."

Beunruhigt kehrte Elisabeth Gräfin von Wettenberg aus Lugano in ihre Münchner Wohnung zurück. Es hatte gut getan, einmal von allem weg zu sein, auch und gerade von Adrian, der ihre Nerven in der letzten Zeit ganz schön beansprucht hatte. Dann aber hatte Beats Anruf aus Ungarn sie aufgeschreckt und dazu veranlasst abzureisen. Beat hatte ihr von Adrians Anruf erzählt und von dessen Spielschulden in Höhe von zwanzigtausend Mark. Das sah Adrian mal wieder ähnlich.

Wie er dann aber vor Elisabeths Augen trat, das sah ihm alles andere als ähnlich. Seine Schwester kam aus dem Staunen kaum heraus. Er trug einen schicken Anzug, war offensichtlich beim Friseur gewesen und duftete, als habe er in Parfüm gebadet. „Was ist denn mit dir los?", fragte sie.

„Ich hab diesmal getan, was du mir schon immer geraten hast, Eli", sagte er. „Ich habe gehandelt. Und mir die zwanzigtausend Mark verdient."

Sie zog die Augenbrauen hoch. „So? Wie willst du das denn gemacht haben, und auch noch in so kurzer Zeit?"

„Indem ich dir einen Wunsch erfüllt habe", erwiderte Adrian selbstbewusst. „Du suchst doch schon lange ein Haus für dich, Beat und seine Familie. Ich hab mich als Makler betätigt und für dich ein schönes großes Haus gekauft... Und von der Provision habe ich meine Spielschulden bezahlt.“ Elisabeth musste ja nicht wissen, dass er ein paar ihrer Sachen verpfändet hatte um sich die tollen Klamotten kaufen zu können, denn mit den alten Lumpen hätte der Verkäufer des Hauses ihn doch sofort für einen Betrüger gehalten. Er holte einen Zettel aus der Innentasche seines Sakkos. „Allerdings musst du noch diese Vollmacht unterschreiben. Sonst wäre der Vertrag nämlich ungültig und das Ganze ein Betrug. Und ich wäre der erste aus unserer edlen Familie, der in den Knast müsste. Aber das willst du doch nicht, oder?“

DER VERLORENE SOHN

Margot und Berthold lagen auf zwei Liegen vor der Schwimmhalle und genossen die Sonne. Spitzbübisch blinzelte Margot zu ihrem Mann hinüber. Richtig zufrieden sah er aus. Dabei hatte er sich anfangs so gesträubt, mit ihr in Kur zu gehen. Weil er so was nicht brauche, er sei kerngesund, immer gewesen. Tage- und wochenlang auf der faulen Haut zu liegen, das könne er sich nicht vorstellen. Und so weiter.

Sie wollte ihn gerade wieder wegen dieses Denkfehlers, den er inzwischen eingeräumt hatte, aufziehen, als eine wohlbekannte Stimme erklang: „Hallo, ihr beiden! Ihr lasst es euch hier ja richtig gut gehen.“ Margot hielt die Hand vor ihren Augen, damit sie nicht von der Sonne geblendet wurde. Weihbischof Rottmann und seine Haushälterin Elsa kamen auf sie zu.

„Na, das ist ja eine Überraschung!“, rief Berthold aus. „Was verschlägt euch denn hierher?“

„Der Herr Weihbischof hat sich in München einsam gefühlt“, teilte Elsa lächelnd mit. „Deshalb wollte er euch besuchen. Und mich hat er mit eingeladen.“

„Ich hoffe, die Kurregel erlaubt ein gemeinsames Mittagessen mit uns“, sagte Roman schmunzelnd.

„Ganz bestimmt“, erwiderte Margot lachend. „Ihr beiden seid ja die reinste Seelenmassage.“

Berthold und Margot packten ihre Sachen zusammen. Zu viert zogen sie ab. Margot war froh über die Aussicht, mal wieder mit Elsa in entspannter Atmosphäre plaudern zu können. Sie traf die alte Dame zwar öfter am Gartenzaun, aber meist blieb gerade genug Zeit für ein paar höfliche Floskeln. Dabei bestand zwischen beiden Frauen ein Band tiefen Vertrauens und inniger Freundschaft, das in der Zeit, da sie beide im Frauengefängnis Aichach eine Zelle teilten, geknüpft worden war.

Anders als Margot, die unschuldig im Gefängnis gesessen hatte und später rehabilitiert worden war, gab es an Elsas Täterschaft bei dem ihr zur Last gelegten Verbrechen nichts zu deuteln. Sie hatte ihren Mann mit einem Briefbeschwerer erschlagen, wenn auch im Affekt. Ihr Mann, ein grobschlächtiger Großbauer, hatte verlangt, dass der intelligente Sohn sein Studium abbreche um auf dem Hof als Arbeitskraft zur Verfügung zu stehen. Während eines Streites darüber waren Elsa alle Sicherungen durchgebrannt.

Nachdem das Ehepaar Sanwaldt sich umgezogen hatte, ging es in einen nahen Landgasthof. Beim Essen erzählte der Weihbischof, dass er mit seiner Nichte Afra aneinandergeraten sei, weil er ihr vorgeworfen habe, sie benehme sich, was die gewachsenen freundschaftlichen Bindungen ihres Mannes angehe, wie die Axt im Walde.

„Das hättest du dir sparen können, Roman“, sagte Margot bitter. „Afra hat sich mit einem Tempo verändert, dass einem schwindlig werden kann. Nichts kann das aufhalten.“

„Sie war eben schon immer jemand, der alles zweihundertprozentig betrieben hat“, erklärte Roman. „Erst ihr Theologiestudium, dann ihr Engagement als Nonne. Jetzt ist sie Johannes eben eine zweihundertprozentige Ehefrau und Ratgeberin.“

Blieb nur zu hoffen, dass Johannes langfristig so viel Überschuss an Unterstützung verkraftete.

Johannes hatte in der Tat seine Probleme damit. Das hatte auch die Geschäftsreise nach Kalifornien wieder einmal gezeigt. Während Margot und Berthold noch ihre Kur genossen, kamen Afra und Johannes aus Amerika zurück. Mit einem unterschriebenen Vertrag im Gepäck.

Kaum hatten sie zu Hause ihre Koffer und Taschen abgestellt, da nahm Johannes seine Frau in den Arm und sah sie mit einem liebevollen und zugleich bewundernden Blick an. „Bei den Verhandlungen mit Mr. Armstrong hab ich erst begriffen, was du für ein Verhandlungstalent hast“, sagte er. „Du hast ihn ja richtig um den Finger gewickelt.“ Afra schmiegte sich an ihn. „Ich tu das nur für dich“, sagte sie.

Johannes streichelte ihr übers Haar. Dann wurde sein Blick trübe und ging ins Leere. „Nur wegen Margot mach ich mir Sorgen“, sagte er. „Ob sie sich nicht doch überrollt fühlt, wenn sie erst jetzt von den Verhandlungen erfährt?“

Afra löste sich ein wenig aus seiner Umarmung. „Sie soll doch froh sein“, sagte sie. „Amerika ist ein riesiger Markt. Wir haben es auch für sie getan.“

„Schon. Aber dass mir sechzig Prozent der Lizenzgebühren zufließen, ihr aber nur vierzig wird ihr nicht leicht zu vermitteln sein. Es war wirklich sehr eigenmächtig von dir, das ohne mich in einer heimlichen Sonderverhandlung mit Mr. Armstrong auszuhandeln.“

Afra trat einen Schritt zurück und sah ihn ärgerlich an. „Warum nur machst du dir ständig um Margot Sorgen?“, sagte sie. „Hat sie nicht im letzten halben Jahr die Firma ziemlich vernachlässigt, was du in vielen Nächten ausgleichen musstest? Die sechzig Prozent stehen dir zu.“

Johannes atmete schwer. „Du weißt, dass Margot schwer krank war“, gab er zu bedenken.

„Eben“, erwiderte Afra messerscharf. „Es kann nur in Margots Sinne sein, wenn sie sich allmählich aus der Firma zurückzieht und dir das Ruder in die Hand gibt. Margot hatte Brustkrebs. Das schwebt wie ein Damoklesschwert über ihr, auch wenn sie es manchmal nicht wahrhaben will. Sie sollte ihre Zeit mit der Familie verbringen, die sie doch angeblich so sehr liebt.“

„Jetzt gehst du aber wirklich zu weit, Afra!“, verwahrte sich Johannes, auch wenn er insgeheim fand, dass ihre Argumente nicht gänzlich von der Hand zu weisen waren. Die Kälte allerdings, mit der Afra all das vorbrachte, war ihm manchmal unheimlich.

Die Hängsbergs waren nicht die einzigen, die an diesem Tag von einer Reise zurückkehrten. Auch Beat, Sylvie und ihre Tochter Marie kamen nach einem sechswöchigen Aufenthalt in Budapest wieder heim. Die Reise hatte sich in jeder Hinsicht gelohnt. Nicht nur, weil die junge Familie dort ganz für sich gewesen war und deshalb eine harmonische Zeit verbracht hatte, sondern auch weil Beat mit den ungarischen Behörden vereinbart hatte, dort eine Produktionsstätte für Dovena-Porzellan zu errichten.

Zu Hause wurde das Paar von Elisabeth empfangen. Sie hatte festlich gekocht, ihren vielseits gerühmten Kalbsbraten. Sylvie ahnte sofort, dass sich hinter so viel Fürsorglichkeit handfeste Absichten verbargen. Sie sollte Recht behalten. Nachdem Elisabeth sich Beats Erfolge berichten lassen und sie mit dem nötigen mütterlichen Stolz gelobt hatte, ließ sie die Bombe platzen. „Ich habe endlich ein Haus gefunden, in dem wir alle Platz haben", sagte sie mit gespielter Arglosigkeit.

Sylvie blieb fast der Kalbsbraten im Halse stecken. Es war nicht ihre Art, mit ihrer Meinung lange hinter dem Berg zu halten, und auch nicht, ihre Gefühle zu unterdrücken. Wütend knallte sie ihr Besteck auf den Teller, dass es nur so klirrte und Elisabeth fürchtete, das gute Porzellan würde zu Bruch gehen.

„War das zwischen euch beiden abgesprochen?", fragte Sylvie stocksauer und schaute zwischen ihrem Mann und ihrer Schwiegermutter hin und her, ehe sie letztere fixierte. „Oder ist dir das allein eingefallen?"

„Was hast du denn, Sylvie?", versetzte Elisabeth, als ob es die zahllosen Diskussionen über dieses Thema nicht gegeben hätte.

„Das weißt du verdammt genau!“, fuhr Sylvie sie an. „Ich werde mit niemandem zusammenziehen, ist das klar?!“ Sie sprang auf und rannte aus dem Zimmer.

Beat sah seine Mutter, die ihre Lippen an der Serviette abtupfte, entschuldigend, aber auch ein wenig vorwurfsvoll an. Da mit Sylvie jetzt sowieso nicht zu reden war, ließ er sich erstmal von seiner Mutter erklären, was es mit dem Haus auf sich hat.

Sylvie hatte sich ins Schlafzimmer geflüchtet. Als Beat einige Zeit später eintrat, bebte sie noch immer vor Wut. Er war nicht zu beneiden. Auf der einen Seite seine Mutter, die er nicht verprellen wollte, auf der anderen Seite Sylvie, die er liebte. Zwei gegensätzliche Pole. Und er in der Mitte, verzweifelt bemüht sie irgendwie zusammenzubringen. Ein hoffnungsloses Unterfangen.

„Du hast absolut überreagiert“, warf er Sylvie vor.

„Wo gibt's denn so was?“, versetzte sie. „Wir sind verreist und deine Mutter kauft für uns alle ein Haus. Einfach über unseren Kopf hinweg.“

Beat trat näher. „Darum geht es doch gar nicht. Wenn wir mit deiner Sippe zusammenziehen sollten, würdest du dich nicht so aufführen.“ Sylvie schwieg, was Beat als ein Zeichen der Zustimmung deutete. „Da haben wir es“, sagte er bitter. „Es geht nicht um das Haus, es geht um Mama. Alles, was sie macht, ist falsch. Du hast ja Recht, sie ist oft mit ihrer Fürsorge ein wenig übereifrig. Ich billige es auch nicht, dass sie diese Entscheidung über unseren Kopf hinweg getroffen hat. Aber du solltest wenigsten guten Willen zeigen und dir das Haus mal ansehen. Adrian sagt, es…“

„Adrian?“, fuhr Sylvie auf. „Was hat der denn damit zu tun?“

„Er hat das Haus gekauft“, teilte Beat mit.

„Ach so ist das. Jetzt bestimmt sogar schon Elisabeths kleiner Bruder was wir zu tun haben. Aber nicht mit mir, hört ihr. Soll sie doch mit Adrian dort einziehen!“

Nach dem Mittagessen waren die Sanwaldts gegangen um die vorgeschriebenen Kuranwendungen zu machen. Roman und Elsa indes zeigten keine Neigung, schon wieder nach Hause zu fahren. Sie wollten ihren Freunden auch beim Nachmittagskaffee Gesellschaft leisten. Während Roman sich die Zeit bis dahin mit einer Zeitung auf einem der Liegestühle vertrieb, unternahm Elsa einen kleinen Spaziergang. Immerhin war die Gegend für sie voller Erinnerungen, denn sie hatte gar nicht weit von der Kuranstalt entfernt in ihrer Jugend auf einem Hof gearbeitet. Sie war erfreut, als sie den alten Waldweg wiederfand, auf dem sie damals so oft spazierengegangen war. Und keineswegs allein, sondern in romantischer Zweisamkeit. Mit einem Mal blieb sie stehen. Das war ja nicht zu fassen. Sogar den alten Jägerhochstand gab es noch. Dort hatte sie ihren ersten Kuss bekommen. Elsas Herz schlug vor Aufregung schneller.

Einen Moment stand sie nachdenklich vor dem Hochstand. Dann konnte sie der Versuchung nicht widerstehen. Sie musste einfach hinaufklettern und den Ort der schönen Erinnerungen noch einmal betreten. Sprosse für Sprosse kletterte sie höher.

Plötzlich war ein kurzes Knacken von morschem Holz zu hören. Der Tritt ging ins Leere. Elsa schrie vor Schreck auf. Aber sie konnte sich nicht mehr halten, stürzte rücklings und fiel in die Tiefe. Hart prallte sie mit dem Rücken auf. Ein heftiger Schmerz fuhr durch sie, der sie nicht mehr verließ. Sie wollte sich bewegen, bemerkte aber, dass sie keine Kontrolle mehr über ihren Körper hatte.

Da Sylvie keinerlei Neigung zeigte sich das Haus wenigstens anzusehen fuhr Beat allein hin. Er wollte sich vor Ort mit seiner Schwester treffen. Sylvie hätte das Haus durchaus interessiert, aber sie kannte ihre Schwiegermutter zu gut um nicht zu wissen, dass sie stets die ganze Hand nahm, wenn man ihr nur den kleinen Finger bot. Wenn sie einmal da wäre, würde Elisabeth die Annehmlichkeiten des Hauses so lange preisen, bis Sylvie nicht mehr anders könnte als diesen oder jenen Vorzug zuzugestehen. Im Handumdrehen würde sie dann als Dummkopf dastehen, der die Chance, in ein so fabelhaftes Haus einzuziehen, ungenutzt verstreichen ließ.

Beat hatte ihr mitgeteilt, dass er und seine Mutter sich nach der Hausbesichtigung mit Adrian in der Stadt trafen um mit ihm alles weitere zu besprechen und später zu Abend zu essen. Deshalb wartete sie ein Weilchen, ehe sie Mariechen in ihren Maxi-Kosi setzte und dann mit ihr das Haus verließ. Ihr Mann hatte ihr die genau Anschrift des Hauses notiert, falls sie es sich doch noch anders überlegen sollte.

Sylvie parkte den Wagen ein Stück vom Grundstück entfernt. Die Gegend war immerhin nicht schlecht. Jede Menge Villen mit riesigen Gärten. Sie nahm das schlafende Mariechen auf den Arm und ging los. Weder Beats noch Elisabeth Wagen war zu sehen. Wie erhofft waren sie schon in die Stadt gefahren.

Als Sylvie das Anwesen vor sich hatte, schob sie die Zweige einer Hecke auseinander und sah hindurch. Da Adrian das Haus aufgetrieben hatte, war sie sich ziemlich sicher gewesen eine Bruchbude vor sich zu haben. Um so erstaunter war sie jetzt, als sie eine riesige Villa mit Terrasse und großem Garten vor sich sah, alles augenscheinlich in einem ganz passablen Zustand. „Gar nicht mal so schlecht", gestand sie sich widerwillig ein.

Ungeduldig warteten die Sanwaldts und Weihbischof Rottmann auf Elsas Rückkehr. Es war nicht ihre Art, andere lange warten zu lassen. Und wenn ein Schwätzchen bei alten

Bekannten tatsächlich länger als angenommen gedauert haben sollte, hätte sie bestimmt angerufen, denn zu diesem Zweck hatte sie sich doch eigens die Telefonnummer des Kurhauses aufgeschrieben.

Als sie auch nach einer Stunde nicht kam, bat Margot die Kurverwaltung Polizei und Krankenhäuser der Umgebung anzurufen. Doch nirgends wusste man etwas von einer Elsa Fischer.

„Wenn ich sie wenigstens gefragt hätte, wohin sie gehen wollte", sagte Roman ungehalten über sich selbst, „dann wüssten wir jetzt zumindest, wo wir suchen müssten."

Während die Freunde auf sie warteten, lag Elsa noch immer unbeweglich am Waldrand. Sie hatte keine Ahnung, wie viel Zeit inzwischen verstrichen war. Es kam ihr vor wie eine Ewigkeit. Ihre Lippen bewegten sich zu stummen Gebeten zur Gottesmutter. Da vernahm sie plötzlich etwas im Wald. Vielleicht ein Spaziergänger. „Hilfe", rief sie. Aber eigentlich war es kaum mehr als ein kraftloses Wimmern.

Immerhin war es laut genug um den Radfahrer, einen älteren Herren mit Hut, Weste und in Kniebundhosen, aufmerksam zu machen. Er hielt an und lauschte. Da war es wieder. Diesmal vernahm er es deutlicher. Eilig schob er sein Fahrrad zum Waldrand. Er erschrak, als er am Hochstand Elsa liegen sah.

„Was ist mit Ihnen?", fragte er besorgt.

„Ich bin gestürzt, von da oben herab", sagte Elsa mühsam.

Der Mann sah zum Hochstand, erblickte die gebrochene Sprosse in der Leiter und verstand sofort. „Ich hole Hilfe", sagte er hastig, stieg auf sein Fahrrad und radelte so schnell er konnte davon.

Einige Zeit später erhielt Roman den erlösenden Anruf. Doch die Erleichterung währte nur so lange, bis sie erfuhren, wie es um Elsa stand. Ein Wirbel war gequetscht, sie war mit dem Hubschrauber in ein Münchner Krankenhaus gebracht worden.

Roman stand blass und mit ausdruckslosem Gesicht da. Er stand unter Schock. Mit stockenden Worten erzählte er Margot und Berthold, was ihm am Telefon mitgeteilt worden war. „Der Arzt sagt, die Operation ist lebensgefährlich“, sagte er. „Und selbst wenn sie gelingt, kann er nicht dafür garantieren, dass Elsa jemals wieder gehen kann.“

„Oh mein Gott“, stieß Margot aus. Berthold legte seinen Arm um sie. „Ist sie bei Bewusstsein?“

Roman nickte. „Sie lässt dir ausrichten, du sollst an den Brief denken. Was meint sie damit?“

Margot antwortete nicht, sondern wandte sich an Berthold. Ihre Stirn wurde von tiefen Sorgenfalten zerfurcht. „Wir müssen sofort nach München“, sagte sie.

Die beiden meldeten sich bei der Kurverwaltung für ein paar Tage ab und stiegen dann ins Auto. Roman fuhr voraus, trotz seines geistlichen Standes mit einem Höllentempo.

Zwei Stunden später kamen sie vor der Villa des Weihbischofs an. Margot eilte sofort in Elsas Zimmer. Als erstes packte sie ein paar Sachen zusammen, die Elsa in der Klinik brauchen würde. Roman war in derlei Dingen unbeholfen wie ein Kind, deshalb hatte er seine Elsa ja so dringend nötig. Damit fertig, nahm Margot eine alte Zigarrenschachtel aus dem Nachtschränkchen, in dem sich wichtige Dokumente befanden. Zwischen Versicherungsscheinen, Familienstammbuch und der Entlassungsurkunde des Aichacher Gefängnisses befand sich auch ein verschlossener Brief, auf dem geschrieben stand:

„Für Margot, im Falle meines Todes“.

Roman sah Margot über die Schulter. Als er die Aufschrift las, fröstelte ihn. „Ist das ein Testament?“, fragte er.

Margot schüttelte den Kopf. „Der Brief ist nicht für mich", erklärte sie. „Ich soll ihn nur überbringen. Ich weiß aber, was drin steht. Elsa und ich haben oft darüber diskutiert, denn ich war in dieser wichtigen Sache nicht ihrer Meinung."

„Willst du ihn nicht wieder zurücklegen?", fragte Roman. „Elsa lebt noch und die Operation ist erst morgen früh."

„Ich weiß. Aber ich muss jetzt etwas tun, auch auf die Gefahr hin, dass Elsa mir böse sein wird." Margot steckte den Brief ein. „Sag Berthold, dass ich den Wagen genommen hatte", bat sie Roman dann. „Wenn ich es ihm selbst sage, will er mit. Ich muss das aber allein tun."

Roman nickte verständnisvoll. Während er zu Berthold ins Wohnzimmer ging, fuhr Margot los. Vor ihr lag ein weiter Weg.

Margot fuhr die ganze Nacht durch. Sie hielt ein paar Mal an um sich an einer Raststätte mit einer Tasse Kaffee frisch zu halten. Dann ging es weiter.

Der Morgen graute bereits, als sie das Ortsschild einer kleinen Stadt namens Wenterode hinter sich ließ. An einer Bushaltestelle warteten ein paar Männer. Margot fragte sie nach der Moorstraße. Ein Glück. Die Männer kannten die Straße und gaben eine Wegbeschreibung. So endete die lange Fahrt vor einem kleinen Häuschen in einer Wohnsiedlung. Margot sah auf die Uhr. Es war halb sieben Uhr morgens.

Sie war gerade ausgestiegen um zu klingeln, als ein Mann zur Haustür herauskam. Er war Mitte vierzig und hatte die gleichen Augen wie Elsa. Offenbar wollte er zur Arbeit. Erstaunt sah er die Frau an, die schon so früh zu ihm wollte. „Herr Fischer?", vergewisserte Margot sich. „Paul Fischer?" Er nickte. „Ich würde gerne mit Ihnen sprechen. Über ihre Mutter."

Die Haltung des Mannes wurde starr, der Blick kalt. Trotzdem bat er Margot herein. Das Wohnzimmer war einfach, aber bequem eingerichtet. Paul Fischer bot Margot Platz an. Er selbst war zu nervös um sich zu setzen.

„Ich bin eine Freundin ihrer Mutter", erklärte Margot. „Wir waren Zellengenossinnen im Gefängnis, wo ich viele Jahre unschuldig einsaß. Ihre Mutter und ich sind noch heute verbunden. Sie lebt sogar in meiner Nachbarschaft."

„Was will meine Mutter plötzlich von mir", fragte Paul mit Bitterkeit in der Stimme, „nachdem sie so lange nichts von mir wissen wollte? Wissen Sie, meine ganze Jugend wurde ich von meinen Eltern nur herumgeschoben. Erst ins Internat, dann zwei Jahre nach England. Nicht einmal aus dem Gefängnis hat mir meine Mutter geschrieben, obwohl sie da eigentlich genügend Zeit für einen Brief gehabt haben dürfte."

Margot wusste nicht, was sie darauf sagen sollte. Es war schwer, ihm zu widersprechen. Sie konnte sich vorstellen, wie er sich fühlte. „Elsa hat mir viel aus ihrem Leben erzählt", sagte sie. „Von den Versprechungen ihres Mannes, vom Leben auf dem Hof, wo sie nur als billige Arbeitskraft gesehen wurde, von ihrer Einsamkeit. Sie hatte nie gewollt, dass Sie ins Internat kommen. Sie wollte immer bei Ihnen sein."

„Ich kenne eine andere Version", versetzte Paul. „Es wurde gemunkelt, meine Mutter habe einen anderen Mann. Vielleicht hat sie meinen Vater deshalb umgebracht. Aber es spielt für mich eigentlich keine Rolle, warum sie es getan hat. Mein Vater hat mir auch nie besonders viel bedeutet. Ich wollte nur einen Schlussstrich unter diesen Abschnitt meines Lebens ziehen. Deshalb liegt mir auch heute nichts daran, sie wiederzusehen."

„Ich hab Elsa immer gesagt, dass ich es für einen Fehler halte, keinen Kontakt zu Ihnen aufzunehmen", sagte Margot bedrückt. „Aber sie hatte solche Angst vor einer Zurückweisung. Sie glaubte, Sie würden sich ihrer schämen."

Paul sah Margot schweigend an. Schon möglich, dass seine Mutter das behauptet hatte. Aber in seinen Augen war das nur eine Ausrede, hinter der sie ihre Gleichgültigkeit verbarg.

Margot nahm eine aufrechte Haltung an. „Niemand außer mir weiß, was ich Ihnen jetzt sage“, meinte sie. „Ihre Mutter hat es damals auch vor Gericht nicht erwähnt. Nur ihr Mann wusste es.“ Sie sah Paul eindringlich an. „Sie sind nicht der Sohn des Mannes, den Elsa erschlagen hat, Herr Fischer.“

Paul erstarrte vor Erstaunen. „Wie bitte?“, fragte er.

„Ihre Mutter war von einem anderen Mann schwanger. Die Ehe mit Ihrem vermeintlichen Vater war eine Versorgungsehe, die Elsa ihrem Kind zuliebe eingegangen ist, denn Ihr wirklicher Vater hat sie einfach sitzen lassen. Elsa hat wirtschaftliche Sicherheit gegen ihre Arbeitskraft eingetauscht. Für das Wohl ihres Kindes hat sie jede Demütigungen auf sich genommen. Erst als ihr Mann wollte, dass Sie Ihre Ausbildung abbrechen um ebenfalls auf dem Hof zu arbeiten, hat sie sich aufgelehnt.“

Paul bekam weiche Knie. Er musste sich setzen. Erschüttert sah er Margot an. „Wieso ... wieso sagen Sie mir das erst jetzt?“, fragte er mit rauer Stimme.

„Elsa hat es mir verboten“, erklärte Margot. „Aber jetzt steht sie vor einer schweren Operation, die sie nicht überleben könnte.“ Margot zog den Brief heraus. „Ihre Mutter hat mich schon vor langer Zeit gebeten, Ihnen das zu geben, wenn ihr einmal etwas zustoßen sollte. Aber so lange wollte ich nicht warten.“ Sie schob den Brief über den Tisch und stand auf. „Ihre Mutter liegt im Harlachinger Krankenhaus. Es ist jetzt ganz alleine Ihre Entscheidung, was Sie tun, Herr Fischer.“

Margot stand auf und ging zur Tür. Dort drehte sie sich noch einmal um. Paul saß da und sah sie an. Dann fiel sein Blick auf den Brief. Er nahm ihn nicht, sondern sah ihn nur an.

Deprimiert verließ Margot das Haus, setzte sich in den Wagen und trat sofort die Rückfahrt nach München an. Sie hatte nicht das Gefühl bei Paul Fischer etwas erreicht zu haben. Zu verbittert war er ihr vorgekommen.

Nach stundenlanger Fahrt kam sie im Harlachinger Krankenhaus an. Es war jetzt schon Nachmittag. Ihre Knie zitterten, als sie aus dem Autos stieg. Nicht nur wegen der langen Fahrt, sondern auch vor Angst. Was war mit Elsa? War die Operation schon vorüber? Hatte sie überlebt? Oder waren die schlimmsten Befürchtungen wahr geworden?

Auf dem Krankenhausflur traf sie Weihbischof Rottmann. Er wirkte ganz in sich versunken. Vielleicht betete er. Als er Margot bemerkte, stand er auf. „Wo warst du denn?", fragte er.

„Das kann ich dir nicht sagen", erwiderte sie. „Jedenfalls habe ich ein Versprechen gebrochen, das ich Elsa gegeben habe. Und wahrscheinlich hat es noch nicht einmal was gebracht. Aber sag, was ist mit Elsa?"

„Sie wird noch immer operiert", teilte Roman bedrückt mit und sank wieder auf den Plastikstuhl. Margot nahm neben ihm Platz. „Nicht auszudenken, wenn Elsa die Operation nicht übersteht", lamentierte er. „Was soll ich ohne sie machen? Ein Mann in meinem Alter stellt sich nicht mehr so leicht um."

Margot sah Roman von der Seite an. Wenn sie ihn nicht besser gekannt hätte, hätte sie ihn jetzt wohl für einen ziemlichen Egoisten gehalten. Aber es war nun mal schwer für diesen eigensinnigen Mann, sich und anderen seine Gefühle einzugestehen.

Schweigend saßen die beiden nebeneinander und warteten. Nach einer Weile merkte Roman, wie Margots Kopf auf seine Schulter herabsank. Erstaunt sah er sie an. Sie war eingeschlafen. Sollte sie ruhig schlafen.

Nach einer Stunde ging plötzlich die Tür zum Operationssaal auf. Ein Chirurg trat heraus. Er trug noch seinen grünen Operationskittel. Roman weckte Margot. Der Arzt sagte ihnen, dass Elsa die Operation überstanden habe, ihr Zustand aber noch sehr labil sei. „Alles Weitere müssen wir abwarten", schloss er mit besorgter Miene. „Sie können zu ihr, aber nur für ein paar Minuten."

In diesem Moment ging ein Mann den Gang entlang. Roman beachtete ihn zunächst nicht, doch Margots Gesicht hellte sich bei seinem Anblick auf. Paul Fischer! Er hatte es sich also doch noch überlegt. Roman machte große Augen als er sich als Elsas Sohn vorstellte. Während Paul, der als Sohn natürlich Vortritt hatte, mit dem Arzt verschwand, zog Margot Roman fort.

„Kannst du mir erklären, was das zu bedeuten hat?", fragte Roman auf dem Weg nach unten.

„Später", entgegnete Margot. „Erstmal will ich nur eins: schlafen!"

Beat war am Vorabend so spät nach Hause gekommen, dass er mit Sylvie nicht mehr über die Villa hatte reden können. Auch am Morgen hatte sich keine Gelegenheit ergeben. Als er jetzt aus dem Büro kam, wollte er das Gespräch nicht länger aufschieben.

„Ich will dich zu nichts drängen, was du partout nicht möchtest", sagte er, „aber wenn du dir das Haus wenigstens ansehen würdest, müsstest du zugeben, dass es für unsere Zwecke ideal wäre. Und das, obwohl Adrian es ausgesucht hat."

Sylvie tat zuerst so, als habe sie nichts gehört. Sie sah nach Mariechen, die in ihrer Wippe auf dem Tisch stand und zufrieden vor sich hinbrabbelte. „Ich hab es mir ja angesehen", murmelte sie schließlich.

„Wie bitte?", fragte Beat freudig überrascht.

„Ich bin gestern hingefahren und hab es mir von außen angesehen. Es ist wirklich nicht übel."

Beat atmete erleichtert auf. Er hatte nicht mit einem Einlenken seiner Frau gerechnet, schon gar nicht wenn seine Mutter und Adrian im Spiel waren. „Na siehst du“, sagte er. „Und Mama ist auch nicht so penetrant, wie es manchmal scheint. Außerdem werde ich ihr noch mal klipp und klar sagen, dass sie sich aus unserer Ehe und Mariechens Erziehung rauszuhalten hat.“

Sylvie sah Beat aus ihren großen dunklen Augen an. „Versprichst du mir das?“

Er legte seine Hand um ihren Nacken. „Ich schwöre es dir, Sylvie“, beteuerte er, „bei allen Heiligen.“ Dann zog er sie an sich und küsste sie.

Elsas Zustand war noch für mehrere Tage sehr kritisch. Erst dann stellte sich allmählich eine Besserung ein. Ihr Sohn Paul blieb die ganze Zeit bei ihr. Während sich zwischen ihm und Margot schon bald ein vertrauliches Verhältnis herstellte, ging Weihbischof Rottmann ihm sichtlich aus dem Weg. So besuchte er Elsa nur, wenn er wusste, dass Paul nicht im Krankenhaus war.

Als Elsa über den Berg war und es ihr schon sichtlich besser ging, fuhr Paul nach Wenterode zurück. Er musste sich mal wieder in seiner Arbeit blicken lassen. Von da an verbrachte Roman beinahe jede freie Minute an der Seite seiner Haushälterin. Sie spürte genau, dass ihm etwas auf der Seele lag.

„Sicher werden Sie jetzt viel Zeit mit Ihrem Sohn verbringen wollen“, sagte er schließlich. „Ist Ihnen ja auch nicht zu verdenken, nachdem Sie so viele Jahre von ihm getrennt waren. Womöglich werden Sie sogar zu ihm ziehen.“ Er wagte es nicht, Elsa anzusehen.

„Geh, wo denken Sie denn hin, Herr Weihbischof“, erwiderte Elsa. „Glauben Sie wirklich, ich würde Sie im Stich lassen, weil mein Bub jetzt da ist? Der Paul hat sein Leben und ich hab meines. Ich bleib Ihnen also erhalten.“ Roman fiel ein zentnerschwerer Stein vom Herzen. Ein strahlendes Lächeln trat auf sein Gesicht. „Das höre ich gerne, Elsa“, sagte er und täschelte ihre Hand.

„Er wird mich allerdings manchmal besuchen kommen“, wandte sie dann ein.

„Er ist mir herzlich willkommen.“ Das Lächeln auf seinem Gesicht wurde schwächer. „Ich will ehrlich mit Ihnen sein, Elsa. In der ganzen Zeit, in der ich nicht wusste, was aus Ihnen wird, galt meine Sorge nicht nur Ihrem Wohl, sondern auch dem meinen. Der Gedanke meinen Hausstand plötzlich allein verwalten zu müssen, hätte mich auch fast auf die Intensivstation gebracht.“

Elsa konnte sich ein breites Lächeln nicht verkneifen. Nur die schmerzende Operationswunde verhinderte, dass sie in regelrechtes Gelächter ausbrach. „Das hab ich mir schon gedacht, Herr Weihbischof“, sagte sie. „Glauben Sie mir eins: Ich hab einmal einen Buben im Stich gelassen, als ich nämlich ins Gefängnis musste. Noch mal werde ich das nicht tun. Und Sie sind doch das hilfloseste Kind, das ich kenne.“

AUF DEN HUND GEKOMMEN

Nachdem Margot erfahren hatte, dass Johannes und Afra hinter ihrem Rücken Verhandlungen in Amerika geführt hatten und die Lizenzverträge auch noch sehr zu Johannes' Gunsten ausgefallen waren, kühlte sich das Geschäftsklima bei *Margosan* nahezu auf den Nullpunkt ab. Natürlich wusste Margot, wer hinter dieser erneuten Eigenmächtigkeit ihres Partners steckte. Aber Johannes war zumindest in soweit mitverantwortlich, als er sich nicht gegen seine Frau zur Wehr setzte.

Trotzdem hielt Margot Geschäftliches von Privatem säuberlich getrennt. So war Johannes nach wie vor zu den regelmäßig stattfindenden Hausmusikabenden in der Villa Sanwaldt eingeladen. Wenn er dennoch fernblieb, lag das gewiss nicht an ihr, sondern an ... jeder wusste wem.

Überschattet von diesen dunklen Wolken rückte Jenins Geburtstag näher. Jenin war Annas Tochter aus erster Ehe. Johannes hatte das Mädchen angenommen wie ein eigenes Kind und nach dem Tod seiner Frau selbstverständlich bei sich behalten. Bisher waren die Sanwaldts jedes Jahr zu Jenins Geburtstag eingeladen worden. Immerhin waren sie die Großeltern. Doch in diesem Jahr kam kein Anruf. Hing es vielleicht damit zusammen, dass Johannes sich auf einer zweiwöchigen Dienstreise befand, die ihn nach Frankreich und in die Schweiz führte?

Berthold und Margot hatten nicht vor nun auch noch Jenin Afras Kontrolle zu überlassen. Deshalb fuhren sie einfach ohne Einladung zum Haus der Hängsbergs. Die buntverpackten Geschenke in der Hand standen sie schließlich vor verschlossener Tür. Aus dem Garten war das Lärmen ausgelassener Kinder zu hören. Berthold hatte schon mehrfach geklingelt, aber nichts regte sich. Seine Miene verfinsterte sich zusehends. Nachdem er den Daumen eine halbe Minute lang durchgehend auf den Klingelknopf gedrückt hatte, ging die Tür endlich auf. Doch nicht Afra öffnete, sondern Rosi, das rumänische Kindermädchen, das sie vor kurzem angestellt hatte und das eigentlich selbst fast noch ein Kind war.

Überschwenglich empfing Jenin ihre Großeltern. Von Afra konnte man das nicht gerade behaupten. Schweigend sah sie zu, wie Margot und Berthold ihre Geschenke überreichten. Dann verschwand das Geburtstagskind wieder in den Garten um mit den anderen zu spielen.

„Ich habe gehofft, ihr würdet verstehen, warum ich euch nicht eingeladen habe, und das auch respektieren", sagte Afra kühl.

„Soll das heißen, wir sind nicht willkommen?", fuhr Berthold auf.

„Richtig."

„Und warum?", wollte Margot fassungslos wissen.

„Ich würde gerne ein friedliches Familienleben führen, ohne ständige Einmischung von irgendwelchen Großeltern. Das wäre auch für Jenin und Job besser."

„Entschuldige mal", fuhr Berthold auf und ballte die Faust in der Jackentasche.

„Gehören Großeltern etwa nicht zur Familie? Außerdem ist unsere Beziehung zu den Kindern immer noch direkter als deine."

Afra schlug die Augen nieder. Es war zu erwarten gewesen, dass einer der beiden ihr unter die Nase reiben würde, sie sei nur angeheiratet. Doch ihr Trotz hielt dem Vorwurf stand. „Wie auch immer, ich bin jetzt für sie verantwortlich", konterte sie, „denn Johannes hat viel zu tun und ist oft unterwegs. Ich nehme

diese Verantwortung sehr ernst. Deshalb lasse ich mir von niemandem in die Erziehung hineinreden."

Berthold kam die Galle hoch. Er biss die Zähne zusammen um nicht in Beschimpfungen auszubrechen. Auch Margot hatte genug. Besser wir gehen, dachte sie, sonst garantiere ich für nichts mehr. Sie fasste ihren Mann am Arm und zog ihn mit sich fort.

Als die Tür hinter den beiden zugefallen war, atmetet Afra erstmal tief durch. Hoffentlich haben sie es endlich kapiert, dachte sie. Dann kehrte sie zu den Kindern im Garten zurück.

„Wo sind Berthold und Margot?", fragten Jenin und Job.

„Schon gegangen", teilte Afra knapp mit.

„Warum denn?", wollten sie mit traurigen Augen wissen.

„Sie hatten nicht länger Zeit für euch", log Afra. Zufrieden registrierte sie die Enttäuschung auf den Gesichtern der Kinder.

Und noch etwas anderes machte sie zufrieden. Trotz ihrer Jugend schien Rosi mit den Kindern ausgezeichnet zurechtzukommen. Kein Wunder, hatte sie in ihrer Heimat doch zeitweise ihre sieben jüngeren Geschwister versorgt. Die Mutter Oberin des Franziskanerinnenklosters, in dem Afra lange Zeit Nonne gewesen war, hatte ihr Rosi vermittelt und sie hatte nicht zu viel versprochen. Rosi war so verantwortungsbewusst, dass man ihr die Kinder ohne weiteres für ein oder zwei Tage anvertrauen konnte.

Das brachte Afra auf eine Idee. Was Johannes wohl sagen würde, wenn sie ihn in Zürich überraschte?

Am nächsten Tag ging Rosi mit Jenin und Job zum nahegelegenen Spielplatz. Afra war gleich nach dem Ende des Kindergeburtstages nach Zürich abgereist. Rosi hatte den Kindern Abendessen gemacht, noch ein wenig mit ihnen gespielt und sie dann ins Bett gebracht. Nur die Gutenachtgeschichte war wegen Rosis lückenhafter Sprachkenntnisse ausgefallen. Trotzdem war sie stolz darauf, wie sie alles im Griff hatte.

Auf dem Spielplatz war schon ordentlich was los. Im Sandkasten wurde geschaufelt, gebaggert und Sandkuchen gebacken, was das Zeug hielt. Auf den Schaukeln, Rutschen und Klettergerüsten war kaum noch ein freier Platz zu ergattern. Während Rosi das mitgebrachte Spielzeug auspackte, begrüßten die beiden Kinder ihre Spielkameraden.

Rosi sah ihren Schützlingen eine Weile schweigend zu. Dann fielen ihr ein paar gleichaltrige Jungs auf, die Tischtennis spielten. Sie hatten schon mehrfach zu ihr herübergesehen und jetzt schienen sie über sie zu sprechen. Rosi schlug die Augen nieder. Einer der Jungs kam auf sie zu und lud sie ein, mit ihm eine Partie Tischtennis zu spielen. Errötend willigte Rosi ein.

Der Ball war erst ein paar Mal zwischen ihnen hin- und hergesprungen, als lautes Gekläffe und erschrockene Schreie Rosi und ihren Mitspieler unterbrachen. Der Tumult kam vom Sandkasten her. Rosi warf den Schläger hin und rannte los.

Ein älterer Herr stand mit seinem angeleinten Schäferhund vor dem Sandkasten. Er hatte alle Mühe das wildgewordene Tier im Zaum zu halten. „Polizei!“, rief ein Frau. „So ein Vieh gehört doch nicht auf einen Spielplatz!“, eine andere.

Rosi hörte nur das Wimmern, das eindeutig von Jenin kam. Sie saß im Gras und hielt sich weinend ihr Knie. Rosi begriff sofort. Der Hund hatte sie gebissen. Als sie zum wiederholten Male das Wort Polizei hörte, bekam sie Panik. Sie hatte nicht gut genug auf Jenin aufgepasst. Bestimmt würde die Polizei sie deshalb nach Rumänien zurückschicken.

Hastig packte sie die Spielsachen zusammen und verschwand mit den Kindern. Jenin weinte, denn ihr Knie blutete noch immer. Als Rosi mit den beiden ein Stück vom Spielplatz entfernt war, blieb sie stehen und sah Jenin scharf an. „Nix zu Mama und Papa sagen von dem Hund, klar?“, schärfte sie ihr außer Atem ein, „sonst passiert Schlimmes! Und du auch, Job“ Dann nahm sie die Kinder wieder an die Hand und lief weiter.

Rosi kam mit ihnen genau in dem Moment bei der Villa Hängsberg an, als auch Johannes und Afra vorfuhren. Johannes stürzte sofort auf sie zu. Mit Schrecken sah er Jenins blutendes Knie. „Was ist denn passiert?“, fragte Afra das Kindermädchen.

„Jenin ist gestürzt“, log Rosi. Sie konnte Afra dabei nicht ansehen.

Im Haus sah Johannes sich die Wunde genauer an. „Das muss genäht werden“, sagte er schließlich. Da er vor seiner Zeit bei *Margosan* Arzt gewesen war, war das für ihn eine Kleinigkeit. Jenin spürte nur ein kurzes Pieksen, dann war das Schlimmste vorbei. Noch ein Pflaster darüber geklebt, und sie würde die Verletzung bald vergessen. Glaubte Johannes.

Während er und Afra das Gepäck hereinbrachten, spielten die Kinder im Wohnzimmer. Als Johannes einige Zeit später nach Jenin sah, saß sie gerade auf dem Boden und malte einen großen Hund mit gefletschten Zähnen. „Das ist aber ein böser Hund“, sagte Johannes.

„Darf man aber nicht sagen“, entgegnete das Mädchen.

Eine eigenwillige Antwort, fand ihr Vater. Doch ihm blieb keine Zeit nachzufragen, denn in diesem Augenblick klingelte das Telefon. Da Afra in der Küche beschäftigt war, nahm er ab.

Berthold war dran. Er konnte den Vorfall an Jenins Geburtstag nicht ohne weiteres auf sich beruhen lassen. Das Gespräch mit Johannes bestätigte sehr bald seine Vermutung, dass Afras Auftritt nicht mit ihrem Ehemann abgesprochen gewesen war. Je mehr Johannes hörte, desto wütender wurde er.

Afra war bester Dinge, als Johannes zu ihr in die Küche kam. Sie hatte eine Schürze umgebunden und knete Teig für eine Lage Pizza. „Wer war denn dran?“, wollte sie wissen.

„Berthold“, sagte Johannes nur knapp.

Sie hielt einen Moment inne, knetete dann weiter ihren Teig.

„Was war an Jenins Geburtstag los?“

„Es war eine schöne Party“, tat sie ahnungslos.

„Nicht für die Sanwaldts“, versetzte Johannes verärgert. „Warum hast du sie rausgeworfen?“

Erst jetzt blickte Afra auf. Ihr Augen blitzten jähzornig auf. „Weil ich es satt habe, dass die Sanwaldts ständig Ärger in unsere Ehe bringen“, rief sie aus. „Was haben wir denn mit ihnen zu tun?“

„Was wir mit ihnen zu tun haben? Sie sind die Großeltern meiner Kinder! Wieso nur machst du das, Afra!“ Er schlug mit der Faust auf die Anrichte, dass das dort liegende Ofenblech klapperte. „Ausgerechnet jetzt, wo ich gehofft hatte, ich könnte die Missstimmungen zwischen Margot und mir langsam wieder ausräumen, zumindest in geschäftlicher Hinsicht.“

„Margot, Margot!“, rief Afra. „Merkst du gar nicht, wie du dich immer nach ihr richtest? Wie du versuchst, es ihr ständig recht zu machen?“

„Verstehe! Ich soll es nicht ihr, sondern dir recht machen!“

Er fuhr herum, rannte aus der Küche und riss eine Jacke von der Garderobe.

„Wo willst du hin?“, fragte Afra.

„Zu den Sanwaldts. Das heißt, wenn sie mich überhaupt noch reinlassen.“ Die Haustür schlug hinter ihm zu.

Weihbischof Rottmann war eben aus dem Krankenhaus, wo er Elsa besucht hatte, heimgekehrt. Zum Glück diagnostizierten die Ärzte, dass kein Nerv verletzt war, sodass Elsa wieder gehen konnte. Sie zeigte eine erstaunliche Zähigkeit und erholte sich mit Riesenschritten von ihrer schweren Operation. Es hieß, dass sie die Klinik schon bald würde verlassen dürfen. Allerdings musste sie dann noch eine Weile im Rollstuhl sitzen.

Da der Weihbischof gewissermaßen zum Strohwitwer geworden war, hatten die Sanwaldts ihn eingeladen, die Mahlzeiten bei ihnen einzunehmen. Gerne machte er von diesem Angebot Gebrauch. Auch an diesem Abend kam er zwischen den Sträuchern hindurch, die die einzige Abgrenzung der beiden benachbarten Grundstücke bildete, und ging auf die Villa zu. Beinahe zur gleichen Minute kam auch Johannes herangefahren.

Als Margot die beiden wenig später ins Haus ließ, sagte sie mit hochgezogenem Mundwinkel in Richtung Johannes: „Du hast dir deinen geistlichen Beistand also gleich mitgebracht. Den wirst du auch brauchen.“

Zunächst ließ Johannes sich noch einmal genau den Hergang des Rauswurfs erzählen. Mit sich ständig verdüsternder Miene hörte er zu. Margot sparte in ihrer Erzählung nicht mit Spitzen gegen Afra.

„Wir sollten sachlich bleiben“, mahnte Berthold.

„Das fällt mir aber verdammt schwer“, versetzte Margot, „angesichts der Unverschämtheiten, die Afra sich bisher herausgenommen hat.“

„Das ist ein sehr hartes Wort“, wandte Johannes ein, wenn auch schwach.

„Es entspricht den Tatsachen“, ergriff Roman, der bisher schweigend zugehört hatte, das Wort.

„Sie ist nun mal jung und spontan“, verteidigte Johannes seine Frau.

„Und mit ihrer Spontanität schießt sie nicht selten über das Ziel hinaus“, fügte der Weihbischof hinzu. Er beugte sich vor, legte seine Hand auf Johannes Unterarm und sagte: „Aber wie auch immer, du hast sie nun einmal mit dem Segen meiner Kirche geheiratet. Deshalb kannst du sie nicht einfach wegschicken. Es wird dir nichts anderes übrig bleiben als sie zu zähmen.“

Johannes nickte. Auch wenn es ihm nicht gefiel, sein Onkel hatte Recht. An eine Trennung von Afra hatte er nie gedacht, aber so konnte es auch nicht weitergehen. Sonst hätte Afra bald alle verprellt, die ihm etwas bedeuteten. „Ich werde mit ihr reden“, versprach er und wandte sich dann an Margot: „Und was die geschäftlichen Dinge angeht, darüber reden wir am Montag.“

Damit stand er auf und verabschiedete sich. Nachdenklich stieg er in seinen Wagen und fuhr nach Hause.

Seit Sylvie sich bereit erklärt hatte mit ihrer Schwiegermutter in die Villa einzuziehen trug Beat sie förmlich auf Händen. Zum ersten Mal war es ihm gelungen, zwischen den beiden Frauen, an denen ihm am meisten lag, einen Kompromiss herbeizuführen.

Zunächst schien es, als bewahrheiteten sich Sylvies Befürchtungen noch vor dem Einzug in das neue Haus. Ohne mit Sohn oder Schwiegertochter gesprochen zu haben hatte Elisabeth einen Termin mit einem Innenarchitekten vereinbart, der sich um die Ausstattung kümmern sollte. Doch Sylvie nahm Beats Mitteilung mit erstaunlicher Gelassenheit auf. „Eines muss man deiner Mutter ja lassen“, sagte sie, während sie Mariechen fütterte. „Sie hat Geschmack. Und deshalb ist das bestimmt ein sehr guter Innenarchitekt.“

Nun stand sie vor dem Eingang des Büros. *Siegfried von Wellersbach* stand auf einem glänzenden Messingschild. Adel zu Adel, dachte Sylvie, typisch Elisabeth. Dann zuckte sie die Schultern und trat ein.

Eine freundliche Sekretärin begrüßte sie und wies ihr den Weg ins Büro des Architekten. „Einen Augenblick noch“, sagte sie und verschwand wieder.

„Es hat keine Eile“, murmelte Sylvie halblaut vor sich hin. Was verpasste sie schon? Rein gar nichts. Elisabeth hütete Marie, Beat war im Büro und würde erst spät abends wieder zurückkehren... Niemand wartete auf sie.

Sylvie ließ sich in einen Ledersessel fallen. Ohne echtes Interesse betrachtete sie die abstrakten Gemälde an der Wand. Schließlich ging die Tür auf. Sylvie erstarrte, als sie sah, wer hereinkam.

„Adrian!“ Aber das war ein anderer Adrian als der, den sie von früher kannte. Sie erinnerte sich, dass Beat von Adrians wundersamer Wandlung erzählt hatte, die er allerdings nur für eine kurzzeitige Laune hielt. Sie war da ganz seiner Meinung. Trotzdem musste sie zugeben, dass Adrian im feinen Zwirn etwas Reizvolles an sich hatte... Natürlich nur rein äußerlich. Er genoss diesen Auftritt jedenfalls sichtlich.

„Was machst du denn hier?“, fragte Sylvie.

„Dich beraten. Ich bin dein Innenarchitekt.“

„Das ist doch wohl nicht dein ernst.“

Adrian nahm auf der Ledercouch Platz und schlug die Beine übereinander. „Du wirst es nicht glauben“, sagte er, „aber ich habe mal Architektur studiert. Und ich war gar nicht mal schlecht. Deshalb bin ich auch der Juniorpartner in diesem Laden.“

Um ein Haar hätte Sylvie laut herausgelacht. „Deshalb?“, fragte sie. „Ich glaube eher, deine Schwester hat da ein bisschen nachgeholfen. Und der dicke Auftrag, den du hier einbringst, nämlich unsere Villa auszustatten, war sicher auch keine schlechte Visitenkarte. Apropos Visitenkarte: Ihr seid doch bestimmt über ein paar Ecken mit deinem adligen Chef verwandt, oder?“

„Bingo“, sagte Adrian mit einem nonchalanten Lächeln auf den Lippen.

Sylvie sprang auf. „Das habt ihr euch ja schön ausgedacht“, rief sie. „Ihr habt doch nicht allen Ernstes angenommen, ich würde da mitspielen?“

„Was mich angeht“, entgegnete Adrian, „sehr wohl. Ich bin ein Spieler und kann ein gutes Blatt von einem schlechten unterscheiden. Wenn Elisabeth Beat überzeugt, dass man mir eine Chance geben müsse…" Er zuckte die Schultern. „Glaub mir, Sylvie. Ich bin ein ausgezeichneter Innenarchitekt. Du wirst es nicht bereuen."

Er wollte Sylvies Hand nehmen, doch sie zog sie reflexartig zurück. Mit einem feindseligen Blick sah sie ihn an.

Nachdenklich lag Afra auf der Couch. Rosi, die heute merkwürdig still gewesen war, hatte die Kinder ins Bett gebracht und sich gleich darauf selbst in ihr Zimmer zurückgezogen. Viel mehr noch beunruhigte sie aber Johannes' erboster Auftritt von vorhin. Wahrscheinlich dachte er, sie tue das alles für sich. Dabei tat sie es nur für ihn. Sie hatte nicht das Geringste gegen die Sanwaldts oder irgendjemand anders einzuwenden. Es waren nette Leute. Aber mit all ihrer Nettigkeit vereinnahmten sie Johannes und dagegen musste sie sich zur Wehr setzen.

Kurze Zeit später kam Johannes nach Hause. Seine Laune hatte sich keineswegs gebessert.

„Und?", fragte Afra spitz, „haben sie wieder mal gegen mich Front gemacht? Onkel Roman war bestimmt auch dabei, oder?"

Johannes atmete hörbar aus. Dann trat er näher an seine Frau heran. „Du weißt, dass ich dich liebe", sagte er, „aber das gibt dir nicht das Recht mich so zu behandeln wie ein Bärenführer den Bären. Ich trage zwar einen Ring, aber den hab ich am Finger und nicht an der Nase."

„Ist es das, was sie von mir sagen?", fuhr Afra auf. „Und du, siehst du es genauso? Hast du jemals das Gefühl gehabt, ich gängle dich?" Sie wollte noch weitersprechen, aber das Läuten der Türglocke unterbrach sie. „Hast du dir etwas Schützenhilfe gegen mich mitgebracht?", fragte sie und sah ihn verächtlich an.

„Unsinn", entgegnete Johannes und öffnete. Er war ziemlich erstaunt, als er zwei Polizisten vor sich sah, die nach Jenin fragten. „Das ist meine Tochter“, bestätigte Johannes, nachdem die Polizisten hereingekommen waren. „Was ist mit ihr?“

„Wurde ihre Tochter heute auf dem Spielplatz von einem Hund verletzt?“, fragte einer der Beamten.

„Sie hat sich verletzt, das ist richtig“, meinte Afra, die ebenfalls herbeigekommen war, „aber sie ist gestürzt. Unser Hausmädchen sagt...“

„Was immer sie sagt“, unterbrach sie der Polizist, „Ihre Jenin wurde definitiv von einem Hund gebissen. Das haben die Eltern anderer Kinder ausgesagt, die am Spielplatz waren und Ihre Tochter kennen. Jenin muss sofort ins Krankenhaus, denn der Hund hatte Tollwut.“

Johannes und Afra sahen sich erschrocken an. Schlagartig fiel Johannes Jenins Zeichnung ein. Während die Polizisten das Haus wieder verließen, holte Johannes seine Tochter und brachte sie ins Auto. Afra nahm auf dem Beifahrersitz Platz.

„Ich versteh das nicht“, sagte sie, nachdem Johannes losgefahren war. „Wieso lügt Rosi uns an?“

„Das ist doch klar“, versetzte Johannes gereizt. „Sie hatte Angst, nach Rumänien zurückgeschickt zu werden, wenn sie es mit der Polizei zu tun bekommt. Deshalb hat sie die Kinder auch eingeschüchtert und verlangt, nur ja nichts zu sagen.“

Für eine lange Zeit herrschte Schweigen. Johannes Hände krampften sich um das Steuerrad. Die Atmosphäre zwischen den beiden lud sich von Minute zu Minute mehr auf.

„Wieso nur habe ich die ganze Zeit das Gefühl, dass du mir die Schuld an diesem Unfall gibst?“, brach Afra das Schweigen. „Objektiv betrachtet war es...“

„Objektiv!“, rief Johannes wütend aus und schlug mit der flachen Hand auf das Lenkrad. „Du hast einen Intellekt wie ein Schwert, Afra. Aber emotional musst du noch eine Menge dazulernen.“

Afra blinzelte heftig. Dieser Vorwurf hatte gesessen. „Bisher warst du mit meinen Emotionen ganz zufrieden“, versetzte sie schnippisch. „Und auch mit den Kindern habe ich mir alle erdenkliche Mühe gegeben.“

„Oh ja, das hast du“, pflichtete Johannes bitter bei. „Aber liegt da nicht schon etwas im Argen, wenn man sich Mühe geben muss? Sieh dir nur mal an, wo du dich hingesetzt hast. Jenin ist gelähmt vor Angst und Unsicherheit. Und wo sitzt du? Neben mir.“

Afra schluckte. Im ersten Moment brachte sie kein Wort hervor. Sie sah aus dem Seitenfenster um ihn die Tränen nicht sehen zu lassen, die ihr in die Augen stiegen. „Das ist nicht fair“, sagte sie dann mit belegter Stimme.

Getrieben von innerer Unruhe lief Johannes einige Zeit später auf dem Krankenhausflur auf und ab. Als Mediziner wusste er, dass eine Tollwutinfektion keineswegs harmlos war. Afra saß schweigend da und starrte vor sich hin.

„Ich hätte mich nie auf die Sache mit Rosi einlassen dürfen“, warf er sich selbst vor. „Wie soll sie über die Lebensbedingungen hier Bescheid wissen, wenn sie bis vor vier Wochen noch in einem rumänischen Dorf gelebt hat? Sie kann manches einfach nicht richtig einschätzen; den Straßenverkehr zum Beispiel.“

„Hör doch auf“, versetzte Afra und wischte sich eine Strähne ihre Haares aus der Stirn. „Jenin hatte keinen Verkehrsunfall. Sie wurde von einem Hund gebissen. Was hat das mit einer Fehleinschätzung des mitteleuropäischen Lebens zu tun? Und außerdem: Dass jemand aus Angst lügt und alles tut um die Wahrheit zu verheimlichen hätte man auch bei einem deutschen Kindermädchen nicht ausschließen können.“

Johannes sah sie böse an. Seine Nerven lagen blank. Und Afra kam mit ihrer üblichen Rechthaberei an. Hatte sie auch nur die leiseste Ahnung, was in ihm vorging? „Es hat keinen Sinn, mit dir zu diskutieren“, sagte er schließlich.

„Natürlich nicht“, versetzte Afra spitz, „weil ich Recht habe.“

„Dann hast du eben Recht, zum Teufel noch mal!“, schrie Johannes sie an. „Von mir aus! Aber hör endlich auf, mein Leben zu zerstören!“

Afra erstarrte. Aus großen Augen sah sie ihren Mann an. Sie ertrug vieles, wenn es sein musste, aber das brauchte sie sich nicht anzuhören. Nicht einmal in einer angespannten Situation wie dieser. Wortlos fuhr sie herum und rannte den Gang hinab. Schließlich verschwand sie durch eine Glastür.

Johannes wollte ihr schon nachlaufen. Nach den ersten Schritten blieb er aber stehen. Afra würde sich wieder beruhigen. Ganz abgesehen davon, dass sie mit anderen auch nicht eben zimperlich umging.

Wenigstens wurde Johannes ein paar Minuten später von dem unsäglichen Warten erlöst. Eine Krankenschwester brachte Jenin aus dem Behandlungszimmer. Das Mädchen wirkte müde. Sein Vater nahm es auf den Arm und trug es aus dem Krankenhaus. Als er es ins Auto setzte, war es längst eingeschlafen.

Nachdenklich fuhr Johannes durch das nächtliche München nach Hause. Wie er es auch drehte und wendete, er kam immer zum gleichen Schluss: etwas Grundlegendes musste sich in seiner Ehe ändern.

Als er einige Zeit später auf seine Villa zufuhr, bemerkte er sofort das Taxi, das auf der gegenüberliegenden Straßenseite stand. Gleich darauf kam Afra mit einer Reisetasche heraus. Eiligen Schrittes ging sie auf das Taxi zu und stieg ein. Johannes hielt seinen Wagen an und sprang heraus. Doch das Taxi fuhr schon los. Johannes stand da und sah den Rücklichtern nach. Hatte er seine Frau für immer verloren?

Montagmorgen. Gespannt betrat Margot die Firma. Sie hatte Punkt zehn Uhr ihren Termin mit Johannes, bei dem dieser ihr mitteilen wollte, wie es in Zukunft mit ihrer Zusammenarbeit weitergehen sollte. Doch Johannes kam nicht. Um halb elf war er noch immer nicht in der Firma. Er war weder im Büro noch zu Hause erreichbar. Sein Handy war ausgeschaltet. Das war ja ein starkes Stück. Oder ob ihm etwas zugestoßen war? Schließlich rief Margot Berthold an und bat ihn, bei Hängsbergs vorbeizuschauen. Vielleicht war das Kindermädchen Rosi, das, wie Johannes kürzlich erzählt hatte, wegen seiner schlechten Sprachkenntnisse nicht ans Telefon ging, ja doch zu Hause und wusste irgendwas.

Berthold machte sich sofort auf den Weg. Er klingelte mehrmals, aber niemand machte auf. Als er schon weggehen wollte, kam Johannes herangefahren. Er kehrte mit Jenin und Job vom Spielplatz zurück. Berthold sah Johannes auf den ersten Blick an, dass bei ihm einiges aus dem Lot war.

„Komm rein, dann erzähle ich dir alles", sagte Johannes.

Geduldig hörte Berthold zu. Das war ja wirklich ein ganz schöner Schlammassel. Wenigstens war Jenin gerettet. Aber weder über den Verbleib seiner Frau noch den von Rosi, die ebenfalls verschwunden war, hatte Johannes die leiseste Ahnung. „Ich weiß einfach nicht mehr, wie es weitergehen soll, Berthold", schloss Johannes bedrückt.

„Was deine Ehe betrifft, steht es mir nicht zu, dir Ratschläge zu erteilen", meinte Berthold. „Aber was deine geschäftliche Partnerschaft mit Margot angeht, lass dir eines gesagt sein: Du solltest nicht den Fehler machen, sie zu unterschätzen."

„Das tue ich nicht, Berthold", versicherte Johannes.

„Du genießt bei Margot und mir einen großen Sympathiebonus", fuhr Berthold in väterlichem Ton fort. „Aber Margots Geduld ist langsam erschöpft. Sie wird sich keinerlei Einmischung mehr von Afra gefallen lassen. Wenn in diese

Richtung noch mal was vorfällt, kündigt sie dir die Partnerschaft."

Johannes nickte bedrückt. Margots Gutmütigkeit zu erschöpfen, war eine reife Leistung, denn sie verzieh einem Menschen, den sie mochte, viel. Und den Termin für die Aussprache hatte er nun auch noch verpasst.

Berthold legte ihm die Hand auf die Schulter. „Ich nehme die beiden Kleinen zu uns mit rüber", schlug er vor. „Und du solltest endlich mit Margot reden."

Dankbar sah Johannes Berthold an. Dann wurden Jenin und Job, die sich freuten, zu ihrem Großvater zu dürfen, angezogen. Berthold verschwand mit ihnen. Kurze Zeit später verließ Johannes ebenfalls das Haus.

Margot hatte inzwischen telefonisch von Berthold erfahren, was sich bei den Hängsbergs zugetragen hatte. Deshalb würgte sie den Strom von Entschuldigungen ab, die einsetzten, kaum dass Johannes ihr Büro betreten hatte. „Lass uns lieber übers Geschäft reden", sagte sie kühl.

Johannes nickte. „Ich habe noch mal über alles nachgedacht", teilte er mit, „und bin zu folgendem Schluss gekommen: Die Lizenzverträge mit Amerika werden so umgestellt, dass jeder von uns den gleichen Anteil am Ertrag bekommt. Außerdem biete ich dir eine Beteiligung an der Kräuterfarm an. Natürlich kann ich nur über meine Anteile verfügen, über die von Afra nicht."

Margot hörte aufmerksam zu. Wie es aussah, hatte Johannes sogar gründlich über alles nachgedacht. Blieb nur zu hoffen, dass er von jetzt an auch weiterhin kühlen Kopf behielt und sich nicht wieder von Afra einlullen ließ.

„Was die amerikanischen Lizenzverträge angeht, stimme ich zu", entgegnete sie schließlich. „Bei der Kräuterfarm nicht."

Johannes presste die Lippen zusammen, sein Blick fiel bleischwer zu Boden. Unterdessen stand Margot auf und kam um den Schreibtisch herum. Sie setzte sich auf die Tischkante und sah Johannes an, als sie sagte: „Die Kräuterfarm soll dir und meinetwegen auch Afra gehören."

Da blickte er auf. „Ach", brachte er nur hervor.

„In einem hat Afra ja Recht", fuhr Margot fort, „da ich allein die Rechte an der Rezeptur für *Margosan* besitze, sind die Gewichte zwischen uns unterschiedlich verteilt, was mir eine Vorzugsstellung verschafft."

Johannes zuckte die Schultern. „Mich hat das nie gestört", sagte er, „nur Afra."

„Clever ist sie ja, das muss man ihr lassen."

„Hoffentlich clever genug. Ich liebe Afra von ganzem Herzen. Aber sie muss aufhören sich in meine Arbeit einzumischen. Wenn sie das nicht will, könnte unsere Ehe daran zerbrechen."

Margot konnte sich nur schwer vorstellen, dass die ambitionierte Afra sich ganz aufs Familienleben konzentrieren würde. Den Hängsbergs schienen turbulente Zeiten bevorzustehen.

Afra hatte das Wochenende in einem Hotel außerhalb Münchens verbracht um in Ruhe über die ganze Situation nachzudenken. Doch wie sie es auch drehte und wendete, sie konnte keinen Fehler in ihrem Verhalten entdecken. Sie hatte das Beste für Johannes gewollt, was für eine Ehefrau nur recht und billig war. Und was ließ sich dagegen sagen, dass sie dabei konsequent vorgegangen war?

Afra brauchte Rat von jemandem, dem sie vertraute. Dazu fiel ihr als erstes die Mutter Oberin ihres früheren Klosters ein. Sie war eine ebenso verständnisvolle wie in ihren Ansichten kompromisslose Frau, die kein Blatt vor den Mund nahm.

Außerdem hatte sie Afra angeboten, sie könne sie jederzeit um Rat fragen.

Sofort fuhr Afra zum Kloster, das südlich von München in hügeliger Landschaft lag. Die Mutter Oberin wusste über den Krach im Hause Hängsberg schon Bescheid: Rosi war in ihrer Verzweiflung ebenfalls in die Obhut des Klosters zurückgekehrt.

Aufmerksam lauschte die Nonne bei einem Spaziergang durch den Klostergarten Afras Worten. Als diese zu Ende gesprochen hatte, meinte sie: „Offenbar haben Sie in Ihrer Ehe das gleiche Problem, das Sie auch hier in unserer Ordensgemeinschaft hatten." Afra sah sie erstaunt an. „Sie machen sich nicht klar, wo Ihre eigentlichen Kompetenzen liegen", erklärte die Mutter Oberin. „Sie mischen sich ungebetener Weise in die beruflichen Belange Ihres Mannes ein, vernachlässigen gleichzeitig aber Ihre Pflichten als Familienmutter."

Widerspruch keimte in Afra auf. Sie wollte schon sprechen, aber die Mutter Oberin schnitt ihr das Wort mit einer unmissverständlichen Handbewegung ab.

„Sie haben Rosi durch meine Vermittlung bekommen", sagte sie. „Sie sollten sie anleiten und ihr ein ordentliches Deutsch beibringen. Und was machen Sie? Rosi ist noch keine zwei Wochen bei Ihnen und schon bürden Sie ihr die alleinige Verantwortung für die beiden Kinder auf, weil Sie zu Ihrem Mann in die Schweiz fahren wollen. Sie brauchen gar kein so verärgertes Gesicht zu machen, Afra. Rosi hat mir alles erzählt. Nicht etwa, weil sie sich beschwert hätte. Dazu ist sie viel zu naiv. Sie denkt, sie habe versagt und trage die alleinige Schuld für alles, was passiert ist."

„Was muss ich mir eigentlich noch alles vorwerfen lassen?", fuhr Afra auf.

„Gar nichts", versetzte die Mutter Oberin kühl. „Aber Sie sind zu mir gekommen und nicht ich zu Ihnen."

Afra biss sich auf die Unterlippe. Da trat die Nonne auf sie zu und nahm ihre Hand. „Damit Sie Ihre Kompetenzen erkennen, Afra“, sagte sie, „sollten Sie sich einem Lernprozess unterziehen.“

„Welchem Lernprozess?“, fragte Afra erstaunt.

„Werden Sie Mutter.“

Erstaunt sah Afra sie an. Daran hatte sie überhaupt noch nicht gedacht.

Der Hausmusikabend war schon seit langem eine Institution im Hause Sanwaldt. Familienmitglieder und Freunde kamen zusammen um gemeinsam zu musizieren, wobei die Besetzung von Mal zu Mal wechselte. Nachdem Johannes diese Tradition mehrere Male gebrochen hatte, war er heute endlich wieder einmal dabei. Berthold saß für gewöhnlich am Klavier und war zugleich eine Art Konzertmeister.

Das kleine Privatkonzert hatte schon begonnen, als ein Taxi vor der Villa anhielt. Afra und Rosi stiegen aus. Afra schob das Einfahrtstor auf, das für zu spät kommende Freunde nur angelehnt war, ebenso wie die Haustür. Sie hatte ihren Arm locker um Rosis Schulter gelegt. Eine Geste, die signalisieren sollte, dass sie dem Mädchen von jetzt an eine bessere Lehrerin sein wollte. Afra hatte sich überhaupt dazu entschlossen, den Rat der Mutter Oberin zu befolgen. Und mit diesem Entschluss war auf beinahe wundersame Weise eine ungekannte Ruhe in sie eingekehrt. Lächelnd stand sie schließlich in der Eingangstür zum Wohnzimmer, das eigentlich mehr einem kleinen Salon glich, und fing über die Köpfe der Zuhörer hinweg den Blick ihres Mannes auf.

Als Johannes sie sah, ließ er seine Flöte sinken. Was war das für ein eigenartiges Strahlen auf ihrem Gesicht? Sie wirkte ganz anders als sonst. Und dass sie überhaupt hierherkam, das hatte was zu bedeuten. Was Gutes.

ALARMSIGNALE

Patty war wieder da. Wie es aussah hatten sie und Markus die Zeit in Shanghai genossen. Begeistert erzählte Markus am Tag ihrer Ankunft beim Abendessen von der vibrierenden chinesischen Metropole, die eine der aufstrebendsten Städte der Welt sei. Schweigend hörte Berthold zu. Margot stellte wenigstens ein paar Höflichkeitsfragen. Auch ihr war nicht entgangen, dass Pattys Lächeln irgendwie papieren wirkte. Um so überraschter waren alle, als Markus am Ende dieses langen Abends Pattys Hand nahm und verkündete: „Wir haben uns entschlossen zu heiraten." Patty nickte verlegen.

Berthold war damit gar nicht einverstanden, aber wollte sich nicht mehr in die Beziehung seiner Tochter einmischen. Er war von da an für jeden Anlass dankbar, der ihm die Gelegenheit bot, seiner Jüngsten aus dem Weg zu gehen. Deshalb bot er an, bei Johannes und Afra, die überraschend umgezogen waren, seine handwerklichen Fähigkeiten unter Beweis zu stellen. Außerdem sollten die beiden sehen, dass er und Margot Afra nach der Versöhnung und ihrem feierlichen Versprechen, sich nicht mehr in die beruflichen Belange ihres Mannes einzumischen, nichts mehr nachtrugen.

Als Patty am nächsten Morgen auf die Terrasse kam um zu frühstücken fand sie Margot alleine vor. Sie hatte gehofft, auch ihren Vater anzutreffen. Missgelaunt verzog sie nun den Mund. Andererseits musste sie wenigstens nicht seine vorwurfsvollen Blicke und die Leidensmiene ertragen. Schweigend nahm sie Platz und schmierte sich ein Marmeladenbrötchen.

„Wie soll denn das jetzt mit euch beiden weitergehen?", fragte Margot. „Ich meine, mit deinem Vater und dir."

„Seit ich wieder aus China da bin, nervt er nur noch", versetzte Patty.

„Er macht sich eben Sorgen um dich. Genau wie ich."

Patty knallte das Messer auf den Teller. „Weil ihr denkt, ich heirate Markus nur, damit er die Stelle in Shanghai bekommt", rief sie zornig. „Aber das ist nicht der einzige Grund."

Margot zog die Brauen hoch. Pattys Ausbruch beeindruckte sie nicht im Geringsten. „Davon bin ich überzeugt", erwiderte sie kühl. „Dein Vater übrigens auch."

„Ach", stieß Patty erstaunt aus.

„Wir glauben, der wahre Grund ist noch viel schlimmer. Markus pflegt eine subtile Form von männlichem Egoismus. Nur seine beruflichen Wünsche zählen. Wie du dein Studium absolvieren sollst, interessiert ihn nicht. Wenn du mich fragst, ist das astreines Machogehabe."

Patty sprang so heftig auf, dass ihr Stuhl nach hinten umkippte. „Jetzt reicht's mir aber!", schrie sie. „Wieso mischt ihr euch ständig ein? Ich treffe meine eigenen Entscheidungen!" Dann wirbelte sie davon wie ein Orkan.

Zur gleichen Zeit trafen sich Sylvie und Adrian in einem Möbelgeschäft in der Innenstadt, um die letzten noch fehlenden Stücke für die Ausstattung der Wohnung auszusuchen. Sylvie hatte sich schließlich um des lieben Friedens willen mit Adrian arrangiert. Sie konnte sich erneut vom guten Geschmack Adrians überzeugen. Zuletzt führte er sie zu einem roten Ledersessel, dessen kurvenreiches Design futuristisch anmutete.

„Toll", sagte Sylvie, nachdem sie einmal um den Sessel herumgegangen war. Adrian zog erstaunt die Brauen hoch. „Aber ob der Beat gefällt, bezweifle ich", fügte sie hinzu.

„Ich hatte nicht einmal gedacht, dass er dir gefällt", meinte Adrian mit einem herablassenden Unterton in der Stimme.

Sylvie (Julia Dahmen), Beat (Ottokar Lehrner) erhalten vor der Taufe ihrer Tochter Anregungen für die religiöse Erziehung ihres Kindes.

Sylvie (Julia Dahmen, 2.v.r.), Beat (Ottokar Lehrner, r.) Margot (Jutta Speidel) und Berthold (Günter Mack) sind froh, dass die Taufe von Mariechen ohne Skandal und doch festlich begangen wird.

Elisabeth von Wettenberg (Johanna Liebeneiner) hat ihrem Bruder Adrian (Stefan Hunstein) von Berthold Sanwaldts Protestmarsch erzählt. Plötzlich empfindet Adrian Sympathie für Berthold.

Afra (Elisabeth Lanz) ist glücklich über den abgeschlossenen Vertrag mit Sonja. Nun überzeugt sie Johannes (Siemen Rühaak) von ihrer Auffassung von Partnerschaft und Ehe.

Berthold Sanwaldt (Günter Mack) findet den Protestmarsch doch anstrengender als er dachte.

Patty (Fritzi Eichhorn, re.) sucht bei ihrer Schwester Sylvie (Julia Dahmen, li.) Rat. Doch Sylvie findet, dass Mitleid nicht die richtige Basis für eine Ehe ist.

Das Wiedersehen mit Miriam (Christine Buchegger) ist für Berthold Sanwaldt (Günter Mack) nicht so ganz einfach. Denn sie will endlich wissen, warum er sie damals nicht geheiratet hat.

Margot (Jutta Speidel) kann es dem Kurarzt (Andreas Wimberger) nicht verhehlen: sie wundert sich über den Luxus der Kureinrichtung.

Berthold (Günter Mack) stellt seiner Frau (Jutta Speidel, Mi.) Miriam (Christine Buchegger) vor, die Frau, die er einst fast geheiratet hat.

Die Idee von der gemeinsamen Kur war gut: Margot (Jutta Speidel) und Berthold (Günter Mack) fühlen sich so richtig wohl.

Margot (Jutta Speidel, 2.v.li.) und Berthold (2.v.re.) haben in ihrer Kur Besuch von Roman Rottmann (Hans Stetter, li.) und Elsa (Luise Deschauer) bekommen. Hauptgesprächsthema sind die Aktivitäten von Afra.

Sylvie sah ihn empört an. „Na hör mal", versetzte sie, „ich hab schließlich Modedesign studiert. Ich bin nicht so altbacken, wie die Einrichtung unserer jetzigen Wohnung vermuten lässt. Die Möbel hat allesamt Beat mitgebracht."

„Das sagt alles."

Sylvies Blick wurde jetzt richtig böse. „Wieso hackst du immer auf Beat rum", rief sie aus. „Bloß weil er in allem das genaue Gegenteil von dir ist?"

Adrian betrachtete sie, wie sie vor ihm stand und ihn mit ihrer hilflosen Wut anstarrte. Sylvie hatte ihm schon immer gefallen. Und im Gegensatz zu ihr hatte er ihre Hakeleien immer genossen. Eigentlich fand er sie viel zu schade für einen Langweiler wie Beat.

Doch das Gefühl, das sich jetzt in seinem Bauch breit machte, war neu. Er trat einen Schritt näher.

Sylvie hatte nicht die leiseste Ahnung, was da passierte. Sie konnte Adrian nicht ausstehen. Er verkörperte für sie so ziemlich alles, was sie verabscheute. Warum nur schlug plötzlich ihr Herz bis an den Hals?

Adrian nahm ihr Kinn zwischen seine Finger und küsste sie. Sylvie wehrte sich nicht. Sie schloss sogar die Augen. Ihr war als fülle ihre Brust sich mit flüssigem Eisen. So was hatte sie noch nie zuvor erlebt.

Nachdem ihre Lippen sich wieder voneinander gelöst hatten, standen die beiden schweigend da und sahen sich an. Sogar der sonst immer souverän wirkende Adrian schien verwirrt zu sein. Sylvie bebte am ganzen Körper. „Das hättest du nicht tun dürfen", sagte sie, als sie endlich beherrscht genug war um zu sprechen. Sie sagte „du", obwohl sie auch „wir" hätte sagen können, denn sie fühlte sich mitschuldig. In dem Moment, in dem er sie geküsst hatte, hatte sie es gewollt. Sie wäre sogar zu mehr bereit gewesen.

„Entschuldige, Sylvie“, sagte Adrian nur hilflos. „Ich hätte das nicht tun dürfen. Du bist Beats Frau und Beat ist mein Neffe.“ Sylvie nickte. „So ist es."

Nach dem unglücklichen Auftakt beim Frühstück war Patty für diesen Tag mit familiärer Fürsorge bedient. Deshalb stieg sie in ihren Smart und fuhr zu Markus nach Kimmersweiler. Freudig empfing er sie schon an der Haustür mit einer Umarmung und einem stürmischen Kuss. Im Gegensatz zu ihr hatte er beste Laune.

Als sie wenig später in die rustikal eingerichtete Gaststube traten, zeigte Markus auf ein paar Dokumente, die auf einem Tisch ausgebreitet waren: seine Entlassungsurkunde aus dem bayerischen Schuldienst, Krankenversicherungspolicen für sie und ihn, eine Lebensversicherung. Nur der Anstellungsvertrag der chinesischen Schule fehlte noch. „Das dauert eben auf dem Postweg“, sagte er zuversichtlich. „Dafür habe ich hier noch was anderes.“ Er holte ein amtlich aussehendes Formular hervor. „Das ist der Fragebogen vom Standesamt“, erklärte er.

Wenn Patty Markus so ansah, wurde ihr ganz bang ums Herz. Er kam ihr vor wie ein kleiner Junge, der sich auf eine Abenteuerreise freute. Sollte sie ihm die Freude verderben? Bedrückt setzte sie sich hin.

Markus nahm neben ihr Platz. „Was ist denn?“, fragte er.

„Ich hab immer noch Stress zu Hause“, erzählte Patty.

„Wegen der Hochzeit etwa? Kann dir doch egal sein. Du brauchst die Einwilligung deiner Eltern nicht. Du bist volljährig.“

„Schon. Aber mir liegt eben was an einem guten Verhältnis zu meiner Familie. Ich bin nun mal ein Fan von Friede, Freude, Eierkuchen.“

Ein Schatten fiel über Markus’ Miene. „Soll das heißen, du willst die Hochzeit platzen lassen?“, brauste er auf.

Patty atmete schwer. „Nein“, sagte sie dann, „die Chinesen nehmen ja nur verheiratete Lehrer.“

„Eben. Bis wir aus China zurück sind, hat deine Familie sich längst wieder beruhigt.“

Er gab ihr einen sanften Nasenstüber um sie aufzuheitern. Patty lächelte angestrengt. Hoffen wir's, dachte sie bedrückt.

Obwohl es erst Mittag war, befand sich Beat schon auf dem Weg nach Hause. In heikler Mission, gewissermaßen. Um sich entsprechend zu wappnen hielt er vor einem Blumenladen an und kaufte einen gewaltigen Strauß roter Rosen.

Natürlich durchschaute Sylvie ihn sofort, als er sie eine halbe Stunde später mit den Blumen überraschte, angeblich nur um ihr eine Freude zu machen. „Was ist los?“, fragte sie ihn. „Raus mit der Sprache!“

Beat gestand, dass seine Mutter ihn im Büro besucht habe. Sie hatte Adrians ausgezeichnete Arbeit als Innenarchitekt gelobt und ihre Freude über seine Wandlung ausgedrückt. Damit er nur ja nicht wieder in das alte Fahrwasser zurückfalle, wäre ein Wohnungswechsel äußerst wünschenswert, denn die Gegend in der er jetzt wohne, entspreche einfach nicht seinem Stand. Was für ein glücklicher Zufall sei es da doch, dass in der Villa noch das gesamte Dachgeschoss ungenutzt sei.

Sylvie wäre fast aus der Haut gefahren. „Kommt ja überhaupt nicht in Frage!“, rief sie. „Das hat deine Mutter sich ja wieder schön ausgedacht. Aber Adrian lasse ich mir nicht so einfach unterjubeln.“

„Das Haus ist riesig“, erwiderte Beat mit sanftem Ton. „Du würdest ihm höchstens mal im Treppenhaus begegnen.“

Beats Ahnungslosigkeit schmerzte. Sylvie konnte ihm nicht mehr länger in die Augen sehen. Innerlich aufgewühlt lief sie zum Fenster und sah hinaus. Aber es half nichts. Seit dem Kuss hatte sie nur an Adrian gedacht und selbst jetzt, da ihr Mann hinter ihr stand, konnte sie an nichts anderes denken. Die Sache musste ein Ende finden, ehe sie richtig begann. Schließlich wandte Sylvie sich um und trat vor Beat hin. „Ich will Adrian nie mehr wiedersehen!", sagte sie ernst.

Beat unternahm noch ein paar hilflose Versuche sie umzustimmen, aber sie blieb hart. Deshalb kehrte er in die Stadt zurück. Er hatte mit seiner Mutter vereinbart sie um vierzehn Uhr im Englischen Garten zu einem Spaziergang zu treffen.

„Ich hab alles versucht", teilte er ihr mit. „Sylvie war außer sich und hat gesagt, sie wolle Adrian nie mehr wiedersehen."

„Wie kindisch", versetzte Elisabeth. „Wahrscheinlich hat sie sich mit Adrian wegen der Wohnungseinrichtung gezankt." Sie blieb vor ihrem Sohn stehen. „Ich muss es dir endlich einmal sagen, Beat: Deine Frau ist ein launisches, verzogenes Gör. Berthold hat seinen Töchtern einfach zu viel durchgehen lassen."

Beat hatte diese Predigt schon öfter über sich ergehen lassen müssen. Jetzt hatte er kein Ohr dafür. „Bitte, Mama", unterbrach er sie.

„Es ist nun einmal so", beharrte sie, „und du tanzt auch noch nach ihrer Pfeife. So unterstützt du nur ihre Teenagerlaunen."

„Ich werde noch einmal mit ihr reden", versprach Beat.

Ein feines Lächeln trat auf Elisabeths Lippen. „Ich mach dir einen anderen Vorschlag", sagte sie. „Du entscheidest das nach deinem Gutdünken."

Beat schlug die Augen nieder.

Berthold zahlte für seine Hilfsbereitschaft bei den Hängsbergs einen schmerzhaften Preis. Beim Aufhängen eines Bildes schlug er sich mit dem Hammer auf den Daumen. Zum Glück war mit Johannes ein Arzt im Haus. Er untersuchte und verband die Verletzung fachmännisch. „Der Nagel wird dir wohl abgehen", befand er, „dagegen ist nichts zu machen. Der Ablösungsschmerz wird dich noch eine Weile begleiten."

„Allerdings", sagte Berthold, aber er meinte einen anderen Ablösungsschmerz.

Mit seiner Verletzung fiel Berthold leider auch beim Hausmusikabend, der schon am nächsten Tag auf dem Programm stand, aus. Das brachte Patty auf eine, wie sie meinte, geniale Idee. Markus spielte doch auch Klavier. Vielleicht konnte er ja einspringen. Und möglicherweise kamen er und ihr Vater sich über die Musik näher.

Doch da hatte sie die Rechnung ohne den Wirt gemacht. Mürrisch saß Berthold an diesem Abend unter den Zuhören und pflegte seinen doppelten Ablösungsschmerz. Nun musste er auch noch seinen angestammten Platz am Klavier an den ungeliebten Schwiegersohn in spe abtreten. Margot schmunzelte in sich hinein, als sie die finstere Miene ihres Mannes bemerkte.

Beim gemütlichen Beisammensein nach dem Konzert machte Berthold indes wieder gute Miene zum bösen Spiel. Er unterdrückte bissige Kommentare, wenn Markus von seinen Chinaplänen sprach und von der bevorstehenden Hochzeit.

Als Markus sich auf den Weg nach Hause machen wollte, begleitete Patty ihn zu seinem Wagen. „Lief doch ganz gut", sagte er. Patty zuckte nur die Schultern. „Was ist denn mit dir?", fragte er da. „Liebst du mich etwa nicht mehr?" Das sollte scherzhaft klingen. Aber Patty fasste es ernst auf und antwortete schnell: „Doch, doch, natürlich. Wie kommst du denn darauf?"

Markus lächelte und wollte sie küssen. Patty wich ihm zuerst aus, ehe sie es zuließ. Die beiden bemerkten nicht, dass Weihbischof Rottmann kurz nach ihnen die Villa verlassen und die Szene beobachtet hatte. Das sollte ein verliebtes Paar sein? Mit einem Kopfschütteln ging er weiter.

Elisabeth hatte sich für den nächsten Morgen mit Adrian zu einem zweiten Frühstück in einem Lokal verabredet. Sie hatte zwar Beat die Entscheidung über die Nutzung der Dachwohnung überlassen, aber es entsprach nicht ihrem Naturell, sich zurückzulehnen und die Hände in den Schoß zu legen. Sie musste wissen, was zwischen Adrian und Sylvie vorgefallen war. Im Übrigen wusste Adrian noch nicht, was sie hinter den Kulissen zu seinem Besten unternahm, weshalb es an der Zeit war, ihn aufzuklären.

Natürlich spürte Adrian sofort, dass hinter diesem Treffen eine ganz bestimmte Absicht steckte. Elisabeth hatte ihm noch nie etwas vormachen können. „Sag gerade heraus, wo dich der Schuh drückt", forderte er sie auf.

Elisabeth räusperte sich. „Hattest du in letzter Zeit mit Sylvie Streit?", fragte sie.

Adrian schlug die Augen nieder. Was hatte diese Frage zu bedeuten? Wusste Elisabeth von dem Kuss und wollte nun sehen, ob er es von sich aus zugab? Nur gestehen, was sie ganz sicher schon weiß, dachte er und verneinte knapp.

„Warum will sie dich dann auf keinen Fall wiedersehen?", fragte sie nachdenklich.

„Hat sie das gesagt?", erwiderte Adrian mit einem perfekten Pokerface.

Elisabeth nickte und sagte halblaut vor sich hin: „Sie wird doch nicht schon wieder schwanger sein. Das wäre die einzige Erklärung für ihr launisches Verhalten."

Plötzlich wurde Adrian von einer tiefen Unruhe ergriffen. Er musste unbedingt mit Sylvie sprechen. Deshalb schützte er seiner Schwester gegenüber einen wichtigen Termin vor, den er fast vergessen habe, entschuldigte sich und verschwand.

In seinem Büro griff er sofort nach dem Telefon und wählte Sylvies Nummer. „Bist du schwanger?", fragte er sofort, nachdem sie sich gemeldet hatte.

„Was soll das?“, erwiderte Sylvie verwirrt.

„Wenn es so wäre, müsste ich als euer Innenarchitekt reagieren.“ Adrian wusste selbst, dass das eine ziemlich fadenscheinige Begründung war. Aber es kümmerte ihn in diesem Moment nicht. Er musste wissen, was mit Sylvie los war.

Sylvie vermutete, Elisabeth habe Adrian mit dieser Frage vorgeschickt. „Ich bin nicht schwanger“, erwiderte sie. „Und du musst auch nicht reagieren, und zwar auf gar nichts. Wir sind fertig. Und die Wohnung auch. Schreib deine Rechnung. Und dann verschwinde aus meinem Leben!“

„So einfach geht das aber nicht, meine Liebe“, erwiderte Adrian. „Ich gehöre zu der Familie, in du eingeheiratet hast.“

„Mir doch egal! Glaub ja nicht, dass zu deinem Einzug in unser Haus das letzte Wort schon gesprochen ist!“ Damit legte sie auf.

Adrian zog erstaunt die Brauen hoch. Einzug ins Familienhaus? Na so was, davon wusste er ja noch gar nichts. Wenn das kein Wink des Schicksals war. Und das Werkzeug des Schicksals spielte wohl seine liebe Schwester.

Ein zufriedenes Lächeln lief über Adrians Lippen. Er lehnte sich in seinem Ledersessel zurück und verfiel ins Sinnieren. Seit jenem Kuss wusste er, dass er Sylvie begehrte. Und dieses Begehren wuchs beinahe von Minute zu Minute. Die anfänglichen Skrupel erschienen ihm zunehmend kleinkariert und lächerlich. Vor allem deshalb, weil er immer deutlicher spürte, dass Sylvie ihn auch wollte.

Am gleichen Morgen lag Patty krank im Bett. Ihre Knochen waren wie Gummi, Arme und Beine taten so weh, als habe sie tagelang im Steinbruch geschuftet. Wenigstens hatte sie kein Fieber. Ein Glück auch, dass Johannes vorbeikam um Bertholds Daumen zu untersuchen. So konnte er auch gleich nach Patty sehen. Er nahm ihr etwas Blut ab um es im Krankenhauslabor untersuchen zu lassen. Jemand dort schuldete ihm noch einen Gefallen.

Patty verbrachte zwei Tage in bleiernem Halbschlaf, aus dem ihre schmerzenden Glieder sie immer wieder aufschreckten. Margot sah von Zeit zu Zeit nach ihr, aber was sollte sie schon tun? Dann begannen auch noch Pattys Bauch und ihr Rücken zu jucken. Patty erschrak. Wie eine Schärpe zogen sich Pusteln um ihren Bauch. Richtig beängstigend sah das aus.

Am Nachmittag des dritten Tages kam endlich Johannes wieder vorbei. „Gott sei Dank bist du da", sagte Patty und zeigte ihm die roten Punkte. Johannes nickte nur. Er schien nicht überrascht. „Herpes Zoster", sagte er nur, „Gürtelrose."

Patty verzog das Gesicht. Das hörte sich ziemlich unappetitlich an. „Was ist denn das?", fragte sie.

„Ein Krankheit, die in den letzten Jahren immer häufiger auftritt", erklärte er. „Sie zeigt einen Zusammenbruch des Immunsystems an, etwa als Begleiterscheinung einer anderen Erkrankung... Aids zum Beispiel."

Patty zuckte zusammen. „Du willst damit doch nicht sagen, ich...?"

„Nein", wehrte Johannes ab. „Ich hab dein Blut auf Aids testen lassen. Negativ. Du bist mir hoffentlich nicht böse, dass ich dir das nicht gesagt habe, aber ich wollte dich nicht beunruhigen."

„Schon gut", brummte Patty. Allerdings verstand sie nicht, warum ihr Immunsystem verrückt spielte. Sie ernährte sich gesund, trieb ausreichend Sport und war darum seit Jahren nicht mehr krank gewesen.

„Die Gürtelrose wird als eine Erkrankung der Seele angesehen", erklärte Johannes unterdessen. „Sie tritt vor allem in Krisensituationen auf: beim Verlust eines Partners oder der Arbeitsstelle, vor einer schweren Entscheidung..." Er sah Patty prüfend an.

„Was willst du damit andeuten?“, fragte sie verstimmt.

„Gar nichts.“ Johannes griff in die Tasche seines Sakkos und holte zwei Schachteln heraus. „Das eine ist ein Vitamin-B-Präparat, das andere eine Salbe gegen den Juckreiz.“

Patty bedankte sich. Johannes versprach ihr, bald wieder nach ihr zu sehen, und ließ sie allein. Nachdenklich zog sich Patty die Decke bis ans Kinn. Auch wenn Johannes es nicht zugegeben hatte, sie hatte ganz genau verstanden, worauf er hinauswollte. Erkrankung der Seele, vor schweren Entscheidungen – der Zusammenhang war zu offensichtlich. In was hatte sie sich da nur reinmanövriert?

Die Familienvilla der von Wettenbergs war fast vollständig eingerichtet. Zwei Möbelpacker trugen gerade den letzten Sessel in den Salon, während eine Dekorateurin die zugeschnittenen Vorhänge aufhängte. Sylvie stand in der Mitte des Raumes und beobachtete die Aktivitäten. Die Handwerker verabschiedeten sich gerade, als Adrian mit einem lässigen Lächeln auf den Lippen eintrat. Sylvie zog die Augenbrauen zusammen.

„Ich hab dir doch gesagt, dass ich dich nie wieder sehen will“, fauchte sie ihn an, kaum dass die Handwerker weg waren.

„Ich mach nur meine Arbeit“, versetzte Adrian, „und nicht du bist mein Auftraggeber, sondern dein Mann.“

Sylvie stand da und sah ihn an. Eine Spur von Hilflosigkeit lag in ihrem Blick. Durch diesen einen Kuss hatte sich alles zwischen ihnen verändert. Oder hatte es diese Anziehung zwischen ihnen beiden schon immer gegeben, irgendwo im Untergrund, und jetzt war sie lediglich aufgebrochen? Egal, Sylvie wusste nur eins: Wenn Adrian nicht aus ihrem Leben verschwinden würde, würde es zu einer schrecklichen Katastrophe kommen. „Geh fort, Adrian“, beschwor sie ihn deshalb in schon fast feierlichem Ernst. „Denk an deine Schwester und geh so weit wie möglich weg."

Die Ruhe, mit der sie diese Worte aussprach, erschreckte Adrian weit mehr, als all ihre Beschimpfungen und Wutausbrüche es je getan hatten. Sie meinte es ernst. Nachdenklich verließ er die Villa. Wenn Sylvie so daran gelegen war, ihn los zu werden, und wenn sie ihn vor allen Dingen mit derart flehenden Blicken ansah, konnte das doch nur heißen, dass sie eine Menge für ihn empfand – jedenfalls mehr als ihr lieb war. Konnte er da einfach so verzichten? Adrians Familiensinn war zwar ausgeprägter, als manche vermutet hätten, aber nicht ausgeprägt genug um ihn davon abzubringen einem derart starken Reiz nicht nachzugehen. Somit stand sein Entschluss so gut wie fest.

Patty wurde unterdessen den Eindruck nicht los, dass ihre Familie sie systematisch bearbeiten wollte. Den Anfang hatte Johannes mit seiner Bemerkung über die seelischen Ursachen der Gürtelrose gemacht. Dann war Berthold aufgetaucht, angeblich nur um nach ihr zu sehen. Doch kaum hatte er sich auf die Bettkante gesetzt, hatte er angefangen zu erzählen, wie er nach dem Tod von Pattys Mutter auch eine Gürtelrose bekommen habe, weil er mit dem Schmerz und der Trauer einfach nicht fertig geworden sei. Als dann auch noch Onkel Roman mit Blumen antanzte um wenig später in die selbe Kerbe zu hauen, platzte Patty endgültig der Kragen.

„Was zieht ihr hier eigentlich für eine Show ab!", protestierte sie. „Das ist ja die reinste Gehirnwäsche."

Roman sah sie voller Erstaunen mit diesem Schulbubenblick an, den er immer dann aufsetzte, wenn er sich völlig überfahren fühlte. „Ich... verstehe nicht...", stotterte er.

„Mach mir doch nichts vor, das ist doch zwischen euch abgesprochen", sagte Patty. „Erst Johannes, dann Papa und jetzt du."

Roman lächelte ein wenig. „Ich gebe zu, Johannes war bei mir und hat mich gebeten mit dir zu sprechen." „Aber er hat bei mir damit offene Türen eingerannt. Ich hätte nämlich sowieso nicht länger tatenlos mitangesehen, wie du sehenden Auges in das größte Unglück deines Lebens rennst." Er trat näher an Patty heran, die ihn nicht ansah, sondern nur vor sich hin auf die Bettdecke starrte. „Ich halte es für einen Wahnsinn, zu heiraten und nach China zu gehen, noch bevor du mit deinem Studium begonnen hast. Mensch, Mädchen, bist du denn noch zu retten!" Roman war mit jedem Wort lauter geworden.

„Schrei hier nicht so rum", erwiderte Patty, „ich bin krank!"

„Aber doch nur, weil dein Instinkt sich nicht von deinen Gefühlen für Markus vergewaltigen lassen will. Diese Erkrankung ist ein Alarmsignal, eine rote Ampel, die du unbedingt beachten solltest."

„Das ist doch Unsinn", versetzte Patty trotzig. „Ich geb ja zu, dass die Entscheidung, mit Markus nach China zu gehen, nicht ganz einfach war. Aber jetzt habe ich mich dazu entschieden, die Sache ist durch und basta. Das müsst ihr akzeptieren, weil es nämlich ganz allein meine Angelegenheit ist."

„Natürlich", versetzte Roman spitz, „aber nur solange, wie es dir gut geht. Sobald es Schwierigkeiten gibt, soll die Familie, allen voran der liebe Papa, es wieder richten."

Da hatte Roman nicht ganz Unrecht, das musste Patty zugeben. Aber hieß das denn, dass sie keine eigenen Entschlüsse mehr treffen durfte?

Zum ersten Mal seit längerer Zeit zog Adrian wieder einmal die ganze Nacht um die Häuser. Er hing in den Bars und Spielhöllen rum, in die es ihn früher immer gezogen hatte, traf Freunde aus der Zeit, die ihn zu einer Runde Poker einluden. Doch er lehnte dankend ab. Das alles bedeutete ihm nichts mehr. Außerdem hatte er in dieser Nacht noch etwas anderes vor. Es war noch stockdunkel, als er in einem von seinem Architekturbüro geliehenen Kombi an der neuen Villa Wettenberg vorfuhr. Nachdenklich eine Zigarette rauchend sah er zu dem Haus hinüber, in dem kein Licht brannte. Weder Beat noch Elisabeth hatten die leiseste Ahnung, welch ein Sturm sich über ihrem Familienglück zusammenbraute. So war das eben mit Urgewalten: Sie brachen manchmal wie aus dem Nichts los und waren immer unvermeidlich.

Er schnippte die Zigarette aus dem Wagenfenster und stieg aus. Dann holte er den roten Ledersessel, der Sylvie so gut gefallen hatte, aus dem Laderaum des Wagens. Ein Glück, dass er noch den Schlüssel zur Villa hatte. So leise wie möglich brachte er den Sessel in den Salon und verschwand dann wieder.

Bereits um neun Uhr war er wieder auf den Beinen. Er wollte zu Beat. Beats Sekretärin wollte ihn nicht vorlassen, denn ihr Chef erwartet in Kürze Kunden aus Übersee und musste sich auf die Präsentation vorbereiten. Doch Adrian wäre nicht Adrian gewesen, wenn er sich von piepsigen Vorzimmerdamen hätte aufhalten lassen. Er trat einfach in Beats Büro.

„Gott zum Gruße", sagte er in seiner gewohnten ironischen Art zu seinem Neffen.

Beat schickte die Sekretärin hinaus, die, sich entschuldigend, gefolgt war. „Ich hab nicht viel Zeit", sagte Beat dann an Adrian gerichtet.

Adrian ließ seinen Blick kurz über einen Tisch streifen, auf dem das edle Porzellan Marke *Dovena* ausgestellt war. Wie man hörte, hatte der junge Beat sich nach dem Tod des guten alten Grafen Wettenberg vor noch gar nicht allzu langer Zeit erstaunlich gut gemacht. Allerdings litten seine familiären Verpflichtungen unter der enormen Belastung eine so große Firma zu leiten.

„Ich wollte dir nur die Rechnung für meine Arbeiten bringen", sagte Adrian, nachdem er vor Beats Schreibtisch Platz genommen hatte, und holte ein Kuvert hervor.

Beat überflog die Rechnung. Sein Onkel hatte es ja erstaunlich eilig an sein Geld zu kommen, fand er. Aber so erstaunlich war das auch wieder nicht. Vielleicht hatte er wieder gezockt. „Willst du das Geld gleich?", fragte Beat.

Adrian setzte ein breites Lächeln auf. „Nur Bares ist Wahres."

Beat stand auf und holte das Geld aus dem Safe. Er reichte Adrian ein Bündel Banknoten und der steckte sie ein ohne nachzuzählen. „Ich hab dir übrigens eine freudige Mitteilung zu machen", sagte Beat dann. „Meiner Mutter ist es tatsächlich gelungen, Sylvies Widerstand gegen deinen Einzug ins Dachgeschoss zu brechen."

Adrian blickte erstaunt auf. Sieh mal einer an, dachte er. Diese Nachricht ließ sein Herz schneller schlagen. Wenn dieser Widerstand gebrochen war, dann war es nur noch eine Frage der Zeit, bis Sylvie auch in anderen Dingen nachgab.

„Es tut mir Leid, Adrian, aber ich muss mich jetzt wirklich auf die Präsentation vorbereiten", sagte Beat eindringlich.

Adrian erhob sich und ging zur Tür. Dort drehte er sich noch einmal um. „Gott zum Gruße", sagte er und fügte hinzu: „Requiescat in pace."

Erstaunt sah Beat ihn an. „Weshalb ‚Ruhe in Frieden'?", fragte er. „Ich bin doch nicht tot."

„Wollen wir's hoffen."

Nachdem Adrian gegangen war, sah Beat noch einen Augenblick auf die Tür. Sein Onkel war nicht nur unberechenbar, manchmal war er regelrecht kurios.

Am gleichen Morgen ging Markus ins Rathaus um die letzten erforderlichen Unterlagen für die Hochzeit abzugeben.

Damit war alles komplett, die Hochzeit konnte am vorgesehenen Termin in zwei Wochen stattfinden. Markus wollte schon wieder gehen, als ihm Simon Rotter, der Bürgermeister, entgegenkam und ihn aufhielt. Rotter war ein bäuerlicher Mann Anfang vierzig, der für seinen praktischen Sinn weithin bekannt war. Außerdem war er Markus' Nachbar.

Nach dem Tod seiner Eltern und seines Bruders hatte Simon schon mehrfach mit Markus gesprochen, denn die Zukunft des *Goldenen Adlers* lag ihm am Herzen. Der *Goldene Adler* war schließlich nicht irgendein Wirtshaus. Er war eine Traditionsgaststätte, die schon seit vielen Generationen von der Familie Trost betrieben wurde.

Simon Rotter bat Markus in sein Büro. Nachdem er erneut bedauert hatte, dass Markus den Familienbetrieb nicht weiterführen wollte, stellte er ihm ein staatliches Förderprogramm für die ländliche Gastronomie vor, das ihn umstimmen sollte. Geduldig hörte Markus zu.

Als der Bürgermeister zu Ende gesprochen hatte, sagte er jedoch: „Du weißt genau, dass ich nach meiner Hochzeit nach China gehe, Simon. Ich warte nur noch auf den Vertrag der Chinesen, der jeden Tag ankommen kann und nur noch eine Formsache ist."

Rotter zwirbelte seinen langen Schnauzbart. „Ich wünschte, ich könnte dich halten, Markus", sagte er.

„Das kannst du nicht, Simon. Ich sitze gewissermaßen auf gepackten Koffern."

„Wenn das so ist..."

Markus stand auf, verabschiedete sich mit einem Händeschütteln und verließ das Rathaus. Als er beim *Goldenen Adler* ankam, radelte gerade der Briefträger heran. Markus blieb an der Tür stehen. Seit Tagen wartete er schon ungeduldig auf die Post aus China. Erleichtert atmete er auf, als der Briefträger ein Kuvert mit chinesischen Briefmarken aus seiner Tasche zog.

Begierig riss Markus den Umschlag auf. Sein eben noch freudiger Gesichtsausdruck erstarrte. Wieder und wieder las er die englischen Worte, aber der Sinn blieb immer der gleiche. Benommen wankte er nach drinnen.

Patty hatte geschlafen wie ein Stein. Als Margot sie weckte, war es schon vier Uhr am Nachmittag. Dafür war sie fast die ganze Nacht wach gelegen. Nicht nur wegen der Gürtelrose. Auch ihre Gedanken hatten sie nicht ruhen lassen.

Aus müden Augen blinzelte Patty ihre Stiefmutter nun an. „Is' was?", fragte sie.

„Markus hat angerufen", erzählte Margot. „Er kommt heute Abend noch vorbei."

„Du sagst das so komisch", fand Patty und richtete sich im Bett auf. „Gibt es was Besonderes?"

„Die chinesische Schule hat abgesagt. Die müssen vorerst ganz schließen und das Gebäude wegen Statikproblemen räumen."

Erst jetzt war Patty wirklich wach. „Wenn wir hier bleiben, müssen wir ja gar nicht heiraten", rief sie erfreut aus. Erst im nächsten Moment wurde ihr klar, was sie eigentlich ausgesprochen hatte.

„Das hast du gesagt, Patty", erwiderte Margot hintersinnig lächelnd. „Aber ich sehe es genauso."

FLIEGENDER WECHSEL

Kaum war der Shanghai-Aufenthalt geplatzt, besserte sich Pattys Gürtelrose schlagartig. Als es ihr schon fast wieder gut ging, benutzt sie ihre Krankheit jedoch immer noch als Vorwand um ein klärende Gespräch mit Markus hinauszuschieben. Der hielt nämlich am Hochzeitstermin unverrückbar fest, während Patty zu dem Schluss gekommen war, die Heirat sei nun nicht mehr nötig.

Patty saß ganz schön in der Klemme. Wie sollte sie Markus beibringen, wozu sie sich entschlossen hatte ohne ihn vor den Kopf zu stoßen? Seit er seine Familie verloren hatte, war er so mimosenhaft empfindlich und sofort auf hundertachtzig, wenn etwas nicht nach seinem Kopf ging. Wenn sie jetzt auch noch die Hochzeit auf einen Termin nach dem Ende ihres Studiums aufschieben wollte, würde er bestimmt glauben, sie wolle überhaupt nicht mehr heiraten. Und was er dann anstellte, war nicht vorhersehbar.

Patty wünschte insgeheim, ihr Vater möge mit Markus sprechen. Aber sie war noch nicht verzweifelt genug um ihn darum zu bitten. Schließlich pochte sie doch ständig darauf, wie erwachsen sie sei. Nicht zu Unrecht würde er verlangen, sie solle dann auch ihre Probleme allein lösen.

Nach einem Telefonat mit Sylvie, in dem ihre Schwester dasselbe sagte, entschloss Patty sich, endlich Klarheit zwischen ihr und Markus zu schaffen. Nachdem sie ihren Eltern mitgeteilt hatte, was sie vorhatte, fuhr sie auch schon los Richtung Kimmersweiler. Margot und Berthold sahen sich erleichtert an. Na endlich, dachten sie.

Während Patty auf dem Weg zu ihm war, war Markus damit beschäftigt, die Hochzeit zu planen. Natürlich sollte sie im *Goldenen Adler* stattfinden. Nachdenklich stand er vor dem imposanten Gasthaus mit seinen umlaufenden Balkonen, auf denen die Geranien in verschwenderischer Pracht blühten. Nebenan befand sich ein gemütlicher, schattiger Biergarten.

Fanny ging zu ihm. Sie hatte ihn die ganze Zeit schon durchs Fenster beobachtet. Sein Sinnieren beunruhigte sie. „Hast du was?“, fragte sie.

Er schüttelte den Kopf. „Ich überlege nur, ob wir die Hochzeit bei schönem Wetter nicht draußen feiern sollten“, sagte er.

„Wenn du mich fragst“, erwiderte Fanny, „wirst du diese Frau überhaupt nicht heiraten, weder drinnen noch draußen.“

Markus warf ihr einen ärgerlichen und zugleich drohenden Blick zu. „Lass mich doch mit deinen Prophezeiungen in Ruhe“, blaffte er sie unwirsch an. „Wenn du schon alles im Voraus weißt, warum hast du mir dann nicht gesagt, dass aus der Stelle in Shanghai nichts wird? Das hätte mir wirklich etwas genützt, denn dann hätte ich meinen Job am Gymnasium nicht gekündigt und müsste jetzt nicht jahrelang für eine Wiedereinstellung auf der Warteliste stehen.“

Fanny ließ sich von der Heftigkeit, mit der Markus sie anfuhr, nicht beeindrucken. „Wirst schon sehen, dass ich Recht hab“, erwiderte sie trotzig und verschwand nach drinnen.

Völlig spurlos gingen ihre Worte jedoch nicht an Markus vorüber. Nicht etwa, weil er angefangen hätte, an Fannys Prophezeiungen zu glauben. Aber die alte Frau hatte etwas ausgesprochen, was seit einiger Zeit schon in ihm selbst dumpf rumorte. Patty wirkte in letzter Zeit ziemlich zurückhaltend, so als bedrücke sie etwas. Wenn er sie darauf ansprach, schob sie es auf ihre Krankheit. Aber er spürte, dass da noch etwas anderes war.

Kurz entschlossen lief er zum Wagen und fuhr davon. Richtung München. Er musste Gewissheit habe.

Sylvie saß auf dem roten Ledersessel, den Adrian in seiner nächtlichen Aktion in den Salon gestellt hatte. Sie sah anscheinend Marie, die vor ihr auf dem Teppich lag, beim Spielen zu. Doch in Wahrheit waren ihre Gedanken ganz woanders. Bei Adrian. Nachdem sie ihn erneut darum gebeten hatte, ihr aus dem Weg zu gehen, hatte er sich spontan dazu entschlossen, Freunde in Südafrika zu besuchen. Nun, da er weg war, hatte sie Angst, er könne womöglich nie mehr wiederkommen.

„Ich muss jetzt los", erklang da plötzlich Beats Stimme hinter ihrem Rücken und riss Sylvie aus ihren Gedanken. Sie wandte sich nach ihm um und rang sich ein Lächeln ab.

Beat fiel schon seit längerem diese Apathie an seiner Frau auf. Abgesehen von Marie schien ihr nichts mehr etwas zu bedeuten. Der Grund dafür war ihm schmerzlich bewusst: Er ließ sie zu oft allein. Aber was sollte er machen? Auch wenn er als der Chef seines international tätigen Unternehmens namens *Dovena* galt, in Wahrheit war er nur sein Sklave.

Was die Ursache für Sylvies Abdriften in die Lethargie anging, hatte Beat Recht. Aber die Zeit, da sie sich mehr Aufmerksamkeit von ihm gewünscht hatte, war längst vorbei. Inzwischen war sie jeden Morgen erleichtert, wenn er endlich weg war und sie sich ganz ihren Gedanken an Adrian hingeben konnte.

„Hast du übrigens die Karte gesehen, die Adrian dir aus Südafrika geschrieben hat?", fragte er, ehe er ging. Sylvie blickte auf. „Stell dir vor, er ist im *Table Bay Hotel* abgestiegen", grinste Beat überheblich, „was ich für ziemlich kühn halte, wenn man bedenkt, dass er ständig in Geldnöten ist."

Sylvie nickte. Dann verabschiedete Beat sich mit Küssen von Frau und Kind und verließ die Villa. Kaum war er hinaus, da sprang Sylvie aus dem Sessel auf und holte die Ansichtskarte. Eine dieser Karten, die man umsonst an der Hotelrezeption bekam. Die Vorderseite zeigte die Luxusherberge, auf der Rückseite standen klein gedruckt Anschrift und Telefonnummer. Getrieben von innerer Unruhe überwand Sylvie schließlich alle Widerstände, griff zum Telefon und wählte die Nummer des Hotels. Zu ihrem Erstaunen erfuhr sie, dass Adrian bereits am Vortag abgereist war.

Sylvie legte gerade auf, als hinter ihr eine wohlbekannte Stimme erklang. „Was wolltest du denn von mir wissen?“ Sie fuhr herum.

Adrian! Lässig lehnte er in Traveller-Aufmachung am Türrahmen.

Im ersten Moment war Sylvie völlig sprachlos. „Wie kommst du denn hier herein?“, fragte sie dann.

„Schon vergessen? Ich wohne in diesem Haus.“

„Und ich dachte, du würdest dein Ego mal vergessen und tatsächlich verschwinden.“

Adrian trat näher. „Ich hatte das tatsächlich vor“, sagte er. „Aber dann habe ich mir gesagt: Warum soll eine Klassefrau wie Sylvie neben einem Langweiler wie Beat vertrocknen? Deshalb habe ich beschlossen, zurückzufliegen und der kleinen Sylvie mal zu zeigen, was Leidenschaft ist.“

„Hau ab, Adrian!“, schrie Sylvie ihn an. „Verschwinde aus meiner Wohnung!“

Adrian lächelte. Sein Blick wurde noch herausfordernder. „So hab ich dich die ganze Zeit vor mir gesehen“, sagte er, „auf diesem Sessel, den wir zusammen ausgesucht haben. Aber in meinem Traum warst du völlig nackt.“

Sylvie saß wie erstarrt da, während Adrian näherkam. Ihr Herz schlug bis zum Hals. Er beugte sich zu ihr herab.

„So eine Überraschung!“, erklang da Elisbeths Stimme aus dem Flur. Sie hatte Adrians Gepäck bemerkt. Hastig richtete

Adrian sich auf. Gerade noch rechtzeitig, denn Elisabeth stand schon in der Tür. „Eli!", rief er aus und ging auf seine Schwester zu. Sylvie brauchte ein paar Sekunden länger um sich zu fassen.

Ungeduldig ging Patty in der leeren Gaststube des *Goldenen Adler* auf und ab. Fanny saß an einem Ecktisch und faltete Servietten. Ihre durch die Brille stark vergrößerten Augen sahen Patty immer wieder misstrauisch an. Schließlich hielt Patty die Spannung nicht mehr aus. Da Fanny nicht wusste, wann Markus wiederkam, hatte weiteres Warten ohnehin keinen Sinn. „Ich fahre jetzt", sagte sie. „Können Sie Markus sagen, er soll mich anrufen?"

Fanny nickte.

„Was ist eigentlich mit dem Kreuz passiert, das früher da in der Ecke hing?", fragte Patty.

„Hab's vergraben", versetzte Fanny knapp. „Ein Kruzifix, auf dem der Heiland den linken über den rechte Fuß gelegt hat, bringt nur Unglück. Und das, was Sie dem Markus sagen wollen, Fräulein..." ihre Augen blitzten Patty böse an „...das wird ihn bestimmt nicht glücklich machen."

Gesenkten Hauptes verließ Patty den *Goldenen Adler*. Sie hatte das Dorf längst hinter sich gelassen, als ihr auf der Landstraße Markus in seinem Geländewagen entgegenkam. Kaum hatte sie ihn erkannt, betätigte sie heftig ihre Lichthupe. Mit einer Vollbremsung kam er zum Stehen. Patty fuhr ebenfalls rechts ran.

Markus war stocksauer. Nicht nur, weil er Patty zu Hause verpasst hatte. Berthold hatte mit ihm gesprochen und ihm mit unmissverständlichen Anspielungen zu verstehen gegeben, was mit Patty los war.

Wie ein wilder Stier ging Markus jetzt auf Patty los. Sie glaubte nicht recht zu hören. Er warf ihr doch tatsächlich vor, dass sie ihn gegen ihre eigentliche Überzeugung jetzt schon hatte heiraten wollen, nur damit er seine Stelle in China bekam. „Du lässt dich doch sonst auch nicht so einfach überrollen", stieß er schnaubend aus.

„Wie sollte ich denn nein sagen", erwiderte Patty, die nahe dran war, angesichts von so viel Sturheit zu verzweifeln. „In der Situation, in der du dich unmittelbar nach dem Unfall deiner Familie befandest."

„Verstehe. Du wolltest mich aus Mitleid heiraten."

„So ein Quatsch! Ich hab dich geliebt!"

Wie vom Donner gerührt blieb Markus stehen und sah Patty fassungslos an. „Du *hast* mich geliebt?", fragte er. „Ist dir klar, was du damit gesagt hast? Für dich ist es vorbei. Du willst keine Verschiebung, du willst Schluss machen."

„Unsinn", erwiderte Patty. Nun war genau das passiert, was sie vermeiden wollte.

Unterdessen wandte Markus sich um und lief tief verletzt zu seinem Wagen. Ehe er einstieg, rief er Patty noch zu: „Du bist frei und kannst tun und lassen, was du willst. Genau wie ich!" Dann startete er den Motor und schoss mit quietschenden Reifen davon.

Hoffentlich macht er keinen Scheiß, dachte Patty und sah ihm noch nach, als er schon längst hinter einem Hügel verschwunden war.

Sylvie hatte das Schwimmbad, das sich im Keller der Villa befand, ganz für sich. Weder Beat noch Elisabeth machten sich etwas aus Schwimmen und der Langschläfer Adrian war zumindest in den frühen Morgenstunden auch nicht hier unten zu erwarten. Diese Gewissheit verleitete sie dazu, sich nicht einmal einen Bikini anzuziehen. Doch an diesem Morgen sollte dieser Leichtsinn sich rächen.

Adrian hatte nämlich mitbekommen, dass Sylvie jeden Morgen Schwimmen ging. Deshalb beschloss er sie zu überraschen. Mit einem breiten Grinsen auf den Lippen und in einen Bademantel gehüllt, trat er an den Pool. „Schönen guten Morgen“, grüßte er.

Sylvies Herz setzte aus, als sie ihn erblickte. Mit ein paar Zügen schwamm sie an den Beckenrand. „Was willst du denn hier?“, fuhr sie ihn an.

„Schwimmen“, entgegnete er mit einem Augenzwinkern.

„Wenn du meinst. Dann verschwinde ich. Gib mir meinen Bademantel.“ Es klang fordernd, so als würde sie nicht erwarten, dass Adrian ihrer Bitte ohne weiteres nachkam.

Ihr Mantel lag auf einer Liege. Adrian wandte sich um und hob ihn auf. „Hier hast du ihn", sagte er und legte ihn vor sie hin. „Du hast doch nicht gedacht, ich würde dich vergewaltigen? Das habe ich nicht nötig. Du wirst mich noch anbetteln, dich zu beglücken.“

„Da kannst du lange warten“, entgegnete Sylvie schnippisch und griff nach dem Bademantel.

Doch im gleichen Moment packte Adrian sie am Arm. „So lange auch wieder nicht“, sagte er. Er strotzte nur so vor Selbstbewusstsein. „Ich habe mich übrigens von Eli dazu überreden lassen, zum nächsten Hausmusikabend bei den Sanwaldts mitzugehen. Kann es kaum erwarten mir anzusehen, wie du in die Oboe bläst.“ Ein schmieriges Grinsen lief über sein Gesicht.

Sylvie war um eine angemessene Antwort nicht verlegen. Sie spritzte ihn einfach mit einem Schwall Wasser voll. Doch er lachte nur laut auf.

Drei Tage war der Streit zwischen Patty und Markus nun her. Seitdem hatte Markus sich nicht mehr gemeldet. Und wenn Patty ihn anrufen wollte, war immer nur die alte Fanny am Apparat. Zum wiederholten Male klagte Patty Margot ihr Leid, während sie ihr bei den Vorbereitungen für den Musikabend half.

„Was hast du erwartet?“, entgegnete Margot.

„Er muss doch irgendwann wieder zu Vernunft kommen“, versetzte Patty ärgerlich. „Für seine Enttäuschung hab ich ja Verständnis. Aber mit ein wenig Abstand muss er doch sehen, dass ich nicht Schluss gemacht habe, sondern nur vorläufig nicht heiraten will.“

Margot lächelte ihre Stieftochter an. „Manchmal bist du wirklich noch reichlich naiv. Markus ist zehn Jahre älter als du, für ihn war das eine Lebensentscheidung. Er wird weit länger als nur drei Tage brauchen um mit der neuen Situation klarzukommen.“

Nachdenklich sah Patty auf das Radieschen, das sie eben in Röschenform geschnitten hatte. Dann legte sie das Messer hin, wischte sich die Hände an einem Küchentuch ab und griff zum Telefon. Sie wählte Markus' Nummer. Aber er war wieder einmal nicht da.

„Er ist auf dem Standesamt“, teilte Fanny bissig mit.

Klar, den Hochzeitstermin absagen, dachte Patty und legte auf.

Patty hatte Recht und hätte sich trotzdem kaum mehr irren können. Auch Erika Böhmer, die alte Standesbeamtin, sah Markus fassungslos an. „Also, was willst du jetzt, Markus“, sagte sie zu ihm, „heiraten oder nicht heiraten?“

„Heiraten“, erwiderte Markus. „Am selben Tag wie vereinbart. Allerdings eine andere Frau.“

Erika starrte ihn verwirrt an. „Das geht doch nicht.“

„Gibt es ein Gesetz, das das verbietet?“, erwiderte Markus kühl und verschränkte die Arme vor der Brust.

„Das nicht, aber so was ist doch unmoralisch!“

Mit einem Kopfschütteln sah die Erika Markus an. Sie kannte ihn, seit er ein kleiner Junge gewesen war. Er hatte den Trost'schen Dickschädel geerbt. Dass er mit einer neuen Heirat dem Münchner Mädchen nur eins auswischen wollte, war offensichtlich. Aber war es das wert, sein ganzes Leben aufzugeben?

„Du liebst die Rotter Christa doch gar nicht“, sagte Erika nach kurzem betroffenem Schweigen, nachdem sie den Namen der Braut in den Unterlagen gelesen hatte.

„Und wenn schon“, versetzte Markus. „Es gibt auch kein Gesetz, das vorschreibt, dass Ehen nur aus Liebe geschlossen werden dürften. Ein wechselhaftes Gefühl als Grundlage für eine so weitreichende Verbindung zu machen, halte ich sowieso für Unfug. Man sieht das ja an den Scheidungszahlen.“

Erika konnte sich die Grundlage dieser Ehe schon vorstellen. Schon seit Jahren hatte Bürgermeister Simon Rotter versucht seine jüngere Schwester Christa mit Markus zu verkuppeln. Die Partie wäre, zumindestens was die finanzielle Seite betrifft, für beide Familien von Vorteil. Rotter'sche Grundstücke, die an Trost-Besitz grenzten und für sich genommen wegen ihres ungünstigen Zuschnitt keinen besonderen Wert hatten, konnten für weitere gastronomische Betriebe genutzt werden. Und nicht zuletzt stieg die unscheinbare Christa zur angesehenen Adler-Wirtin auf. Warum nur aber gab Markus sich für diesen Handel her? Gekränkte Eitelkeit? Wut? Verzweiflung? Wahrscheinlich von allem etwas, befand Erika.

Berthold begleitete das Kindermädchen Annette, die seine und Margots kleine Tochter Verena zum Kindergarten bringen wollte, bis an das schmiedeeiserne Einfahrtstor. Mit der Post kam er von dort zurück. Auch für Patty, die im Pyjama am Frühstückstisch auf der Terrasse saß, waren zwei Briefe dabei. Einer enthielt die Immatrikulationsbescheinigung der Uni. Als sie den anderen öffnete, blieb ihr das Marmeladenbrötchen im Halse stecken. „Das gibt's doch nicht!“, stieß sie aus.

„Was gibt es nicht?“, fragte Berthold.

„Das ist eine Hochzeitseinladung“, teilte Patty mit. „Von Markus.“

Erstaunt sahen Berthold und Margot ihre Tochter an. Noch am Abend zuvor hatte Patty am Ende des Hausmusikabends offiziell verkündet, dass sie nicht heiraten werde. Und jetzt das.

„Er kann dein Nein doch nicht einfach ignorieren“, sagte Margot, geplättet von einer solchen Unverfrorenheit.

„Tut er auch nicht“, meinte Patty. „Er heiratet eine andere.“

Margot und Berthold sahen sich die Einladung an. Zwei ineinander verschlungene Herzen, darüber stand in schwungvoller Goldschrift: „Wir heiraten“; unter den Herzen: „Markus Trost, Kimmersweiler und Christa Rotter, Kimmersweiler“.

Berthold schüttelte ungläubig den Kopf. Er hatte in seiner Zeit als Jurist ja so manches erlebt, aber dass einer neun Tage vor der Hochzeit einfach die Braut austauschte, war ihm weder in seinem Beruf noch sonst jemals untergekommen.

„Das tut er doch nur aus Trotz“, sagte Patty verärgert und gekränkt zugleich.

„Vielleicht ist das Ganze ja auch nur ein schlechter Scherz, mit dem er sich an dir rächen will“, warf Margot ein. „Ich ruf mal im Rathaus in Kimmersweiler an.“

Doch man bestätigte ihr dort, dass das Aufgebot zur Hochzeit so bestellt war.

„Ist das überhaupt erlaubt?“, fragte Patty. „Ich meine … da sieht doch jeder, was da los ist.“

„Solange niemand bewusst getäuscht wird, kann man nichts machen“, erklärte Berthold. „In einem Dorf wie Kimmersweiler dürfte aber der erste geplatzte Hochzeitstermin kein Geheimnis geblieben sein. Deshalb wird diese Christa Rotter schon wissen, worauf sie sich einlässt.“

Damit war für Berthold das Thema erledigt. Er schlug seine Zeitung auf und wurde so für die beiden Frauen am Tisch unsichtbar. Das glaubte er zumindest. Aber ihre fordernden Blicke erreichten ihn auch hinter der Zeitung. Berthold war fest entschlossen nicht darauf zu reagieren.

„Du musst was unternehmen, Papa", sagte Patty schließlich, weil sie es nicht länger aushielt.

„Warum denn ich?", erwiderte er spitz und ohne die Zeitung sinken zu lassen.

„Weil er auf mich nicht hören wird."

„Ich finde auch, dass du ihm ins Gewissen reden solltest, Berthold", pflichtete Margot Patty bei, obwohl sie genau wusste, warum ihr Mann sich stur stellte und dafür sogar Verständnis hatte. „Man kann den Mann doch nicht einfach in sein Unglück rennen lassen."

„Ach was", fuhr Berthold auf. Zornig knüllte er die Zeitung zusammen und warf sie auf einen leeren Stuhl. „Und warum soll immer ich in die Bresche springen? Meine Tochter unterrichtet mich davon, dass sie nach Shanghai gehen wird. Mal will sie heiraten, dann wieder nicht. Wenn ich etwas dazu einwenden will, pocht sie darauf, sie sei erwachsen und ich solle mich nicht einmischen. Ist das Porzellan aber mal zerschlagen, dann soll der Papa die Scherben wieder kitten."

Aufgebracht sprang Patty hoch. „Dann lass es doch, wenn ich es dir nicht wert bin!", schrie sie ihren Vater an und rannte davon.

Wie immer war Beat an diesem Abend spät nach Hause gekommen. Die Verhandlungen mit polnischen Geschäftspartnern hatten sich länger hingezogen als erwartet. Da er am nächsten Tag wieder fit sein musste, ging er früh schlafen. Sylvie folgte ihm kurz darauf ins Schlafzimmer. Sie zog ihr Satinnachthemd an, das er ihr in Ungarn geschenkt hatte, und schlüpfte zu ihm unter die Decke. Nicht, weil sie ihn heute so erregend gefunden hätte. Aber vielleicht half ihr das über ihre dauernden Fantasierereien von Adrian hinweg und brachte sie ihrem Ehemann wieder näher.

„Ich bin so müde", brummte Beat jedoch nur und drehte sich weg. Im nächsten Moment war er eingeschlafen.

Schmollend kehrte Sylvie auf ihre Seite zurück. Nach einiger Zeit fiel auch sie in einen leichten Schlummer, schreckte dann aber wieder hoch. Sie sah auf die Uhr. Es war höchstens eine halbe Stunde vergangen. Und an Schlaf war vorerst nicht mehr zu denken, denn sie war mit einem Mal hellwach.

Sylvie stand auf und wollte sich in den Salon setzen um ein wenig zu lesen. Schon in der Diele merkte sie, dass dort Licht brannte. Als sie eintrat, fiel ihr die Veränderung sofort auf: der rote Ledersessel war weg.

Dahinter konnte nur Adrian stecken. Das war wieder mal einer seiner Scherze. Inzwischen hatte sie seine verquerte Logik zumindest soweit durchschaut um sich vorstellen zu können, wo er den Sessel hingebracht hatte: ins Schwimmbad.

Sylvies Ahnung war richtig. Aber zu ihrer Überraschung fand sie nicht nur den Sessel dort, sondern auch Adrian selbst. Nur mit einer Badehose bekleidet hatte er es sich auf einer Liege bequem gemacht. Nun, da Sylvie auf ihn zuging, setzte er sich auf. Sie fasste seine Bewegungen falsch auf, weshalb sie einen Schritt zurückwich und ihn anfuhr: „Wenn du mich anfasst, schreie ich das ganze Haus zusammen."

„Ich fass dich nicht an", erwiderte Adrian. „Mir genügt es, dich anzusehen. Aber *dir* wird das bald nicht mehr reichen. Oder wirst du etwa von dem satt, was *Dovena-Porzellan* von deinem Beat für dich übrig lässt?"

Sylvie ignorierte seine Frechheiten. „Den Sessel kannst du behalten", sagte sie. „Aber gib mir den Wohnungsschlüssel, den du von uns hast."

„Hab ich nicht. Da wir alle so wunderbar miteinander verwandt sind, gibt es einen Generalschlüssel, damit Eli bei diversen Abwesenheiten die Blumen gießen kann." Er lächelte sie auf eine anzügliche Weise an, als er hinzufügte: „Du kannst dich also auch mal um meine Blumentöpfe kümmern, wenn es dir langweilig werden sollte."

Gegen so viel Unverschämtheit war Sylvie machtlos. „Hab mich doch gern", sagte sie und wandte sich ab.

„Das ist mein ganzes Bestreben", entgegnete Adrian, stand von seiner Liege auf und ließ sich ins Wasser gleiten.

Natürlich kannte Margot Mittel und Wege, wie sie ihren Berthold dazu bringen konnte, über seinen Schatten zu springen. Jedenfalls zeigte er sich am nächsten Morgen bereit, mit Markus zu sprechen.

Markus war erstaunt über Bertholds Besuch in Kimmersweiler. Er bot ihm Platz an, lehnte sich selbst aber nur gegen eine Tischkante.

„Du müsstest doch froh sein, Berthold", sagte er dann. „Du warst ja immer gegen diese Ehe."

„Aber ich bin auch nicht dafür, dass du aus gekränktem Stolz, oder was immer deine Beweggründe sein mögen, überstürzt eine andere Ehe eingehst", versetzte Berthold. „Sicher, das ist deine Sache. Aber so ganz doch wieder nicht, denn du willst Patty damit einen Schuldkomplex verpassen."

„Wen interessiert schon, was sie mir verpasst hat?"

„Das interessiert genauso. Wie hast du dir das alles denn vorgestellt? Wie soll es jetzt weitergehen?"

Markus verschränkte die Arme vor der Brust und sah an Berthold vorbei, als er sagte: „Bis ich am Gymnasium wieder eine Anstellung bekomme, können Jahre vergehen. Deshalb stelle ich lieber ganz um. Ich werde den Gasthof übernehmen. Der ist immer gut gelaufen und wird es auch weiterhin. Und meine künftige Frau bringt die nötigen Kenntnisse mit. Sie hat schließlich hier ihre Lehre gemacht."

„Sie bringt sicher noch mehr mit in die Ehe", sagte Berthold milde lächelnd.

„Ein paar Grundstücke", gab Markus zu. „Du brauchst gar nicht so überheblich zu lächeln, Berthold. Vernunftehen haben in meiner Familie Tradition. Und Christa weiß ganz genau, worauf sie sich einlässt."

„Das bezweifle ich. Eines Tages wird sie nicht mehr verdrängen können, dass sie Gegenstand eines Handels und Instrument deiner kindischen Rache war. Dann wird sie dir alles zurückzahlen. Die Frage ist, ob du dann noch aus dieser ganzen Sache rauskommst ohne deinen Gasthof zu verlieren."

Berthold stand auf. Er und Markus sahen sich eine Weile schweigend an. Dann wusste Berthold, dass auch die vernünftigsten Gründe Markus nicht erreichen würden. Immerhin hatte er es versucht. Von jetzt an konnte Markus nicht mehr behaupten, man habe ihn nicht gewarnt.

Ein paar Tage angespannter Ruhe vergingen in der Villa Wettenberg. Sylvie ging Adrian so weit wie möglich aus dem Weg und auch er ließ sich wenig sehen. Als sie dann aber nach ihrer Morgendusche in den Salon kam, glaubte sie ihren Augen nicht zu trauen. An dem Platz, an dem noch vor kurzem der rote Ledersessel gestanden hatte, stand nun ein Biedermeiersessel, ein Ungetüm, das seinem Namen alle Ehre machte.

„Was ist das denn?", fragte Sylvie verblüfft.

„Der wurde geliefert, während du im Bad warst", teilte Beat mit. „Adrian hat ihn geschickt. Diesmal stimme ich ihm sogar zu. Dieses rote Teil passte wirklich nicht zum Stil unserer Wohnung."

„Das ist ja allerhand!", stieß Sylvie zornig aus. „Aber ich lass mir das nicht bieten!"

„Bitte", wiegelte Beat ab, „ich habe wirklich keinen Nerv dazu, mich jetzt mit eurer Dauerfehde auseinander zu setzen.

Heute ist ein entscheidender Tag bei den Verhandlungen mit den Polen. Übrigens werde ich heute Nacht auswärts schlafen. Die Polen wollen ein paar König-Ludwig-Schlösser sehen und abends gibt's ein üppiges Festgelage. Da habe ich keine Lust mehr nach München zurückzufahren."

Sylvie hörte nur mit einem Ohr zu. Der neueste Scherz Adrians beschäftigte sie zu sehr. War ja klar, was er ihr damit sagen wollte. Der Sessel sollte in seiner ganzen Biederkeit ein Abbild ihrer Ehe sein.

Als Beat aus dem Haus war, nahm Sylvie den Sessel und schleppte ihn die Treppe hoch in Adrians Dachwohnung. Sie klingelte, aber er hörte sie nicht. Offenbar war er unter der Dusche. Die Wohnungstür war zum Glück nur angelehnt. Kurzerhand schob sie den Sessel in Adrians Wohnzimmer. Nachdem sie ein wenig verschnauft hatte, wollte sie gehen. Doch überraschend stand Adrian im Bademantel und mit nassem Haar vor ihr.

„Du reagierst so prompt auf meine kleinen Scherze, Sylvie", lächelte Adrian, „dass ich dich fast verpasst hätte."

„Lass mich in Ruhe, Adrian!", fuhr Sylvie ihn wütend an.

„Ich dich? So wie ich das sehe, bist du in meine Wohnung eingedrungen."

„Wenn du nicht aufhörst, rede ich mit Beat und Elisabeth."

„Das glaube ich nicht."

Seine Überheblichkeit reizte Sylvie bis zur Weißglut. Auch wenn für Adrian ihre Wut nur der Ausdruck eines ganz anderen, allerdings nicht weniger intensiven Gefühls war. Sylvie stampfte mit dem Fuß auf und rannte hinunter. Keuchend stand sie vor dem leeren Platz, den vormals der rote Ledersessel gefüllt hatte.

Nach Bertholds erfolgloser Mission war Patty endgültig zusammengebrochen. Sie schloss sich in ihrem Zimmer ein und weinte ihre ganze Wut und Enttäuschung heraus. Margot wollte sie trösten und klopfte an ihre Tür. Aber Patty wies sie zurück.

„Was sollen wir nur mit ihr machen?“, fragte Margot ihren Mann, der in der Blibliothek saß und einen Kognak trank.

„Das wird sich wieder legen“, beruhigte er seine Frau. Nachdenklich schwenkte er das Glas. „Ich kenne meine Töchter. Anna hätte ihn fertig gemacht. Sylvie würde am Boden zerstört liegen bleiben, bis ein edler Ritter mit Rolls Royce sie aufgehoben hätte. Patty wird ein paar Tage weinen, dann aber wird sie begreifen, was er getan hat. Sie wird ihn nicht nur vergessen, sie wird ihn dafür verachten.“

Als der Tag von Markus’ Hochzeit schließlich gekommen war, verließ Patty zum ersten Mal ihr Zimmer. Sie trug einen seidenen Hosenanzug, ihr bestes Stück. Auch wenn sie ein wenig blass um die Nase war, wirkte sie gefasst. Auf der Treppe begegnete ihr Margot. Sie wusste sofort, was Patty vorhatte. „Tu es nicht“, riet sie. „Das ist nicht dein Stil.“

„Er hat mich eingeladen“, versetzte Patty, „also gehe ich auch hin.“

„Er rechnet bestimmt nicht damit, dass du auch wirklich kommst.“

„Eben.“ Damit verließ sie das Haus.

Während der Fahrt nach Kimmersweiler rannen ein paar Tränen über ihre Wangen. Als sie ankam, war es schon später Nachmittag. Der Parkplatz vor dem Gasthaus war voller Autos. Blasmusik drang heraus.

Patty nahm allen Mut zusammen und stieg aus. Je mehr sie sich der Eingangstür näherte, desto weniger wusste sie, was sie hier eigentlich wollte. Schließlich blieb sie an einem Fenster stehen und schaute in die Gaststube. Markus und Christa standen inmitten der Hochzeitsgäste. Das in bayerische Tracht gekleidete Brautpaar zog eine Miene, als sei es auf seiner eigenen Beerdigung. Da begriff Patty, dass er mit dieser Hochzeit nicht ihr, sondern nur sich selbst eins ausgewischt hatte. Markus tat ihr Leid. In diesem Moment zerbrach etwas in ihr – auf immer.

Sie wandte sich um und ging zum Auto zurück. Als sie über das kleine Wiesenstück ging, das sich zwischen Parkplatz und Straße erstreckte, stieß ihr Fuß an etwas, das aus dem Boden ragte. Um ein Haar wäre sie darüber gestolpert, sie konnte sich gerade noch fangen. Was war das gewesen? Sie sah es sich genauer an und erkannte einen Teil eines Kruzifixes, das jemand hier vergraben hatte. Fanny, fiel ihr wieder ein. Und es war tatsächlich das fluchbeladene Kreuz. Patty grub es aus und fuhr zurück nach München.

Die nächtliche Stille in der Villa Wettenberg war erdrückend. Unruhig wälzte Sylvie sich hin und her. Es hatte keinen Sinn. Sobald sie die Augen schloss, sah sie Adrian vor sich. Er saß auf dem roten Sessel und hatte diese Lächeln auf den Lippen, das sie so ungemein provozierte.

Sylvie stand auf und holte sich etwas zu trinken. Dann sah sie nach Marie. Sie schlief tief und fest. Unruhig wie ein hungriges Raubtier lief Sylvie von einem Raum in den nächsten. Nirgends hielt sie es lange aus. Sie fühlte sich magisch fortgezogen, an einen anderen Ort. Ins Schwimmbad.

Schließlich konnte sie dem Drang nicht länger widerstehen. Mit pochendem Herzen verließ sie die Wohnung und ging in den Keller.

„Ich habe dich erwartet", sagte Adrian. Sylvie hatte damit gerechnet, ihn hier zu finden. Er saß auf dem roten Ledersessel. Schweigend trat Sylvie zu ihm. Sie sahen sich lange an ohne ein Wort zu sagen. Der Moment der Wahrheit war da.

Adrian machte ihr neben sich auf dem Sessel Platz. Erst strich er ihr das Haar aus der Stirn. Dann ließ er die Träger ihres

Nachthemdes über ihre Schultern gleiten. Das Nachthemd rutschte herunter.

„Ich habe immer gewusst, dass es hier passieren wird“, sagte er, „auf unserem roten Sessel.“

Sylvie schwieg. Sie grub ihre Finger in seine Haare, zog daran so heftig, dass es ihn schmerzte und küsste ihn.

Sie hatte auch gewusst, dass es hier auf diesem Sessel passieren würde. Es war unausweichlich. Schicksal eben.

Einige Tage nach der Hochzeit kam im Gasthof *Goldener Adler* in Kimmersweiler ein großes Paket an. Weder Markus noch Christa konnten sich vorstellen, wo es herkam und was sich darin befand. Auch Fanny kam neugierig herbeigeschlurft.

Markus holte ein Messer aus der Küche und schnitt die Schnüre und Klebebänder auf. In mehrere Lagen Papier eingewickelt fand er das unglückbringende Kruzifix. Markus und Christa sahen sich erstaunt an.

Fanny nahm es Markus aus der Hand. „Wie kommt das denn in das Paket da?“, sagte sie. „Ich hab’s doch vergraben.“ Erst dann bemerkte sie die Veränderung. „Schau her, Markus“, rief sie, „der Heiland hat die Beine richtig übereinander geschlagen: das rechte über das linke.“

Markus nahm es ihr wieder aus der Hand und betrachtete es genauer. Erst jetzt fielen ihm die dünnen Schnitte und die leichten Farbunterschiede der Beine zum restlichen Körper des Heilands auf. Ein geschickter Schnitzer hatte die Figur verändert.

„Da ist ein Karte“, sagte Christa in diesem Moment.

Sie reichte sie Markus.

„Am lieben Gott und an mir soll es nicht liegen“, stand da in einer vertrauten Handschrift geschrieben. „Viel Glück! Patty.“

DER BUMERANGEFFEKT

Aufgeregt kehrte Sylvie von einem Besuch bei ihren Eltern nach Hause zurück. Nachdem sie Mariechen, die auf der Rückfahrt eingeschlafen war, in ihr Bettchen gelegt hatte, lief sie eilig die Treppe hinauf zu Adrians Dachwohnung. Kaum war die Tür hinter ihnen beiden zugefallen, da nahm Adrian sie in den Arm und küsste sie. „Adrian... warte...", sagte sie, während seine Küsse sie kaum zu Wort kommen ließen und seine Hände sich an den Knöpfen ihrer Bluse zu schaffen machten, „ich muss... dir etwas sagen..."

„Reden können wir auch noch hinterher", entgegnete er.

Obwohl es ihr schwerfiel, denn seine Leidenschaft brachte sie stets an den Rand der Willenlosigkeit, schob Sylvie ihn weg. Missmutig verzog er den Mund. „Was ist denn los?", wollte er wissen.

„Ich glaube, Elisabeth hat was gemerkt", erklärte Sylvie mit betretener Miene. Adrian zog besorgt die Stirn in Falten. „Sie hat vorhin mit Margot telefoniert", fuhr Sylvie fort, „und ihr mitgeteilt, dass sie sie besuchen wolle – um mit ihr in einer äußerst diskreten Angelegenheit zu sprechen."

„Na und?", sagte Adrian mit einem Schulterzucken.

„Elisabeth weiß über uns Bescheid", rief Sylvie beängstigt aus. „Was sollte das sonst für eine diskrete Angelegenheit sein?"

„Glaub ich nicht", entgegnete Adrian gelassen. „Ich kenne doch meine Schwester. Wenn sie tatsächlich was wüsste, stünde sie sofort bei dir auf dem Teppich und würde dir die schlimmsten Vorhaltungen machen."

„Wieso mir?", fragte Sylvie erstaunt.

Adrian lächelte ironisch. „Weil die liebe Eli immer erst alle anderen verantwortlich macht, ehe sie ihrem geliebten kleinen Bruder die Schuld an irgendetwas geben würde."

Das sind ja schöne Aussichten, dachte Sylvie. Wenn die Affäre aufflog, war sie also die Böse und Adrian das arme Opfer. Ziemlich ungerecht. Dann darf es eben nicht auffliegen, hätte Adrian wohl erwidert.

Er schien ihre Gedanken zu ahnen. Er trat dicht an Sylvie heran und begann ihre Bluse aufzuknöpfen, wobei er sagte: „Du denkst zu viel nach. Dabei sollte dich nur eines interessieren: dass du Spaß an unserer kleinen Love-Story hast. Sonst hast du am Ende Ärger wegen etwas, das du nicht einmal richtig genossen hast."

Völlig außer sich vor Begeisterung stürmte Afra die Treppe zu Johannes' Büro hinauf. Was sie ihm mitzuteilen hatte, war eine Sensation. Eigentlich hatten sie ja abgemacht, dass Afra ihren Mann nie ohne telefonische Anmeldung in der Firma besuchen kam. Doch an einem Tag wie diesem musste schon mal eine Ausnahme möglich sein. Afra stürmte an Johannes' Vorzimmerdame vorbei, die ihr nur mit einem hilflosen Blick hinterhersah. Im nächsten Moment flog die Tür zum Büro auf.

Johannes ließ das Diktiergerät, in das er gerade den Text eines Geschäftsbriefes gesprochen hatte, sinken. Er sah seine Frau mit einem teils erfreuten, teils vorwurfsvollen Blick an.

„Entschuldige, dass ich so hereinplatze", kam sie dem Tadel, der auf den Lippen ihres Mannes lag, zuvor, „aber ich muss diese Sensation einfach loswerden."

Johannes zog erstaunt die Brauen hoch. „Welche Sensation?"

Afra nahm ungeniert auf dem Schoß ihres Mannes Platz. Sie schlang ihre Arme um seinen Nacken und meinte zufrieden lächelnd: „Ihr wolltet doch neben *Margosan* noch ein zweites

Produkt auf Naturbasis herausbringen, oder?" Johannes nickte. „Eine Art Anti-Stress-Mittel, oder?" Wieder ein Nicken. „Ich hab was für euch gefunden."

„Du?", fragte Johannes und sah sie aus großen Augen an.

„Allerdings", versicherte sie stolz. „Ich hab in letzter Zeit fast jeden Tag in der Sekundärbibliothek meines Klosters verbracht. Dort liegen viele Jahrhunderte alte Bücher und Schriftstücke, die von der Wissenschaft als nicht so wertvoll eingestuft und deshalb kaum beachtet werden. Darunter befindet sich auch konfisziertes Material von so genannten Hexen, Kräuterweibern und Hebammen. Ein Teil dieser Frauen hatte eine unglaubliche Kenntnis über die Wirkungsweise von Pflanzen, Wurzeln und Kräutern. Dieses Wissen, dachte ich mir, darf man doch nicht ungenutzt lassen."

Johannes begriff, worauf sie hinaus wollte. „Und bei den Recherchen hast du etwas gefunden, was uns helfen könnte?"

„Allerdings. Ein Mittel wird immer wieder gegen Gemütsverstimmung empfohlen. Ihr solltet es zumindest mal testen."

Endlich sprang Afras Begeisterung auch auf Johannes über. „Du bist eine Wucht!", sagte er und drückte seiner Frau einen dicken Kuss auf die Lippen.

In diesem Moment ging die Tür auf, Margot trat herein. Als sie Afra sah, zuckte sie zuerst zusammen. Noch immer war das Verhältnis der beiden Frauen eher kühl. „Was ist denn hier los?", fragte sie.

„Nimm Platz", forderte Johannes sie überschwenglich auf, „du wirst die sensationellen Neuigkeiten sofort erfahren."

Elisabeth von Wettenberg saß im Wartezimmer der Ambulanz und wartete darauf, ins Behandlungszimmer gerufen zu werden. Vor kurzem hatte sie eine allgemeine Gesundheitskontrolle machen lassen, dabei war ein zu niedriger Hämoglobinwert festgestellt worden. Eigentlich war das

Ganze ja eine Kleinigkeit. Sie war vor drei Wochen auch nicht wirklich ihrer Gesundheit wegen zum Arzt gegangen. Vielmehr hatte sie gehofft, von Dr. Sebastian Prestel behandelt zu werden, den sie von den Hausmusikabenden der Sanwaldts kannte und zu dem sie eine rasch wachsende Zuneigung empfand. Leider war sie dann aber einem jüngeren Arzt zugeteilt worden. Auf eine Behandlung durch Dr. Prestel zu pochen, wäre ihr als zu aufdringlich erschienen und hätte, so ihre Befürchtung, zu viel über ihre wahren Motive verraten.

„Frau von Wettenberg", erklang da eine Stimme. „Was machen Sie denn hier?"

Elisabeth blickte von der Illustierten auf, in der sie gerade las. Ihr Herz tat einen Satz. Dr. Prestel stand vor ihr. Der Blick aus seinen freundlichen Augen erschien ihr wie ein wärmender Sonnenstrahl. Für einen Moment fühlte sie sich schwach wie ein junges Mädchen. Aber sie gewann ihre Fassung rasch wieder und erklärte Dr. Prestel den Grund ihres Besuchs. Mit einem Vorwurf in der Stimme fragte er sie, wieso sie nicht zu ihm in Behandlung gekommen sei, immerhin seien sie doch bekannt.

Nachdem die Gräfin ihm die Umstände erklärt hatte, fragte Dr. Prestel sie, ob sie nicht wenigstens zusammen zu Mittag essen könnten. Elisabeth musste sich im Zaum halten um ihre Zusage nicht allzu euphorisch klingen zu lassen.

Nachdem ihre Behandlung abgeschlossen war, wartete Elisabeth auf Dr. Prestel. Er kam auch bald herbei. Gemeinsam machten sie sich auf den Weg zu einer nahen Pizzeria, der Dr. Prestel eine ausgezeichnete Pasta bescheinigte. Dort drückte der Arzt nochmals sein Bedauern darüber aus, dass Elisabeth nicht seine Patientin sei. Sein scheuer Blick, der sich nicht zwischen seinen eigenen Händen und den Augen seines Gegenübers entscheiden konnte, ließ vermuten, dass dies nicht nur reine Höflichkeit war. In der Tat fügte er hinzu:

„Wären Sie meine Patientin, hätte ich nämlich einen plausiblen Grund Sie so oft wie möglich zu sehen, Elisabeth. Und damit wäre mir ein Herzenswunsch erfüllt."

Ein Herzenswunsch. Dieses Wort jagte der Gräfin unversehens eine zarte Röte auf die Wangen, die von zu niedrigen Hämoglobinwerten nichts mehr zu wissen schien.

„Ziemlich albern, was?", lächelte Dr. Prestel verlegen. „Ich meine... in meinem Alter noch mal mit dem Balzen anzufangen."

„Das finde ich überhaupt nicht albern", widersprach Elisabeth. „Im Gegenteil. Sie sind der ernsthafteste Mann, der mir jemals begegnet ist."

„Ist das ein Tadel oder..."

„Es ist eine Liebeserklärung... Sebastian."

Dr. Prestel schluckte.

„Elisabeth... du machst mich sehr glücklich..." Dann legte er seine Hand auf die ihre.

Den beiden blieb leider nicht viel Zeit, diesen zärtlichen Moment erster Annäherung auszukosten, denn an einem der Nebentische, an dem eine italienische Großfamilie speiste, erhob sich plötzlich Tumult. Ein Bruder bezichtigte den anderen einer Affäre mit seiner Frau. Rasch kam es zu Handgreiflichkeiten, die den Familienvater derart aufregten, dass er sich schließlich japsend ans Herz griff und auf seinem Stuhl zusammensackte.

Dr. Prestel erkannte sofort, was los war. Er sprang zu dem italienischen Herrn und wollte ihn untersuchen. Doch im nächsten Moment traf ihn eine Flasche am Hinterkopf, von der im Nachhinein keiner hätte sagen können, wo sie hergekommen war.

Mit fassungslosem Entsetzen stürzte Elisabeth zu Sebastian und beugte sich zu ihm hinab. „Sie haben ihn umgebracht!", rief sie mit Tränen in den Augen.

Die verebbenden Schauer der Lust auskostend lagen Adrian und Sylvie sich in den Armen. Doch ihr Liebes-idyll wurde im nächsten Moment zuerst durch das Schellen der Türglocke, gleich darauf das Geräusch eines Schlüssels in der Wohnungstür gestört. Der Generalschlüssel! Das konnte nur Elisabeth sein!

Erschrocken sahen Adrian und Sylvie sich an. Da er in solch heiklen Situationen geübter war, reagierte Adrian mit größerer Geistesgegenwart. „Bleib unten", raunte er Sylvie zu, sprang aus dem Bett und warf ihr die Decke über den Kopf. Keine Sekunde zu spät, denn schon stand Elisabeth im Zimmer.

Adrian griff sich das erstbeste Kleidungsstück, dessen er habhaft werden konnte, und bedeckte damit das unerlässlich Nötigste. Elisabeth sah ihn entgeistert an. „Was ist denn hier los?", fragte sie.

„Ich habe Besuch, wie du siehst", entgegnete Adrian keck. „Und die Dame geniert sich ein wenig. Ich schlage vor, wir gehen ins Wohnzimmer, sonst erstickt sie noch unter der Decke." Er schnappte sich seinen Morgenmantel, der über einem Stuhl hing, warf ihn sich über und schob seine Schwester hinaus.

Mit hastigen, reichlich verwirrten Worten teilte Elisabeth ihm im Wohnzimmer mit, was sie eben erlebt hatte. Dr. Prestel war – dem Himmel sei Dank! – nicht tot, nur besinnungslos gewesen und mit einem Rettungswagen ins Klinikum Großhadern gebracht worden. Dort wolle sie ihm nun beistehen, bis sie wisse, wie es weiterginge.

So aufgelöst hatte Adrian seine Schwester seit dem Tod ihres Mannes, des Grafen von Wettenberg, nicht mehr erlebt. Dieser Freund schien ein ganz besonderer Freund zu sein.

Adrian brachte Elisabeth zur Tür. Er bot an, sie zu fahren, doch sie meinte nur: „Kümmere dich lieber um die Dame in deinem Schlafzimmer. Sie ist doch hoffentlich nicht verheiratet."

„Würde sie sich sonst verstecken?", entgegnete Adrian unverblümt.

Elisabeth schüttelte nur den Kopf. „Wie leichtsinnig von ihr", sagte sie. „Als ob so was sich auf Dauer vertuschen ließe. Und was hat sie letztendlich davon? Eine kaputte Familie, ein kaputtes Leben."

Sylvie saß auf der Bettkante und knöpfte ihre Bluse zu. Sie hörte jedes Wort, das Elisabeth sprach.

Schließlich kam Adrian zurück. Er hatte den Schrecken, der Sylvie noch immer in den Knochen saß, offensichtlich bestens verdrängt, denn er wirkte geradezu heiter.

„Du ziehst dich an?", fragte er erstaunt.

Sylvie stand auf. „Elisabeth hat Recht", sagte sie. Adrian sah sie fragend an. „So eine Affäre bringt nichts ein, außer Kummer. Stell dir vor, ich hätte meine Kleider auf der anderen Seite des Bettes hingeworfen und sie hätte sie gesehen."

„Hat sie aber nicht", entgegnete Adrian und kniff sie in die Wange. „Fortuna meint es offensichtlich gut mit uns."

Sylvie machte sich von ihm los. Es war ihr ernst. „So kann es nicht weitergehen, Adrian", sagte sie. „Es muss aus sein. Sofort und für immer!"

Aufgeregt fuhr Elisabeth wieder in die Klinik. An der Information fragte sie, auf welchem Zimmer sie Dr. Prestel finde. Man teilte es ihr mit. Als sie das Krankenzimmer schließlich mit ängstlich pochendem Herzen betrat, stand gerade ein Arzt am Bett des lieben Freundes. Elisabeth wollte gleich wieder gehen, aber er winkte sie herein.

Dr. Prestel sah noch immer schlimm aus. Ohne Bewusstsein lag er im Krankenbett. Er trug einen dicken Kopfverband und war ziemlich blass im Gesicht. Doch im Vergleich zu heute Mittag, als er überall voller Blut gewesen war, wirkte dieser Anblick eher beruhigend. „Wie geht es ihm?", fragte Elisabeth bang.

Der Arzt schüttelte den Kopf. „Eine Platzwunde, ein Ödem am Hinterkopf und eine kleine Gehirnerschütterung“, zählte er auf. „Ein paar Tage Behandlung und er ist wieder in Ordnung.“

Elisabeth atmete auf. „Kann ich bei ihm bleiben?“, fragte sie.

Der Arzt nickte. „Aber nicht zu lange. Er sollte schlafen. Wenn Sie morgen vorbeikommen, ist er ansprechbar.“ Damit ließ er Elisabeth allein.

Sie nahm Sebastian Prestels Hand. Wie friedlich er jetzt dalag. Sein Gesicht strahlte Güte aus. Der kurzgeschnittene graue Vollbart fügte seinem Gesicht Würde hinzu. Güte und Würde – damit war Dr. Prestel für Elisabeth beschrieben. Er war aller Liebe wert.

Da sie nun doch nicht, wie erwartet, am Bett des Liebsten ausharren musste, brauchte sie jemandem, bei dem sie ihr übervolles Herz ausschütten konnte. Die Wahl fiel auf die Sanwaldts, die sich schon des öfteren als geduldige Zuhörer erwiesen hatten.

Sie stattete ihnen auch sofort einen Besuch ab. Berthold und Margot empfingen sie mit duldsamer Freundlichkeit. Elisabeth von Wettenberg gehörte sicher zu ihren anstrengendsten Freundinnen. Während Berthold sie in den Salon brachte, machte Margot Tee. Die beiden glaubten schon zu wissen, was auf sie zukam: jene diskrete Angelegenheit, die Elisabeth angekündigt hatte.

Zunächst aber erzählte Elisabeth wortreich von Dr. Prestels tragischem Unfall, der zum Glück ja glimpflich ausgegangen war. Sich in regelmäßigen Abständen den Mund mit einem Schluck Tee anfeuchtend kam sie nach einer Weile auch zu den vertraulicheren Umständen ihrer Begegnung mit Dr. Prestel: dass sie beide sich nämlich schon seit einiger Zeit gegenseitiges Interesse signalisierten, bis zum heutigen Tag aber nicht gewagt hätten, sich die Zuneigung offen einzugestehen. Dies sei nun geschehen und somit stehe einer Vertiefung des Verhältnisses nichts mehr im Wege, wie die Gräfin mit einem leichten Seufzen bekannte.

Berthold und Margot lauschten amüsiert. Die beiden hatten ihre Anbändelung wirklich gut getarnt. Aber sie würden ein ausgezeichnetes Paar abgeben, daran gab es keinen Zweifel.

Nachdem die Kanne Tee geleert, das Gebäck aufgegessen und Elisabeths Herz sich hinreichend Luft gemacht hatte, brach die Gräfin auf. Die Anstrengungen des Tages verlangten nach Ruhe. Berthold begleitete sie hinaus zu ihrem Wagen.

„Worüber wolltest du eigentlich mit uns sprechen, bevor das mit Sebastian passierte?“, wollte er noch wissen, ehe sie abfuhr.

„Über Sylvie“, teilte Elisabeth mit, der nun bewusst wurde, dass sie das ganz vergessen hatte. „Das Verhältnis zwischen ihr und Adrian ist völlig verfahren und belastet die ganze Familie. Und, mit Verlaub, Berthold, ich denke, es liegt an Sylvie. Könnt ihr nicht einmal mit ihr reden? Sie muss Adrian ja nicht gleich ins Herz schließen, aber wenn sie wenigstens aufhören würde ihn ständig zu brüskieren, dann wäre dem Frieden im Hause schon sehr geholfen.“

Berthold versprach mit seiner Tochter darüber zu sprechen, auch wenn er ihre vermeintliche Abneigung gegen Adrian nur zu gut nachvollziehen konnte.

Johannes sah auf die Uhr, die auf seinem Schreibtisch stand. Seit Afra ihm ihre Funde aus der Klosterbibliothek präsentiert hatte, befand er sich in einer erwartungsvollen Unruhe. Die Auswertung der alten Daten hatte eine Rezeptur erbracht, die absolut vielversprechend erschien. Mit Margots Einverständnis hatte er sie einem Schweizer Freund und Sachverständigem auf dem Gebiet alternativer Gesundheitsmittel, Dr. Norbert

Probst, zur Beurteilung geschickt. Dr. Probst hatte für heute seinen Besuch angekündigt.

Endlich klopfte es an der Tür und die Sekretärin brachte den ergrauten Professor herein. Johannes kam ihm auf halbem Weg entgegen und schüttelte ihm freundschaftlich die Hand.

Nachdem man Platz genommen und ein paar Freundlichkeiten ausgetauscht hatte, kam Dr. Probst auch gleich zur Sache. „Die Rezeptur, die du mir geschickt hast, ist phänomenal", sagte er anerkennend. Wenn eine überaus kritische Kapazität wie Dr. Probst das sagte, dann war das eher unter- als übertrieben. Johannes musste sich beherrschen um nicht vor Freude einen Luftsprung zu machen. „Alles, was du brauchst", fügte der Professor hinzu, „ist ein Anbaugebiet für die Kräuter. Alpin oder voralpin wäre ideal."

Johannes lächelte. Ein Glück, dass Sonja noch einige Flächen besaß, die bis jetzt ungenutzt geblieben waren. Sie würde sie bestimmt gerne verpachten. „Du wirst es nicht glauben, mein Lieber", sagte Johannes, „aber solche Flächen habe ich bereits."

Nachdenklich stand Sylvie vor der Kommode und betrachtete die Familienfotos, die dort aufgestellt waren. Ein Hochzeitsfoto, daneben Bilder von Maries Taufe. Damals war die Welt noch in Ordnung gewesen. All das konnte schon bald in Scherben liegen, wenn sie die Affäre mit Adrian nicht bald beendete.

Sylvie bekam plötzlich Angst. Sie spürte, dass sie einen Riesenfehler begangen hatte. Da fällte sie einen Entschluss. Eilig lief sie die Treppe hinauf und stattete Elisabeth einen Besuch ab. Diese freute sich sehr, denn sie hatte schon öfter darüber geklagt, dass Sylvie sich so selten bei ihr sehen lasse, noch dazu, wenn Beat auf Geschäftsreise und sie ganz allein war. Beat war vor einigen Tagen nach Polen geflogen um die zäh errungenen Verhandlungsergebnisse endlich unter Dach und Fach zu bringen.

Sylvie hielt mit ihrem Anliegen nicht lange hinter den Berg. „Ich will Beat in Warschau besuchen“, sagte sie, „und wollte dich bitten, Mariechen so lange zu nehmen. Beat und ich verbringen schon seit längerem viel zu wenig Zeit miteinander.“

Da konnte Elisabeth nicht widersprechen. Im Grunde freute sie sich, dass Sylvie ihr Mariechen anvertrauen wollte, denn das kam für ihren Geschmack ohnehin viel zu selten vor. Umso mehr bedauerte sie es, ihr eine Absage erteilen zu müssen. „Ein sehr lieber Freund ist im Krankenhaus“, erklärte sie. „Ich muss mich ganz ihm widmen. Können deine Eltern sich nicht um Marie kümmern?“

Sylvie schüttelte den Kopf. „Die fahren in ein paar Tagen an die Ostsee. Dort wird das neue Buch meines Vaters offiziell vorgestellt.“

Wenig später kehrte Sylvie wieder in ihre Wohnung zurück. Die Tür war gerade hinter ihr zugefallen, als es klingelte. Sie öffnete. Johannes kam und brachte Noten vorbei, die Onkel Roman ihm in die Hand gedrückt hatte. Er wünschte sich, dass der Sanwaldt'sche Hausmusikkreis, dem er selbst auch angehörte, sein anstehendes vierzigstes Priesterjubiläum musikalisch begleiten sollte. Johannes blieb noch auf ein Glas Wein, wobei er Sylvie von dem sensationellen neuen Produkt erzählte, das *Margosan* dank Afras Findigkeit schon bald auf den Markt bringen konnte.

Als Sylvie Johannes schließlich zur Tür brachte und sich dort mit einem Kuss auf die Wange verabschiedete, kam gerade Adrian die Treppe herunter. Wie angewurzelt blieb er stehen. Sein Blick verfinsterte sich. So war das also. Sie hatte einen anderen, deshalb wollte sie mit ihm Schluss machen.

Sylvie bemerkte ihn erst, als sie in die Wohnung zurückgehen wollte. Adrian stellte sich herausfordernd vor sie hin, packte sie am Arm und fragte unwirsch: „Was wollte der Kerl?“

„Er hat mir Noten vorbeigebracht“, sagte Sylvie und fügte rasch hinzu: „Lass uns drin reden, sonst hört uns noch deine Schwester.“

Adrian hatte den Abschiedskuss für Johannes noch nicht vergessen. Die kleinste Kleinigkeit genügte um seine Eifersucht zu wecken. Er eilte ins Schlafzimmer. Er wollte nachsehen, ob das Bett zerwühlt war. Wenigstens das war nicht der Fall.

„Sag mal, bist du wahnsinnig?“, fragte Sylvie.

„Ja, und du bist schuld daran“, stieß er aus.

„Was willst du eigentlich? Ich hab dir doch gesagt, dass es für mich aus ist. Soll meine Ehe und meine Familie kaputt gehen? Der Preis ist mir zu hoch, Adrian. Ich fahre für ein paar Tage mit Marie nach Warschau um Beat zu besuchen. Wenn ich zurückkomme, bist du aus meinem Leben verschwunden, ist das klar?“

Adrian sah sie mit grenzenloser Wut an. Dann packte er Sylvie, warf sie aufs Bett und presste ihr einen Kuss auf die Lippen. Zuerst wehrte sie sich, aber dann fügte sie sich in seine Umarmung. Als Adrians Hand unter ihren Rock fuhr, wurde ihr schlagartig bewusst, wo sie sich befanden. „Nicht in meinem Ehebett“, sagte sie.

„Gerade hier“, entgegnete Adrian mit einem maliziösen Lächeln.

Sylvie fühlte sich zu schwach um sich seinem Willen zu widersetzen. Wie sollte sie jemals wieder aus dieser Situation herauskommen?

Patty war schon immer ein sehr sportlicher Typ gewesen, doch seit der Trennung von Markus trieb sie noch mehr Sport. Noch vor dem Frühstück joggte sie jeden Morgen eine Stunde. Total verschwitzt kam sie stets zurück. Aber sie fühlte sich besser. Ein Glück, dass auch die Vorlesungen an der Uni begonnen hatten, denn dadurch wurde sie nicht nur zusätzlich von ihrem Herzschmerz abgelenkt, sondern sie lernte auch neue Leute kennen.

An diesem Morgen musste Patty ihre Eltern, die kleine Verena mit dem Kindermädchen Annette sowie Weihbischof Rottmann zum Zug nach Rostock bringen, wo die Buchpräsentation stattfinden sollte. Roman kam sozusagen als geistlicher Beistand mit. Er wollte, wie er sich scherzhaft ausdrückte, Berthold an die Vergänglichkeit allen irdischen Ruhms erinnern, sollten seinem Freund die vielen Lobreden zu Kopf steigen. Diese Gefahr indes war gering.

Margot kam in Pattys Zimmer um sie zur Eile zu mahnen. Sie stand noch immer in ihrem durchgeschwitzten Sportdress da und betrachtete wehmütig ein Bild, das auf ihrem Nachtschränkchen stand. Es war ein Porträt von Markus.

„Du solltest es da entfernen“, riet Margot.

Patty nickte. „Leider kann ich den Schmerz nicht genauso leicht entfernen“, sagte sie.

Margot drückte sie an sich. „Auch der Schmerz geht vorüber, du wirst sehen. Alles nur eine Frage der Zeit.“

„Hoffentlich“, seufzte Patty.

Elisabeth von Wettenberg besuchte Sebastian Prestel täglich im Krankenhaus. Sie brachte ihm feines Gebäck und die warmherzigste Liebenswürdigkeit mit, deren sie fähig war. Binnen kurzem hatten sich ihre Gefühle für diesen Mann nicht nur verfestigt, sie waren mit jedem Tag tiefer geworden. Nicht ohne Verlegenheit erinnerte sie sich an jene Abende, an denen Sebastian sie nach der Hausmusik von den Sanwaldts nach Hause gebracht hatte. Sie waren beide schüchtern wie Teenager gewesen, weshalb es damals weder zu Zärtlichkeiten noch zu Geständnissen gekommen war.

Von beidem gab es jetzt reichlich. Obwohl Sebastian noch immer einen dicken Kopfverband trug, wirkte er schon wieder sehr fidel. So überraschte es Elisabeth auch nicht, als er ankündigte, er werde am nächsten Tag entlassen. Allerdings klang in diesen Worten eine Spur Wehmut mit, die Elisabeth überraschte. „Willst du etwa hierbleiben?“, fragte sie ihn.

„Das nicht“, entgegnete er, „aber hier waren wir fast den ganzen Tag zusammen. Ich fand das ausgesprochen schön und es wird mir schwer fallen, darauf zu verzichten.“

„Das musst du ja nicht“, entgegnete Elisabeth und streichelte ihm sanft über die Wange.

„Es freut mich, dass du das sagst, denn ich habe dir einen Vorschlag zu machen. Ich habe noch meinen gesamten Jahresurlaub. Was hältst du davon, wenn wir verreisen?“

Elisabeth wusste im ersten Moment nicht, was sie darauf antworten sollte. Eine Reise bedeutete, dass sie nicht nur die Tage, sondern auch die Nächte mit Sebastian verbringen würde. Ein Austausch von Intimitäten würde sich zwangsläufig daraus ergeben. Eine Vorstellung, die Elisabeth gleichermaßen belebte und ängstigte. Doch die Scheu sich darauf einzulassen, war rasch überwunden. Ein freudiges Strahlen trat auf ihr Gesicht. „Ich werde gleich mit dem Packen beginnen“, sagte sie.

„Und wohin wollen wir fahren?“

Elisabeth zwinkerte Sebastian an und meinte: „Das ist doch völlig egal, oder?“ Dann schlang sie in einer für sie unglaublich frivolen Geste ihre Arme um seinen Nacken und zog ihn zu sich heran. „Völlig egal“, konnte Sebastian nur noch zustimmend wiederholen, ehe Elisabeth ihm einen langen Kuss auf die Lippen drückte.

Patty nutzte die Zeit, in der sie allein zu Hause und somit völlig ungestört war, um sich ausgiebig ihrem Studium zu widmen. An einem Mittag verließ sie mit ein paar anderen

Jurastudenten die Universität. Sie blieb erstaunt stehen, als sie plötzlich Markus vor sich sah. Die Hände in die viel zu engen Hosentaschen seiner Jeans gezwängt, stand er da.

„Hallo“, sagte er mit belegter Stimme und trat auf Patty zu.

„Was willst du?“, fragte sie kühl.

„Mit dir sprechen.“

„Ich wüsste nicht, was es zwischen uns noch zu reden gäbe.“

Ihre Kälte verletzte Markus, aber er versuchte es sich nicht anmerken zu lassen. „Ich hab mich noch nicht für das Kreuz und deine Glückwünsche bedankt“, sagte er.

„Um mir das zu sagen, bist du extra nach München gefahren?“

„Nicht nur. Lass uns das nicht hier auf der Straße besprechen. Ich bring dich nach Hause.“

Patty zögerte einen Augenblick. „Na gut“, sagte sie schließlich. Sie wandte sich zu ihren Kommilitonen um, die die ganze Zeit wartend abseits gestanden hatten, und verabschiedete sich von ihnen. Dann folgte sie Markus zum Wagen.

„Wieso hast du meinen Brief zurückgeschickt?“, fragte er, als sie losfuhren.

„Weil du als verheirateter Mann keiner anderen Frau Briefe schreiben sollst“, entgegnete Patty hart. „Zumindest keiner, die du mal geliebt hast.“

Und die ich immer noch liebe, dachte Markus. Pattys Hartherzigkeit schmerzte ihn. Aber er ertrug sie ohne aufzumucken, weil er sich denken konnte, wie sehr er sie durch die überraschende Hochzeit mit Christa verletzt haben musste.

„Wie geht es dir denn?“, fragte er nun. „Ich meine, mit deinem Studium.“

„Prima. Es macht mir großen Spaß. Und du hast dich als Gastwirt inzwischen eingelebt?“

Markus nickte. „Christa ist eine erstklassige Wirtin.“ Als Ehefrau zeigte sie weniger Engagement. Sie war eine kühl rechnende Geschäftsfrau, die ihrem Mann spüren ließ, dass er auf Grund seines fehlenden Fachwissens nur die zweite Geige spielte. Seit dem Hochzeitstag war Markus nicht mehr Herr im eigenen Haus. Und auch nicht im eigenen Leben.

Obwohl oder gerade weil Patty und Markus sich nur über Belanglosigkeiten unterhielten, verlief das Gespräch zäh. Patty war froh, als sie endlich in die Straße einbogen, in der sich die Sanwaldt'sche Villa befand. Es hatte inzwischen angefangen zu regnen. Vor dem Einfahrtstor hielt Markus an.

„Danke fürs Heimbringen", sagte Patty und löste den Sicherheitsgurt. „Mach's gut." Dann stieg sie aus.

Markus' Hände krampften sich um das Lenkrad. Am liebsten hätte er seinen Schmerz laut herausschreien wollen. Patty wiederzusehen hatte ihm sein Unglück nur um so schmerzlicher vor Augen geführt. Was hatte er sich von dem Treffen erhofft? Sie ebenfalls zerknirscht leidend vorzufinden? Sie mochte leiden, aber sie machte auf ihn den Eindruck, dass sie ihr Leben trotzdem im Griff hatte.

Plötzlich sprang er aus dem Wagen. „Patty!", rief er ihr hinterher. Sie blieb stehen und drehte sich um. „Mein Scheiß Jähzorn", schrie er mit Tränen in den Augen. „Ich hab einen Riesenfehler gemacht. Ich bin so was von unglücklich."

Patty sah ihn einen Moment an, dann wandte sie sich wieder um und ging weiter. Was hätte sie auch sagen sollen?

DER BISS DES TIGERS

Weihbischof Rottmanns vierzigjähriges Priesterjubiläum war unaufhaltbar näher gerückt, aber mit dem Musikstück, das er sich für das feierliche Hochamt gewünscht hatte, wollte es einfach nicht so recht klappen. Gnadenlos ließ Berthold seine Truppe, die diesmal aus Sylvie, Patty, Sonja, Johannes und Sebastian bestand, am letzten Tag vor dem Auftritt die schwierigen Takte rauf und runter spielen. Margot hatte mit Annette und Verena längst das Weite gesucht. Zu allem Überfluss wurden die Proben auch noch durch unangekündigten Besuch gestört.

Genervt lief Berthold zur Tür. Als er Markus an der Einfahrt stehen sah, verdüsterte sich seine Miene noch mehr. Seit Wochen bedrängte er Patty nun schon mit Anrufen und unangekündigten Besuchen. Patty schlug sich wacker. Obwohl ihr anzusehen war, wie schwer es ihr fiel, ließ sie sich verleugnen oder sprach höchstens die wenigen, immergleichen Worte mit ihm: „Du solltest dich um dein Frau und deinen Gasthof kümmern. Wir gehen getrennte Wege."

Berthold erklärte Markus, dass Patty wegen der Musikprobe nicht zu sprechen sei. Er hielt das für eine Ausrede, konnte aber nichts dagegen machen. „Dann komm ich eben ein anderes Mal wieder", sagte er und wandte sich grußlos ab um zu gehen.

Als Berthold ihn nochmals rief, blieb er stehen und drehte sich langsam um. „Hältst du das wirklich für sinnvoll?", fragte Berthold. „Du bist ein verheirateter Mann. Du solltest Patty eine Chance geben, endlich über die Sache hinwegzukommen."

Markus presste die Lippen zusammen und sah Berthold mit einem feindseligen Blick an. Dann wandte er sich ab und verschwand.

Doch diesmal ließ Markus sich nicht so leicht abwimmeln. Auch wenn die Musiker seine Geduld auf eine harte Probe stellten, harrte er aus, sogar bis in die Nacht.

Dann wurde seine Hartnäckigkeit endlich belohnt. Nacheinander verließen sie das Haus. Hinter einer Hecke wartete Markus, bis sie zu ihren Autos gegangen waren. Zuletzt hatte er sogar Glück. Patty kam heraus um Promenadenmischung Max hereinzurufen und dann das Tor zu schließen. Als sie am Tor stand, trat er ins Licht einer Straßenlaterne. Patty erkannte ihn. Sie sagte aber nichts, sondern schloss das Tor und ging nach drinnen.

Wütend kehrte Markus um und ging zu seinem Wagen. Dabei fiel ihm ein geparktes Auto auf, in dem ein Liebespaar in einem leidenschaftlichen Kuss verschlungen war. Erst beim zweiten Hinsehen erkannte er Pattys Schwester Sylvie. Der Mann auf dem Beifahrersitz war allerdings nicht Beat, sondern dessen Onkel Adrian, der ihm ebenfalls vom Sehen her bekannt war.

Sieh mal einer an, dachte Markus, während er zu seinem Wagen ging, der ganz in der Nähe parkte. Der ehrenwerte Herr Sanwaldt sollte lieber seine andere Tochter im Auge behalten.

Unterdessen lösten die beiden Liebenden sich voneinander. „Du hättest nicht herkommen dürfen“, sagte Sylvie ängstlich.

„Ich musste es einfach tun“, entgegnete Adrian und fügte mit unterschwelligem Zorn hinzu: „Seit ihr aus Polen zurück seid, sehe ich dich kaum noch.“

„Glaubst du, für mich ist das einfach“, erwiderte Sylvie. „Ich weiß doch, wie es dir geht. Und Beat ist auch irgendwie anders. Nicht mehr so abwesend. Früher war oft wochenlang nichts zwischen uns, und jetzt…“

„Soll das heißen, du schläfst mit ihm?“, fuhr Adrian auf. Seine Augen blitzten vor Eifersucht.

„Herrgott, wir sind verheiratet“, verteidigte sich Sylvie. „Wie stellst du dir das vor?“

Eine Antwort, gegen die Adrian nicht ankam, die sein aufgebrachtes Gemüt aber keineswegs zu beruhigen vermochte. „Fahr los“, zischte er.

Sylvie startete den Motor. Wenig später rollte der Wagen aus der Parklücke. Die beiden merkten nicht, dass Markus ihnen in einigem Abstand folgte.

Kurze Zeit später erreichten sie einen Parkplatz, der um diese Zeit völlig verlassen dalag. Kaum hatte Sylvie den Wagen angehalten, da entlud sich die erotische Spannung, die sich zwischen ihnen aufgestaut hatte. Sie fielen geradezu übereinander her.

Aber selbst in diesem Moment war Adrian noch von seiner Eifersucht besessen. „Wenn er dich noch einmal anrührt, bringe ich ihn um“, stieß er keuchend zwischen heißen Küssen hervor.

„Du führst dich auf wie ein wildes Tier!“, sagte Sylvie, tadelnd und bewundernd zugleich.

„Das bin ich auch! Ich bin ein Tiger. Und ich beiß alle tot, die dir zu nahe kommen. Und dir beiße ich das Herz aus dem Leib und fress es auf, dann gehörst du ganz mir.“

Er vergrub sein Gesicht in ihrem Busen als wolle er seine Drohung umgehend wahr machen. Sylvie lachte und seufzte zugleich lustvoll auf.

In einiger Entfernung, aber doch nah genug um zu sehen, was in dem Auto vorging, saß Markus in seinem Wagen. Irgendwie hatte er das Gefühl, einen Trumpf in der Hand zu haben, auch wenn er noch nicht so recht wusste, wie er ihn einsetzen konnte.

Das Festtagsgeläut der Kirchenglocken drang weithin über die Stadt. Weihbischof Rottmanns großer Ehrentag war gekommen. Die Menschen drängten sich an den Eingängen der Kirche. Sogar Adrian war gekommen. Allerdings weniger um den Weihbischof zu feiern, als vielmehr um Sylvie zu sehen. Doch ehe er mit ihr ein Wort wechseln konnte, kam schon seine Schwester auf ihn zu.

„Das ist ja eine Überraschung", rief sie ihm erfreut zu. „Mit dir hätte ich hier nicht gerechnet."

„Mir ist eingefallen", sagte er, „dass dein Verehrer heute mit der Sanwaldt'schen Hausmusikgruppe seinen Auftritt hat, und da dachte ich mir, ehe der Mann mein Schwager wird, überzeuge ich mich mal von seiner Musikalität."

Elisabeth lachte und hakte sich gut gelaunt bei ihm unter. Ihr Gesicht strahlte nur so vor Glück. „Ich glaube dir kein Wort", entgegnete sie.

„So? Weshalb sollte ich sonst hier sein?" Adrian gab der Frage einen launigen Tonfall, wollte aber durchaus testen, ob Elisabeth irgendeinen Verdacht hatte.

Elisabeth hatte nicht die leiseste Ahnung. Sie war viel zu sehr mit sich selbst und Sebastian beschäftigt um etwas anderes in ihrer Umgebung wahrzunehmen. „Vielleicht hast du deinen pubertären Kirchenhass überwunden und willst dich wieder mit der katholischen Kirche versöhnen", vermutete sie, während sie das Gotteshaus betraten.

Die beiden nahmen in einer der hinteren Reihen Platz. Im Altarraum schwenkten Messdiener Weihrauchfässchen, aus denen dicke Rauchschwaden aufstiegen. Adrian streckte den Hals um Sylvie zwischen den Musikern, die sich vor dem Hauptaltar aufgebaut hatten, zu entdecken. Doch außer Notenständern sah er nicht viel.

Mit feierlichem Orgelspiel begann die Messe. Als einige Zeit später die Sanwaldt'sche Musikgruppe ihren ersten Einsatz hatte, schlug sie sich wacker. Und das, obwohl Sylvie mehrmals ganz schummrig wurde und die Noten vor ihren Augen zu tanzen anfingen. Irgendetwas stimmte mit ihr nicht. Wieso war ihr nur so flau im Magen? Während Berthold gerade eine der Lesungen vortrug, wurde ihr plötzlich schwarz vor Augen, im nächsten Moment kippte sie vom Stuhl.

Ein Glück, dass sie von Ärzten geradezu umringt war. Während Sonja und Johannes Sylvie in die Sakristei trugen, holte Sebastian seinen Notfallkoffer aus dem Wagen. Sylvie kam rasch wieder zur Besinnung. Sebastian wollte ihr schon ein Kreislaufmittel spritzen, aber Sonja, deren fachärztlicher Riecher zumeist untrüglich war, hielt ihn zurück. „Vielleicht gehört die Sache ja in meinen Zuständigkeitsbereich als Gynäkologin", sagte sie und wandte sich an Sylvie: „Bist du schwanger?"

Genau in diesem Moment kam Beat herein. Er hörte nur das Wort „schwanger" und blieb wie angewurzelt stehen.

„Natürlich nicht", versetzte Sylvie indes. „Das heißt...", fügte sie gleich darauf zögernd hinzu, „völlig auszuschließen ist es natürlich nicht."

Beat beugte sich zu ihr herab und streichelte ihr zärtlich über die Wange. Ein zweite Kind hätte ihn glücklich und stolz gemacht.

Nachdem Sylvie sich wieder einigermaßen erholt hatte, kehrten sie und die anderen auf ihre Plätze zurück. Feierlich wurde das Hochamt zu Ende gebracht. Nach dem Dankgebet verließen die Besucher unter dem mächtigen Dröhnen der Orgel die Kirche.

Im Gewühl der Menschen wurde Romans Haushälterin Elsa, die inzwischen wieder ganz von ihrer Verletzung genesen war, unerwartet von einem mit Lodenmantel und Hut bekleideten älteren Herren angesprochen. „Kennen Sie mich noch?", fragte er.

Elsa brauchte nur ein paar Sekunden. „Sie sind doch der Herr, der mich nach meinem Unfall gefunden hat“, sagte sie erfreut.

„Der bin ich“, bestätigte er.

„War gar nicht so leicht, Sie ausfindig zu machen. Mit dem verflixten Datenschutz kriegt man ja nirgends mehr eine Auskunft. Aber dann habe ich das Bild in der Zeitung gesehen, anlässlich des bevorstehenden Jubiläums des Weihbischofs. Im Bericht wurden Sie sogar sein Goldstück genannt. Da hab ich mir ausgerechnet, dass Sie wohl auch bei diesem Hochamt anwesend sein würden.“

Elsa freute sich ihren Lebensretter wiederzusehen. Allerdings hatte sie jetzt wenig Zeit, denn sie musste zum Festessen, das in einer nahen Gaststätte für geladene Gäste stattfand. Deshalb ließ sie sich die Adresse des Herren geben und versprach, sich so bald wie möglich bei ihm zu melden.

Adrian saß wie auf heißen Kohlen. Beat und Sylvie waren am späten Nachmittag von der Feier des Weihbischofs heimgekommen und inzwischen war es Abend geworden. Adrian hatte Sylvies Zusammenbruch in der Kirche natürlich mitbekommen und war in Sorge. Er würde nicht schlafen gehen, bevor Sylvie ihn nicht wenigstens angerufen hatte.

Schon nach zwei Uhr. Der Aschenbecher in Adrians Wohnzimmer quoll über. Draußen zog gröhlend ein Betrunkener vorbei, das war alles, was sich regte. Dann endlich das erlösende Klingeln des Telefons. Adrian nahm ab. Erleichtert atmete er auf, als er Sylvies Stimme hörte.

„Ich bin total fertig“, sagte sie.

„Was ist denn?“

„Du hast doch gesehen, dass ich in der Kirche umgekippt bin. Sonja hatte sofort den Verdacht, ich könnte schwanger sein.“

Adrian zuckte zusammen. Das wäre so ziemlich das Schlimmste gewesen, was ihnen beiden passieren konnte. „Und, bist du's?", fragte er angespannt.

„Keine Ahnung", antwortete Sylvie. „Du, ich muss jetzt Schluss machen." Sie legte auf.

Sylvie hielt die Ungewissheit nicht mehr aus. Gleich am nächsten Morgen fuhr sie zur Untersuchung zu Sonja, die nicht nur ihre Frauenärztin, sondern auch ihre Freundin war, obwohl die Praxis ein ganzes Stück von München entfernt am Rande der Alpen lag.

Das Ergebnis war niederschmettern. „Du bist guter Hoffnung, meine Liebe", sagte Sonja mit dem ihr eigenen trockenen Humor. Dass Sylvie diese Mitteilung eher hoffnungs*los* machte, stand ihr zu deutlich ins Gesicht geschrieben, als dass Sonja das nicht geahnt hätte.

„Ich wollte, ich wäre tot", stieß sie aus.

Sonja zog eine Augenbraue hoch. Einem unbedarften Teenager hätte sie eine ungewollte Schwangerschaft gerade noch durchgehen lassen, aber Sylvie war eine erwachsene Frau, die schon ein Kind hatte und eigentlich wissen sollte, was zu tun war, wenn sie keinen weiteren Nachwuchs wollte.

„Beat und ich wollten es drauf ankommen lassen", erklärte Sylvie bedrückt.

Sonja zuckte die Achseln. „Jetzt ist es eben drauf angekommen", sagte sie. „Ich merke ja, dass du nun nicht eben erbaut darüber bist. Auch wenn ich nicht verstehe, warum. Du bist glücklich verheiratet und lebst in guten Verhältnissen. Warum ziehst du also so eine Trauermiene?"

Sylvie sah Sonja einen Moment schweigend an. Sie wusste nicht, wie sie es ihr erklären sollte. „Es ist so", druckste sie herum, „es gibt da noch jemand anders ... und ich könnte nicht sagen, von wem das Kind ist."

„Das ist doch nicht dein ernst", stieß Sonja erschrocken aus. Mit so was hatte sie nun wirklich nicht gerechnet. „Und wer ist der andere? Kenne ich ihn?"

„Adrian."

Sonja schüttelte fassungslos den Kopf. Ausgerechnet Adrian! Die Geschichte nahm ja immer absurderer Züge an.

„Ich kann das Kind nicht kriegen, auf keinen Fall", rief Sylvie verzweifelt aus. Tränen füllten ihre Augen. „Oder soll ich meinem Mann ein Kind unterjubeln, das von einem anderen ist?"

„Kuckuckseier gibt es in ganz anderen Familien. Ist das was Ernstes mit Adrian?"

Sylvie atmete schwer. Sie hatte noch nie etwas so Intensives für einen Mann empfunden wie für Adrian. Wenn er ein wenig beständiger gewesen wäre, hätte sie für ihn alles aufgegeben. Aber er war nun einmal so, wie er war und würde sich bestimmt nicht ändern, schon gar nicht für eine Frau. Er war flatterhaft und ihre Beziehung für ihn bestimmt nur eine unter vielen. „Ich liebe ihn", sagte sie nach sekundenlangem Schweigen, „aber wir haben keine Zukunft."

„Du willst also mit Beat zusammenbleiben?"

„Ich muss an Marie denken. Beat und meine Schwiegermutter würden Himmel und Hölle in Bewegung setzen um sie zu behalten, wenn ich wegginge." Sylvie sah einen Moment vor sich hin. „Mir ist klar, was du denkst. Du hältst mich für ziemlich dämlich, weil ich so unvorsichtig war. Aber am Anfang, da war es einfach nur schön. Es hat mich überrollt. Und dann dachte ich, ich könnte jederzeit Schluss machen. Irgendwie hab ich mich so sicher gefühlt..."

Sonja nickte. Sie war ja keine unerfahrene Frau, die nichts von Leidenschaften gewusste hätte, eine Kraft, die zuweilen jedes vernünftige Denken außer Kraft setzte. Dennoch fiel es ihr schwer, Sylvies Verhalten zu entschuldigen.

„Gib mir diese Abtreibungspille, Sonja", drängte Sylvie indessen. „Ich hab keine andere Wahl."

„Es ist selbstverständlich deine Entscheidung", sagte Sonja reserviert, „aber zu einer Beratung musst du auf jeden Fall."

„Das geht doch nicht", rief Sylvie ängstlich aus. „Beat ist ein bekannter Mann. Und ich werde auch fotografiert, wo immer ich auftauche. Wenn ich zu so einer Beratungsstelle ginge, würde das nicht lange geheim bleiben."

„Du stellst dir das ein bisschen zu einfach vor, Sylvie", entgegnete Sonja. „Wir reden hier nicht von Kopfschmerztabletten. Ich muss über den Verbleib dieser Abtreibungspillen genau Rechenschaft ablegen. Ich kann sie nicht einfach so abgeben, unter der Hand sozusagen."

„Es gibt bestimmt eine Möglichkeit", flehte Sylvie.

Adrian wartete an einer stillgelegten Tankstelle an der Landstraße auf Sylvie. Sie hatte ihn, kurz bevor sie am Morgen losgefahren war, verständigt und sich mit ihm verabredet. Ungeduldig ging er vor seinem Auto auf und ab, rauchte eine Zigarette nach der anderen und schaute alle paar Minuten auf die Uhr.

Sylvie schwanger… und das wahrscheinlich auch noch von ihm… Das passte ihm überhaupt nicht in den Kram. Auch wenn ihm Sylvie mehr bedeutete als jemals eine Frau zuvor, hatte er nie an so was wie eine gemeinsame Zukunft gedacht. Adrian lebte im Hier und Jetzt. Verpflichtungen jeglicher Art waren da nur hinderlich.

Endlich sah er Sylvies Wagen heranfahren. Erleichtert schnippte er die Zigarette weg. Als sie dann ausstieg, erschrak er zuerst über ihre Blässe. „Und?", fragte er gespannt.

Sylvie nickte nur bedrückt. „Aber ich werde es nicht kriegen", sagte sie gleich.

Adrian bemühte sich seine Erleichterung nicht allzu deutlich spüren zu lassen. „Ist besser so“, sagte er mit gedämpfter Stimme. Dann holte er eine Zigarette hervor und zündete sie an. Ihm war klar, dass Sylvie von ihm Trost erwartete, dass er sie in den Arm nehmen und den Beschützer spielen sollte. Aber er konnte sie jetzt einfach nicht anfassen. Das war nicht seine Rolle.

„Muss zurück nach München“, sagte er nach einer langen Pause. „He, lass den Kopf nicht hängen. Es wird alles gut.“ Er streichelte ihr kurz über die Wange, das war alles. „Wir sehn uns.“ Damit stieg er in seinen Wagen und fuhr los.

Sylvie sah ihm nach. Hatte sie etwas anderes erwartet? Und trotzdem tat ihr seine Kälte weh. Als sie wieder in ihrem Wagen saß, brach das ganze Elend über sie herein. Sie fiel vornüber auf das Lenkrad und weinte heiße Tränen der Verzweiflung.

Beat machte sich um seine Frau ernsthafte Sorgen. Ließ sich ihre bedrückte Stimmung wirklich allein auf die hormonelle Umstellung am Anfang einer Schwangerschaft schieben? Er musste mit jemandem darüber sprechen und da fiel ihm als erstes seine Mutter ein. Da es schon auf Mittag zuging, glaubte er ohne weiteres stören zu dürfen.

Zu Beats Überraschung befand seine Mutter sich noch im Morgenmantel, als sie öffnete. Sie saß mit Sebastian, mit dessen Anwesenheit Beat nicht gerechnete hatte, bei einem verspäteten Frühstück. Beat wollte schon wieder gehen, aber Elisabeth drängte ihn geradezu ihnen Gesellschaft zu leisten. „Ich muss dir auch etwas erzählen“, sagte sie.

Beat begrüßte Sebastian höflich, auch wenn die unzweideutige Tatsache, dass der Arzt hier übernachtet hatte, den jungen Mann ein wenig befremdete. Elisabeth bat ihren Sohn Platz zu nehmen. Sie tauschte mit Sebastian einen liebevollen Blick, dann ergriff dieser das Wort.

„Sie sehen ja, was mit uns los ist, Beat", sagte er. „Ich will auch gar keine langen Vorreden machen. Ihre Mutter und ich haben uns nach unserem gemeinsamen Urlaub entschlossen zusammenzuziehen. Und da wir in dieser Hinsicht etwas altmodisch sind, möchten wir das nicht tun ohne verheiratet zu sein." Sebastian hielt kurz inne und lächelte Elisabeth an. Dann wandte er sich wieder Beat zu. „Ich bin mir nicht sicher, wie man sich in einem solchen Fall verhält, aber es könnte bestimmt nicht schaden, wenn ich Sie um die Hand ihrer Mutter bitte."

Dieses Ansinnen traf Beat völlig unvorbereitet. Unschlüssig sah er zwischen den beiden Liebenden hin und her. „Eine eigenartige Situation", befand er lächelnd, „um die Hand seiner *Mutter* gebeten zu werden. Aber da ich nicht den geringsten Zweifel habe, dass sie Sie liebt, sehe ich kein Hindernis."

Sebastian atmete erleichtert auf. Er hatte viel von der Eifersucht der Söhne auf die ihren Vätern nachfolgenden Männer gehört. Doch Beat war ein erfreulich vernünftiger Mann. Ganz so, wie Elisabeth ihn beschrieben hatte.

„Hol doch den Champagner, den ich kalt gestellt habe", bat sie Sebastian nun. „Das muss gefeiert werden."

Da Markus keinerlei Neigung zeigte, mit seinen Anrufen und Besuchen aufzuhören, entschloss Patty sich doch noch einmal mit ihm zu reden. Deshalb fuhr sie nach der Uni nach Kimmersweiler. Ungeniert parkte sie ihren Smart vor dem Eingang des Gasthofes. Mit trotzigem Selbstbewusstsein trat sie ein. Sie hatte eben an einem Tisch Platz genommen, als Christa auch schon vor ihr stand. Die Gute war ziemlich fix, das musste man ihr lassen. „Einen Kaffee", sagte Patty. „Und den Chef hätte ich gerne gesprochen."

Markus war gerade dabei, frisches Gemüse in die Küche zu bringen, als seine Frau ihm mitteilte, eine junge Frau wolle ihn sehen. Missgelaunt zog er seinen Arbeitskittel aus und warf ihn in eine Ecke. Er glaubte, es handle sich um eine Bewerberin für die ausgeschriebene Köchinnenstelle. Als er dann Patty vor sich sah, blieb er vor Überraschung kurz stehen. Dann kam er eilig zu ihr an den Tisch.

„Mein Vater hat mir gesagt, dass du mich sprechen willst“, sagte Patty, anscheinend die Gelassenheit in Person.

„Aber doch nicht hier“, erwiderte Markus mit gedämpfter Stimme.

Sie zuckte mit den Schultern. „Hier bin ich. Was willst du also?“

„Du hast mal gesagt, ich könne immer zu dir kommen, wenn ich Probleme hätte.“ „Hast du denn welche?“

Markus verzog sein Gesicht. „Und ob. Ich komme mir vor, als hätte ich lebenslänglich gekriegt.“ Er sah sich vorsichtig über die Schulter nach Christa um, die am Durchgang zur Küche stand und ihren Mann mit Argusaugen beobachtete. „Es läuft wohl auch darauf hinaus, so wie ich ehevertraglich festgenagelt bin.“

Patty zuckte mit den Schultern. „Du hast sie geheiratet. Wie soll ich dir da helfen?“

Markus sah eine Weile stumm vor sich hin, blickte Patty dann aber in die Augen und meinte: „Wir könnten uns trotzdem ab und zu sehen.“

So hatte der feine Herr Trost sich das also vorgestellt. Eine Frau für Arbeit und Vermögen, die andere für Herz und Vergnügen. Ein ziemlich unverschämtes Ansinnen nach allem, was passiert war, fand Patty.

„So was ist mit mir nicht drin“, sagte sie ihm klipp und klar. „Ich bin eigentlich nur gekommen um dir zu sagen, dass es zwischen uns endgültig aus ist und dass du mich in Ruhe lassen sollst.“

„Jetzt tu doch nicht so moralisch!“, fuhr Markus auf. „Du hängst doch auch noch an mir.“

„Mag sein. Aber ich arbeite dran, dass es weniger wird. Und das schaff ich auch, darauf kannst du wetten." Sie legte ihr Portemonnaie auf den Tisch und kramte einen Zehnmarkschein heraus, den sie vor ihn hinlegte. „Ich denke das reicht", sagte sie, „in jeder Beziehung." Damit stand sie auf und ging hinaus.

Manchmal konnte Weihbischof Rottmann sein Goldstück Elsa schon ganz schön in Rage bringen. Ausgerechnet an ihrem freien Tag ließ er den Herrn Kardinal ins Haus kommen. Dabei standen noch überall die Geschenke von seinem Priesterjubiläum herum. Aber so sehr er sie auch mit seinen Blicken anbettelte, heute würde sie ihm nicht nachgeben. Schließlich hatte sie ein Verabredung.

Aber dann sah es so aus, als sei ihre ganze Aufregung umsonst gewesen. Wie verabredet stand sie vor der Wäscherei in der Franz-Joseph-Straße, aber niemand kam. Irgendwie konnte sie nicht glauben, dass der nette Josef Meindl, ihr Lebensretter, sie nun einfach versetzt, wo er sich doch solche Mühe gegeben hatte, sie ausfindig zu machen. Womöglich war ihm etwas zugestoßen.

Zum Glück kam er dann doch noch. Völlig aufgelöst vor ehrlichem Bedauern sprang er aus seinem Taxi und lief auf Elsa zu. Er hatte die Habsburger verwechselt: Statt in die Franz-Joseph- war er in die Maria-Theresia-Straße gefahren.

Der leicht missglückte Auftakt war aber rasch vergessen, als die beiden älteren Herrschaften es sich in einem beschaulichen kleinen Weinlokal bequem machten. „Warum haben Sie sich eigentlich solche Mühe gemacht mich zu finden?", fragte Elsa.

„Weil der Hochstand, von dem Sie gefallen sind, meinem Vetter gehört", erklärte Josef Meindl.

„Und weil Sie mir damals schon gefallen haben, als Sie erst dreizehn Jahre alt waren und noch ihre langen blonden Zöpfe hatten."

Überrascht sah Elsa Josef an. Sie rief sich die Zeit, die sie in dem Dorf zur Sommerfrische verbracht hatte, wieder in Erinnerung. „Sie sind doch nicht etwa der Josef, der damals auch auf dem Hof war“, sagte sie.

„Genau der bin ich“, sagte Josef über das ganze Gesicht lachend, hob sein Glas und meinte zwinkernd: „Trinken wir auf unser schicksalhaftes Wiedersehen!“

Wieder zu Hause hatte Sylvie sich sofort ins Bett gelegt. Dort blieb sie für den Rest des Tages. Und auch am nächsten Tag zeigte sich keine Besserung, weshalb sie weiterhin das Bett hüten wollte. Sie bat Beat, Mariechen zu Elisabeth zu bringen. Nachdem das erledigt war, stellte er ihr Tee und Zwieback ans Bett und fuhr dann in die Firma.

Gleichzeitig saß Adrian in seiner Wohnung wie ein gefangenes Raubtier im Käfig. Als Beat schließlich weg war, wartete er noch ein wenig, dann wählte er Sylvies Nummer. Es tat ihm inzwischen Leid, dass er am Vortag so abweisend zu Sylvie gewesen war, und zwar genau in dem Moment, in dem sie ihn am dringendsten gebraucht hätte. Er liebte sie und das sollte auch etwas bedeuten. Genau das wollte er ihr sagen, wenn Sylvie ans Telefon gegangen wäre. Unzählige Male hatte er es schon läuten lassen. Sie ging einfach nicht ran. Irgendwas stimmt da nicht, dachte er.

Hastig zog Adrian sich an und lief die Treppe hinab. Seine Sorge verdrängte im Moment sogar seine Vorsicht, denn Elisabeth war ja zu Hause. Eilig verschwand er in der Wohnung des Ehepaares.

Kaum war die Tür hinter ihm zugefallen, blieb Adrian stehen. „Sylvie?“, rief er mit gedämpfter Stimme durch die Wohnung. Keine Antwort. Aber von irgendwoher drang ein leises Schluchzen. Er folgte dem Geräusch. Es kam aus dem Bad. Dort fand er Sylvie auf dem Boden sitzen. Sie war völlig am Ende. Erst auf den zweiten Blick bemerkte er die Blutflecken an ihrem seidenen Nachthemd. Wie erstarrt blieb er in der Tür stehen. „Was ist denn mit dir?", fragte er.

Erst jetzt bemerkte Sylvie ihn. Sie sah ihn aus müden Augen an. „Das Kind ...", stammelte sie schwach, „es ist ... abgegangen ... ganz von selbst. Ich hab ... mein Kind verloren. Du musst einen Arzt rufen, Adrian."

Hektische Gedanken jagten sich hinter Adrians Stirn. Wie sollte man erklären, dass ausgerechnet er sie gefunden hatte? Jeder würde fragen, was er in Sylvies Wohnung zu suchen hatte. War die Affäre damit aufgeflogen? Der Familienfrieden endgültig zerstört? „Ach, zum Teufel", wischte Adrian die Gedanken fort. Im nächsten Moment hatte er eine Idee. Er nahm Sylvie auf die Arme und trug sie aus der Wohnung, wo er sie auf die unterste Treppenstufe legte. Sie begriff. Er würde sagen, er habe sie hier gefunden. Kaum hatte er sie abgesetzt, lief er schreiend nach oben und verständigte Elisabeth.

Am gleichen Morgen saß Berthold an seinem Schreibtisch in der Bibliothek und arbeitete. Patty hatte an diesem Vormittag vorlesungsfrei, war deshalb aber keineswegs faul. Sie befand sich ebenfalls in der Bibliothek und fertigte eine Hausarbeit an. Das Klingeln des Telefons schreckte sie beide auf. Berthold nahm ab. „Es ist Markus", teilte er wenig später mit.

Patty verzog den Mund, stand aber trotzdem auf und kam an seinen Schreibtisch. Sie nahm den Hörer und legte ihn einfach zurück auf die Gabel. Erst als seine Tochter ihm den Rücken zuwandte, gestattete Berthold sich ein zufriedenes Lächeln. Aber Patty wusste auch so, was in ihm vorging. „Du darfst ruhig Bravo sagen", meinte sie, während sie sich wieder setzte. „Das ist es doch, was du denkst, oder?"

Dann kehrte wieder Stille ein und die beiden wandten sich erneut ihrer Arbeit zu. Nach einiger Zeit ließ Patty Bertold alleine. Sie musste nun doch in die Unibibliothek.

Als sie das Haus gerade verlassen hatte, klingelte das Telefon. Elisabeth war dran und erzählt mit aufgeregten Worten, was mit Sylvie passiert war und dass man sie eben mit dem Rettungswagen ins Krankenhaus gebracht habe.

Mit fassungsloser Bestürzung folgte Berthold ihren Worten. Nach dem Ende des Gesprächs sprang er sofort auf und rannte aus der Bibliothek. Er riss seine Jacke vom Haken und verließ das Haus. Eilig öffnete er die Einfahrtstore. Er wollte gerade ins Auto steigen, als ein nur zu bekannter Wagen genau in der Ausfahrt hielt.

Markus stieg aus und stellte sich vor Berthold hin. Sein Ärger über die ständigen Zurückweisungen stand ihm deutlich ins Gesicht geschrieben. „Ist Patty zu Hause?“, fragte er, seine Wut nur mühsam unterdrückend.

Berthold hatte jetzt weder Zeit noch Lust sich mit ihm auseinanderzusetzen. „Nein!“, schrie er Markus an. „Und wenn du nicht endlich begreifst, dass es aus ist zwischen euch und dass Patty ihre Ruhe haben will, dann setze ich dich beim nächsten Mal eigenhändig vor das Tor. Kümmere dich gefälligst um die Frau, die du geheiratet hast.“

Markus biss sich auf die Unterlippe. Jedes dieser Worte traf schmerzhaft in die tiefe Wunde seiner Seele. Der Jähzorn, der an seiner Lage schuld war, brandete wieder auf. „Wenn ich du wäre“, sagte er mit hinterlistiger Boshaftigkeit, „würde ich das lieber deinem Schwiegersohn Beat empfehlen. Dann würde deine Tochter Sylvie nicht nachts auf Parkplätzen rumbumsen.“

Berthold stand wie zur Salzsäule erstarrt da. „Sag das noch einmal“, sagte er. „Du lügst doch!“

„Ich hab es selbst gesehen. Aber es bleibt ja in der Familie, denn der Herr, mit dem Sylvie es treibt, ist Beats Onkel Adrian.“

DER TULPENDIEB

Wütend knallte Berthold das Gesetzbuch, in dem er gerade noch gelesen hatte, auf den Tisch. Dann sprang er auf und lief unruhig in der Bibliothek auf und ab. Markus' Worte ließen ihm einfach keine Ruhe. Wenn Pattys Ex-Freund Recht hatte, dann stand seiner Familie ein Skandal bevor, dessen Ausmaße er sich lieber nicht ausmalte wollte.

Natürlich entging Margot nicht, unter welcher Anspannung ihr Mann stand. Ihr war sogar aufgefallen, dass er wieder seine Herztropfen nahm, was er seit dem Tod der ältesten Tochter Anna nicht mehr gemacht hatte. Bisher hatte sie so getan, als merke sie es nicht. Sie wartete darauf, dass er mit seinen Problemen zu ihr kam, so wie er es immer gehalten hatte. Doch diesmal schien er mit ihr nicht reden zu wollen.

Da sie gehört hatte, dass Berthold ein Buch heftig zuschlug, kam Margot, die sich gerade fertig machte um in die Firma zu fahren, in die Bibliothek. Ihr Mann sah sie stumm an. „Was ist eigentlich mit dir los?", fragte sie ihn.

„Ich trete mit dem neuen Buch auf der Stelle", entgegnete er und schlug die Augen nieder. Er war kein besonders überzeugender Lügner.

„Mach dir keine Mühe mich anzuschwindeln", entgegnete Margot und trat näher. „Eine unserer Töchter hat wieder mal ein Problem, nicht wahr?"

Berthold nickte. „Ich behalte die Sache nicht etwa für mich, weil ich dir nicht vertrauen würde. Aber bisher ist es nur ein Gerücht, für das mir die Beweise fehlen, und ich will keine Gerüchte weiterverbreiten. Ich hoffe ja noch immer, dass sich das Ganze irgendwie auflösen wird."

„Und wenn nicht?“

Bertholds Mundwinkel sanken nach unten. „Wenn nicht, dann kriegen wir das größte Chaos, das wir jemals in unserem ohnehin schon bewegten Familienleben erlebt haben.“

Auf dem Weg nach Hause dachte Sylvie noch einmal über das nach, was Sonja ihr gerade gesagt hatte. Sie machte keinen Hehl aus ihrer Meinung. Sylvies leichtfertiges Verhalten hielt sie für unverantwortlich. Sonjas direkte Art konnte einen manchmal ganz schön verletzen, aber dafür brachte sie die Dinge auf den Punkt. Es fiel ihr ja selbst immer schwerer, mit ihren Lügen zu leben. Beats Ahnungslosigkeit tat ihr in der Seele weh, zumal sie wusste, dass Beat sie abgöttisch liebte. Und dennoch konnte sie nicht von Adrian lassen. Doch zum Glück ging es ihr jetzt nach der Fehlgeburt wenigsten körperlich wieder besser.

Auch heute, nach der Behandlung bei Sonja, wollte sie sich wieder mit Adrian an der alten Tankstelle treffen. Adrian wartete schon am Straßenrand und winkte, als er Silvies Wagen sah. Aus einem Impuls heraus trat Sylvie jedoch nicht auf die Bremse, sondern aufs Gaspedal. Sie wollte Adrian und mit ihm ihrem schlechten Gewissen entfliehen, das sie nach dem Gespräch mit Sonja noch mehr drückte als sonst.

Einen Augenblick stand Adrian perplex da. Dann sprang er in seinen Wagen und nahm die Verfolgung auf. Da er der geschicktere Fahrer war, hatte er Sylvie schnell erreicht. In einem gewagten Überholmanöver zog er an ihr vorbei, stellte seinen Wagen dann quer, sodass Sylvie abbremsen musste.

Wütend sprang sie aus ihrem Auto und beschimpfte ihn. Adrian packte sie an den Schultern, schüttelte sie und schrie sie an:

„Du denkst doch nicht, dass ich mich derart abservieren lasse!“

Sylvie riss sich von ihm los. „Ich versuche nur meine Ehe zu retten", entgegnete sie, nicht weniger laut. „Du solltest froh darüber sein. Wenn unsere Affäre auffliegt, zerbricht nicht nur meine Ehe, sondern auch deine Familie. Und eines Tages wird sie auffliegen, wenn wir sie nicht rechtzeitig beenden."

„Unsinn!", widersprach Adrian. Seine Stimme war jetzt eine Spur sanfter.

Sylvie zitterte vor Aufregung am ganzen Körper. „Wie soll das nur weitergehen?", fragte sie ratlos. In Sekunden schmolz ihr Widerstand dahin. Adrian drückte sie an sich und küsste sie. „Als du im Krankenhaus warst und ich nicht wusste, wie es dir geht", sagte er dann, wobei er ihr tief in die Augen sah, „wurde mir klar, dass es mit dir anders ist als mit jeder anderen vor dir. Ich liebe dich, Sylvie."

Sylvie legte ihren Kopf an seine Schulter. Diese Worte von ihm zu hören, hätte sie unendlich glücklich gemacht, wenn nicht all das andere gewesen wäre, das ihr auf der Seele lag.

Es war schon spät, als Berthold, ausgerüstet mit zwei Weinflaschen, den Durchschlupf zwischen der Rottmann'schen Hecke nahm und so auf das Nachbargrundstück gelangte. Nachdem er geläutet hatte, dauerte es eine ganze Weile, bis geöffnet wurde. Doch wider Erwarten stand nicht Elsa vor ihm, sondern der Weihbischof selbst. Der wusste beim Anblick der beiden Weinflaschen sofort Bescheid, was es geschlagen hatte: Problembesprechung. Er bat Berthold herein, bot ihm Platz an und räumte das Teegeschirr, das noch dastand, weg.

„Wo ist denn Elsa?", fragte Berthold.

Roman zuckte die Schultern. „Sie ist jetzt jeden zweiten Abend weg", teilte er mit. „Vermutlich hat sie sich einem frommen Damenclub angeschlossen."

Während Roman das Tablett mit dem Teegeschirr in die Küche brachte, entkorkte Berthold die erste Flasche. Der

Weihbischof kam mit zwei bauchigen Gläsern zurück, die sogleich gut gefüllt wurden. Zuletzt hielt er seinem Gast eine Zigarre hin und nahm auch selbst eine.

Der Wein vermochte es jedoch kaum, Bertholds Zunge zu lösen. Er wollte Roman nichts von dem sagen, was er über Sylvie und Adrian erfahren hatte, weshalb er, eingehüllt in eine Wolke aus Zigarrenrauch, lange nebulös herumredete ohne dabei wirklich etwas Zusammenhängendes zu sagen.

Der Geistliche hörte geduldig zu, doch nachdem Berthold auch nach geraumer Zeit nicht klarer wurde, sagte er schließlich: „Wenn ich dir einen Rat geben soll, musst du mir schon sagen, worum es eigentlich geht."

Berthold lehnte sich in seinem Sessel zurück und dachte nach. Unterdessen füllte Roman das Glas seines Gastes auf. Nach längerem Schweigen meinte Berthold schließlich: „Die Kernfrage meines Problems ist wohl: Wann endet eigentlich die elterliche Verantwortung? Mit der Volljährigkeit oder der Eheschließung der Kinder? Oder endet sie nie?"

Roman wog den Kopf und betrachtete dabei das dunkle Rot des Weines in seinem Glas. „Das hängt von der Art des Problems ab", sagte er.

„Es ist ein Eheproblem", entgegnete Berthold.

„Dann geht es auch nur die beteiligten Partner etwas an", teilte der Weihbischof entschieden mit.

Wenn es nur so einfach wäre, dachte Berthold, sagte aber: „Durch eine Warnung könnte ich eine Eskalation vielleicht verhindern."

Roman überlegte einen Moment, dann sagte er: „Da ich dein Problem nicht kenne, kann ich dir auch nur einen sehr allgemeinen Rat geben. Und der lautet: Reden ist Silber, Schweigen ist Gold." In eben diesem Sinne leerten die beiden Männer den Rest der zweiten Flasche. Sie sprachen nur noch wenig, denn jeder hing seinen eigenen Gedanken nach.

Nachdem der letzte Schluck Wein getrunken und die Zigarren verglommen waren, stand Berthold auf um nach Hause zu begehen. Der Weihbischof brachte ihn zur Tür, wo sie sich verabschiedeten. Die frische Nachtluft tat Berthold gut.

Er hatte sich eben durch den Spalt in der Hecke geschoben, als er zwei Leute auf der Straße bemerkte: Elsa und einen fremden älteren Herren. Bertholds Erstaunen wuchs noch, denn die beiden küssten sich zum Abschied auf den Mund. Nach dem Ausklang eines frommen Damenabends sah das gerade nicht aus. Roman würde aus allen Wolken fallen, wenn er das erfuhr. Und das nächste „Beziehungsgespräch" würde unvermeidlich sein.

Am anderen Morgen packte Adrian seine Koffer. Er hatte einen Entschluss gefasst. Beim dem letzten Gespräch zwischen ihm und Sylvie war ihnen beiden klar geworden, dass es so nicht mehr weitergehen konnte. Die Alternativen aber waren begrenzt. Adrian entschied sich für eine, die seinem Wesen und seinem bisherigen Leben am ehesten gemäß war: Er würde nach Brasilien gehen, und zwar für eine lange Zeit.

Nachdem er mit dem Packen fertig war, ging er nach unten um sich von Sylvie zu verabschieden. Der Moment schien günstig, denn sowohl Beat wie Elisabeth hatten eben das Haus verlassen.

Als Sylvie, die noch in Nachthemd und Morgenmantel war, ihn erblickte, verzog sie ärgerlich den Mund. „Du wolltest doch nicht mehr einfach so in unserer Wohnung aufkreuzen", sagte sie.

„Es dauert nicht lange", entgegnete Adrian und ging an ihr vorbei nach drinnen. „Ich wollte nur adieu sagen."

Sylvie sah ihn erstaunt an. „Wohin geht die Reise?"

„Nach Brasilien, und nicht nur für zwei Wochen." Erst jetzt verstand sie. Fassungslosigkeit und Angst traten in ihren Blick.

„Wir waren uns gestern doch einig, dass sich etwas ändern müsse“, sagte Adrian nun. „Das wird nicht gehen, solange wir unter einem Dach leben. Und je weiter ich entfernt bin, desto besser für uns alle.“

„Und was wird mit mir?“, fragte Sylvie, den Tränen nahe.

„Du vergisst das mit mir und machst eine Rolle rückwärts zurück in deine Ehe.“ Adrian ertrug ihren vorwurfsvollen Blick schließlich nicht mehr. „Herrgott“, rief er aus, „ich tu doch nur, was das Beste für uns alle ist! Wolltest du nicht, dass ich mehr Rücksicht und Vernunft zeige?“

Sylvie senkte den Kopf. Er hatte mit allem Recht, das war ihr klar. Doch ihr Herz sagte etwas anderes. Ihr Herz sagte: Bleib! Ich will dich nicht verlieren! Schließlich blickte sie wieder auf und sah ihn aus feuchten Augen an. „Küss mich noch einmal“, bat sie ihn.

Obwohl Adrian sie und sich selbst zu gut kannte um nicht zu wissen, dass es nicht bei einem Kuss bleiben würde, konnte er nicht widerstehen. Er nahm ihr Gesicht in seine Hände. Wie wunderschön sie doch war. Ihre großen Augen sahen ihn hungrig an. Langsam näherten sich ihre Lippen. Doch der Kuss wurde rasch leidenschaftlicher, ungestümer. Als führten sie ein Eigenleben, lösten Adrians Hände den Gürtel ihres Morgenmantels. Er wusste, dass er das nicht tun sollte, aber er konnte es nicht verhindern.

Erfüllt von nichts als ihrer Leidenschaft, merkten die beiden Liebenden nicht, wie die Wohnungstür aufging. Beat trat ein. Er hatte eine Mappe mit wichtigen Unterlagen vergessen. Wie angewurzelt blieb er stehen. Sein Gesicht wurde weiß wie eine Wand. Ihm war als stürbe er in diesem Moment.

„Lass sie sofort los, Adrian…“, sagte er mit trockener Stimme, „oder… ich bring dich um!“ Seine Hand griff nach einem silbernen Kerzenständer, der auf der Kommode stand.

Adrian und Sylvie fuhren herum. Sie erstarrten vor Schreck. Während Beat einen bedrohlichen Schritt näher kam, lösten sie sich voneinander. Es schien ganz so, als wolle Beat seine Drohung wahr machen.

Adrian stellte sich schützend vor Sylvie. Doch sie drängte sich an ihm vorbei. „Wenn du ihm etwas tust, bring ich *dich* um!", schrie sie ihren Mann an.

Beat blieb stehen und ließ den Kerzenleuchter sinken. Hatte er sich zunächst der Illusion hingegeben, Adrian sei der Alleinschuldige und Sylvie nur das Opfer seiner Verführungskunst, so begriff er nun, was los war. „So ist das also", sagte er und, mit Blick auf Adrian. „Dann war das Kind wohl auch von dir?"

In diesem Moment ging erneut die Haustür auf. Elisabeth kam vom Bäcker zurück. Durch die offen stehende Wohnungstür trat sie herein und meinte gut gelaunt: „Wer will frische Brötchen?" Erst als keiner etwas antwortete, fielen ihr die versteinerten Mienen auf. Zuletzt erblickte sie den Kerzenständer in der Hand ihres Sohnes. „Was machst du denn mit dem Kerzenständer, Beat?", fragte sie ahnungslos.

„Ich wollte deinen Bruder damit erschlagen", sagte Beat mit beängstigender Kälte. „Er ist nämlich der Liebhaber meiner Frau. Aber ich glaube, das wäre zu viel der Ehre für ihn gewesen. Und jetzt muss ich ins Büro. Einen schönen Tag noch." Damit machte er kehrt und lief zur Tür hinaus.

Etwas mehr als eine Stunde später hielt ein Taxi vor der Sanwaldt'schen Villa. Sylvie stieg mit verheulten Augen aus, holte das Maxi-Kosi-Körbchen vom Rücksitz und ging durch das Tor zur Villa. Ihre Knie waren noch immer wie Butter. Als sie das Haus betrat, kamen Vater, Stiefmutter und Schwester aus verschiedenen Räumen in die Diele gelaufen. Sie alle sahen sofort, dass etwas Schreckliches passiert sein musste, aber nur Berthold wusste sofort, was.

„Kann ich ein paar Tage hier bleiben, Papa?“, fragte Sylvie mit weinerlicher Stimme.

„Dann stimmt es also doch“, sagte Berthold erschüttert.

„Was meinst du?“, entgegnete Sylvie.

„Du hast ein Verhältnis mit Adrian und Beat ist euch wohl auf die Schliche gekommen.“

„Hat Elisabeth dir das erzählt?“

Berthold schüttelte den Kopf. „Markus hat euch nachts auf dem Parkplatz beobachtet“, teilte er dann mit.

„Dieser Mistkerl“, zischte Patty, die auf der Treppe stand.

Margot war die erste, die sich wieder fasste. Sie ging zu Sylvie und nahm ihr das Körbchen mit ihrem Kind ab. „Geh du nach oben und ruh dich aus“, sagte sie, „ich kümmere mich so lange um Marie.“

Während die beiden Schwestern verschwanden, um Sylvies altes Zimmer bezugsfertig zu machen, schob Margot ihren Mann in die Küche. „Frühstücken wir zu Ende“, sagte sie. „Wir werden noch all unsere Nerven brauchen, wenn Beat und Elisabeth hier anrücken.“

Nachdem Sylvie verschwunden war, hatten sich auch Adrian und seine Schwester wutentbrannt in ihre Wohnungen zurückgezogen. Als Elisabeth jedoch hörte, wie ihr Bruder etwas nach unten trug, stürmte sie hinaus und stellte sich ihm in den Weg. Noch nie war sie über ihn oder irgendjemand sonst auf der Welt so wütend gewesen wie in diesem Moment. Sie hatte Adrian stets in Schutz genommen. Aber was er sich jetzt geleistet hatte, überstieg sogar ihre Toleranzgrenze.

„Wie konntest du mir das nur antun?!“, schrie sie außer sich. „Ich hab dich aufgezogen wie einen Sohn. Ich hab dir immer aus allen Schwierigkeiten herausgeholfen. Ist das jetzt der Dank dafür?“

„Was willst du überhaupt, Eli?“, fuhr Adrian sie an. „Dir hab ich doch nichts angetan! Das Ganze ist eine Sache zwischen Sylvie, Beat und mir!“ Er ging an ihr vorbei nach oben um die nächsten beiden Koffer zu holen.

„Damit machst du es dir verdammt einfach, mein Lieber“, schrie Elisabeth und lief ihm nach. „Ohne mich wärst du im Gefängnis gelandet. Aber Beat hat es ja immer gesagt. Eines Tages, warnte er mich immer wieder, wird Adrian die Hand beißen, die ihn durchgefüttert hat.“

Adrian hatte wieder zwei Koffer genommen. Seine Augen blitzten Elisabeth böse an. Er hasste es, wenn sie sich so aufspielte und ihm das Gefühl geben wollte, er sei ein hilfloses Kind. „Ich habe mich jahrelang in den verschiedensten Ländern und unter schwierigsten Bedingungen durchgeschlagen“, versetzte er. „Also komm mir nicht mit so einem Schwachsinn. Wieso musste dieser Idiot Beat auch zurückkommen? Alles wäre glatt gegangen. Ich wäre nach Brasilien abgereist und ihr hättet euer beschauliches Leben wiedergehabt. Und wenn er nicht völlig bescheuert ist, wird er Sylvie in spätestens drei Tagen zurückholen, die ganze Sache vergessen und zur Tagesordnung übergehen.“

„Das wird er nie!“, rief Elisabeth. Und sie hätte das auch verstanden, denn was Sylvie ihm angetan hatte, erschien ihr in diesem Moment unverzeihlich. Auch sie fühlte sich davon zutiefst gekränkt.

Wütend kehrte sie in ihre Wohnung zurück. Sie rief Sebastian an und verabredete sich mit ihm zum Mittagessen in der Pizzeria, in der sie sich zum ersten Mal ihre Gefühle gestanden hatten.

Mit dramatischen Worten schilderte sie ihrem Freund die Ereignisse. Aufmerksam hörte er zu, zeigte dabei mit keiner Miene, was er dachte. Nachdem sie zu Ende gesprochen hatte, meinte er nüchtern: „Adrian hat Recht.“

Elisabeth sah ihn erstaunt an. Sie strich eine Strähne ihres roten Haares aus dem Gesicht und fragte: „Wie bitte?"

„Die Zeiten der verlorenen Ehre sind vorbei", erklärte er dann. „Wichtiger ist doch: Wem nützt eine Scheidung? Niemandem. Sicher, Beat wurde in seinem Stolz verletzt. Aber andererseits macht sein wiederhergestellter Stolz ihn auf Dauer nicht glücklich. Deshalb sollte er vernünftig sein und einen Schlussstrich unter diese leidige Affäre ziehen."

Elisabeth konnte sich der Logik dieser Worte kaum verschließen. In Anbetracht ihrer bevorstehenden Hochzeit mit Sebastian, die sie so ungetrübt wie möglich genießen wollte, wäre ihr ein langwieriger Rosenkrieg noch unangenehmer gewesen, als es die ganze Sache ohnehin schon war.

„Was hältst du davon, wenn ich mit Beat spreche?", schlug Sebastian vor.

Elisabeth sah ihn erstaunt an. „Das würdest du tun?", fragte sie. Sebastian lächelte. Für seine Elisabeth würde er noch viel mehr tun.

Wie ein Automat lief Beat durch seine Wohnung. Zwei Tage waren Sylvie und Marie jetzt fort. Die Stille wirkte erdrückend. Immer wieder erschienen die gleichen Bilder vor Beats Augen: Adrian und Sylvie in ihrer leidenschaftlichen Umarmung. Manchmal hielt er das Ganze für einen fürchterlichen Albtraum, aus dem er jeden Augenblick erwachen würde. Aber es war die Wirklichkeit.

Elisabeth wurde Beats Zustand zunehmend unheimlich. Er war tief verletzt. Und doch war er ihr in den letzten Tagen mit ausgesuchter Höflichkeit begegnet. Allerdings zog er sich so gut wie völlig von der Welt zurück. Er ging nicht mehr ins Büro, nahm das Telefon nicht ab und reagierte oft nicht auf ihr Klopfen. Manchmal wünschte Elisabeth, er hätte geschrien und getobt, statt alles in sich hineinzufressen.

Schließlich entschied sie sich, seine Lethargie nicht länger zu dulden. Da er seit Tagen so gut wie nichts mehr gegessen hatte, kochte sie ihm eine kräftigende Suppe und brachte sie ihm. Da er ihr nicht geöffnet hätte, verschaffte sie sich einfach mit dem Generalschlüssel Zutritt.

Beat ging gerade im Wohnzimmer auf und ab, als seine Mutter mit dem Tablett hereinkam. „Ich hab dir was zu Essen gemacht", sagte sie.

„Nimm es wieder mit", entgegnete er. „Ich habe keinen Appetit."

„Das werde ich nicht", widerprach Elisabeth energisch und stellte das Tablett auf den Tisch. „Willst du auch noch ein Magengeschwür kriegen?"

„Es ist *mein* Magen", versetzte Beat, wobei er die Fäuste ballte. „Ich kann damit machen, was ich will, verstehst du? Ich verbiete mir deine ständigen Einmischungen!"

Beat war mit jedem Wort lauter und unbeherrschter geworden. Elisabeth spürte, dass der große Ausbruch, den sie insgeheim gewünscht hatte, kurz bevorstand. Allerdings gefiel es ihr nicht, dass er ausgerechnet über ihr niedergehen sollte. „Du solltest deinen Ärger nicht an mir auslassen", ermahnte sie ihn.

„Wieso denn?", erwiderte er giftig. „Ich finde das ausgesprochen passend. Wer hat denn immer darauf gedrängt, dass wir alle unter einem Dach wohnen sollten? Sylvie war von Anfang an dagegen. Und wer war es, der seinen kleinen Bruder hier einquartiert hat? Du warst das doch! Oder willst du das jetzt bestreiten?!"

Beat hatte sie zuletzt regelrecht angeschrien. Elisabeth brauchte einen Moment um das zu verdauen. Ihr Sohn hatte sie noch nie angeschrien. Aber sie war nicht gewillt, die Vorwürfe auf sich sitzen zu lassen. „Das habe ich getan", gab sie zu, fügte aber gleich hinzu: „Aber die Probleme in eurer Ehe haben einen ganz anderen Ursprung. Wie oft hab ich dich beschworen, nicht so viel zu arbeiten und zu reisen! Du wolltest nicht hören und jetzt hast du das Ergebnis."

„Was hätte ich denn machen sollen?", brüllte Beat völlig außer sich. „Papa hat mir ein marodes Firmenkonsortium hinterlassen und es hat alle Kraft gekostet, die Firma wieder auf einen guten Weg zu bringen. Und was habe ich davon? Meine Ehe ist zerbrochen. Weil dein verdammter kleiner Bruder, der nicht einmal weiß, wie man das Wort Arbeit schreibt, in der Nähe war und Zeit hatte, Sylvie zu trösten." Beat schlug mit der Faust auf die Kommode. „Ich wünschte, ich hätte ihn erschlagen!", zischte er.

Schockiert verließ Elisabeth die Wohnung. Blieb nur zu hoffen, dass Beat nach diesem hoffentlich reinigenden Ausbruch wieder zur Vernunft kam.

Gleich nachdem er die Villa verlassen hatte, hatte Adrian einen Flug nach Rio gebucht. Bis zur Abreise war er bei einem alten Freund untergeschlüpft. Nun befand er sich in einem Taxi auf dem Weg zum Flughafen. Um sich abzulenken blätterte er lustlos in einer Zeitung ohne wirklich darin zu lesen. Doch dann stieß er auf eine Stellenanzeige, die seine Aufmerksamkeit sofort fesselte. „Junges *Kreativ-Team* sucht Leute mit Power und Ideen", stand da.

Adrian blickte auf und sah nachdenklich aus dem Fenster. Ihm wurde bewusst, dass er schon wieder dabei war, vor einer Herausforderung wegzulaufen. Das hatte er immer getan. Sobald es brenzlig geworden war, hatte er sich in einen Flieger gesetzt und war abgedüst. Aber hatte er damit irgendein Problem gelöst?

Das Taxi kam vor dem Terminal an. Adrian lud seine Koffer auf einen Gepäckwagen und betrat das Flughafengebäude. Er musste an Sylvie denken. Sie hatte etwas in ihm verändert. Er fand es nach wie vor richtig, dass sie ihre Familie zu retten versuchte und dass es zwischen ihnen beiden aus sein musste. Aber auch er musste sich einem Problem stellen. Und hieß: das eigene Leben in die Hand zu nehmen.

Adrian blieb stehen und schlug erneut den Stellenteil der Zeitung auf. Lange verharrte sein Blick auf der Annonce des *Kreativ-Teams.* Dann traf er eine Entscheidung. Er nahm sein Handy aus der Jackentasche und wählte die Nummer in der Anzeige.

Weihbischof Rottmann kam gerade von seinem vormittäglichen Spaziergang zurück, als ein Fahrradkurier heranbrauste und vor ihm anhielt. Er brachte einen Strauß Blumen. Rottmann war erstaunt. Wer schickte ihm Blumen? Seine Predigt war nach der gestrigen Abendmesse von den Kirchenbesuchern zwar gelobt worden, aber dass jemand deshalb gleich Blumen schickte, war eine ganz besondere Liebenswürdigkeit.

„Sehen Sie, Elsa“, sagte er stolz zu seiner Haushälterin, die gerade den Platz vor der Haustür fegte. Er überreichte ihr den Blumenstrauß. „Stellen Sie den doch bitte an einen würdigen Platz.“

Als Elsa ihn nahm, bemerkte sie zwischen den Blüten ein Kuvert. Sie überreichte es dem Geistlichen. „Nun werden wir gleich wissen, wer der edle Spender ist“, sagte er neugierig. Kaum hatte er die Worte auf dem zartrosa Büttenpapier gelesen, verschlug es ihm die Sprache. „Ich liebe dich, Elsa!“, stand da. „Josef.“ Wortlos reichte Roman seiner Haushälterin die knappe, aber alles sagende Mitteilung.

Elsa lächelte verlegen. Auch wenn ihr die Blässe im Gesicht des Weihbischofs Sorgen machte. Wenigstens wusste er jetzt Bescheid. So konnte er sich zumindest mit der neuen Situation anfreunden. Für ihn würde sich ja auch kaum etwas ändern, abgesehen davon, dass Elsa nicht mehr grenzenlos Zeit für ihn hatte.

Weihbischof Rottmann schien das anders zu sehen. Er reagierte wie ein eifersüchtiger Liebhaber. Den ganzen Tag ging er Elsa aus dem Weg. Wenn eine Begegnung aber unvermeidlich war, gab er ihr mit spitzen Bemerkungen und Anspielungen zu verstehen wie verletzt er war. Zu einem klaren Wort fand er jedoch nicht den Mut.

Am Abend platzte Elsa schließlich der Kragen. Rottmann saß an seinem Schreibtisch um seine Sonntagspredigt vorzubereiten. Dabei hörte er eine seiner alten Platten, auf der ein verlassener Ehemann den schmählichen Verrat seiner Gattin mit melodramatischen Worten und im klarsten Tenor schmetterte. Roman hatte absichtlich die Tür seines Arbeitszimmers offen stehen lassen, damit Elsa die Worte des Sängers auch ja deutlich vernahm. Ärgerlich ging sie zu Roman, schaltete den Plattenspieler ab und stellte sich, die Arme in die Hüften gestemmt, vor ihn hin. „Wenn Sie mir was zu sagen haben, Herr Weihbischof", verlangte sie, „dann tun Sie es geradeheraus!"

Roman ließ sich nicht zweimal bitten. Mit den ihm eigenen wohlgewählten Worten gab er Elsa zu verstehen, dass er eine Liebschaft in ihrem Alter für geradezu sittenwidrig, wenn nicht sogar amoralisch hielt. Sie solle sich, schon in Anbetracht ihres Seelenheils, gut überlegen, was sie da mache. Für ihr Seelenheil nämlich sei es weit förderlicher, einem Geistlichen den Haushalt zu versehen, als eine zweifelhafte Beziehung zu einem Mann einzugehen.

Elsa verschlug es regelrecht die Sprache. Das musste sie sich nicht anhören. Sie rannte aus dem Zimmer, kam gleich darauf aber wieder und rief: „Ich kündige!" Und schon war sie wieder draußen.

Mit gepackten Koffern kam sie nach einiger Zeit die Treppe herab. Roman stand in der Tür seines Arbeitszimmers und sah sie mit finsterer Miene an. Sie legte ihm einen Zettel auf die Kommode. „Wenn Sie sich entschuldigen wollen, können Sie mich dort finden“, sagte sie ohne ihn anzusehen und verließ das Haus.

Eine Stunde später zwängte der Weihbischof sich durch die Lücke in der Hecke auf das Sanwaldt'sche Grundstück. In seiner Hand: zwei Flaschen Rotwein. Berthold wusste sofort, was das zu bedeuten hatte, als er ihn kurz darauf vor sich stehen sah. Die Bombe war also geplatzt.

Doch diesmal sollte es kein reiner Herrenabend werden, denn Margot ließ sich nicht abwimmeln. Vielleicht konnte ein wenig weibliche Intuition ja auch gar nicht schaden, fand Roman und berichtete, was passiert war. „Ich habe natürlich völligen Unsinn geredet“, schloss er. „Eigentlich hatte ich nur Angst Elsa zu verlieren. Eine solche Haushälterin finde ich nicht wieder.“

„Und wohl auch keinen solch guten Menschen“, fügte Margot hinzu. Roman nickte. „Vielleicht hättest du ihr besser das gesagt, statt sie mit Vorwürfen zu bombardieren. Aber egal, nun ist es schon passiert. Wo wohnt dieser Josef eigentlich?“

Roman sah Margot erstaunt an. Er konnte sich nicht vorstellen, worauf sie mit dieser Frage hinaus wollte. Dass sich dahinter aber eine bestimmte Absicht verbarg, war ihr deutlich anzusehen. Er reichte ihr den Zettel, den Elsa ihm hinterlassen hatte. Margot sah ihn sich an. Neuperlach. Nicht gerade eine Gegend mit hübschen Häuschen im Grünen. „Er hat also kein Eigenheim“, sagte sie, mehr für sich.

„Was macht das für einen Unterschied?“, fragte Roman.

„Einen ganz wesentlichen“, teilte Margot mit. „Der Mann hat kein Eigentum, das ihn hält. Und in deinem Haus ist das ganze Obergeschoss praktisch ungenutzt. Du wirst dich also bei Elsa entschuldigen und diesem Josef vorschlagen, bei dir einzuziehen.“

Roman riss überrascht die Augen auf. Der Vorschlag erschien ihm auf Anhieb so genial, dass er sich fragte, wieso er nicht selbst darauf gekommen war. Er sah von Margot zu Berthold, der die ganze Zeit schweigend und in sich hineinlächelnd zugehört hatte. Anders als der Geistliche wusste er schon längst, dass sich zwischen Männern wunderbar nebulös über ein Problem philosophieren ließ, doch kaum setzte sich eine Frau dazu, präsentierte sie die Lösung.

Ein wenig nervös betrat Adrian das Büro des *Kreativ-Teams*. Es sah aus wie ein Glaskäfig, von der Decke hingen Lampen, die UFOs glichen, in den Ecken standen ausladende Grünpflanzen und eigenwillige Kunstwerke. Über den Raum verteilt befanden sich mehrere Schreibtische. Adrian wurde von einem Mitarbeiter in ein abgetrenntes Büro gebracht. Dort erwartete ihn ein junger Mann in einem teuren Anzug und mit streng nach hinten gegelten Haaren. Mit großen Schritten kam er auf Adrian zu.

„Mein Name ist Thommy", stellte er sich vor. „Und du bist Adrian. Adrian der Tulpendieb. Da gab es mal einen Roman mit dem Titel. Bist du ein Dieb?"

Adrian lächelte. Eine eigenartige Begrüßung war das. „Bestimmt nicht, wenn's um Tulpen geht", sagte er.

„Verstehe. Frauen."

Dieser Thommy hat ein feines Gespür, das muss man ihm lassen, dachte Adrian.

„Was kannst du, Adrian? Ich meine, außer Frauen stehlen."

„Ich bin Architekt. Innenarchitekt."

Thommy sah ihn einen Moment versonnen an, dann nickte er. „Okay, du sollst eine Chance kriegen. Ich hab das Gefühl, die Chemie zwischen uns stimmt." Er ging an seinen Schreibtisch und holte einen Plastikordner aus der Schublade. „Wir haben den Zuschlag für die Einrichtung eines Gartenbedarfscenters bekommen. Ein gewaltiger Glaspalast. Ist das ein Problem für Adrian, den Frauendieb?"

Adrian nahm die Mappe. „Du wirst staunen", sagte er.

„Das hoffe ich sehr für dich. Sonst bist du deinen neuen Job nämlich gleich wieder los."

Patty und Sylvie hielten vor der Villa Wettenberg an. Es war schon Abend. Im Erdgeschoss brannte Licht. Sylvie sah ihre Schwester mit einem ängstlichen Blick an. Johannes hatte in den letzten Tagen zwischen ihr und Beat vermittelt. Mit viel Einfühlsamkeit und taktischem Geschick hatte er es erreicht, dass beide sich, schon im Interesse ihrer gemeinsamen Tochter, einem Neuanfang nicht verschlossen. Zumindest wollten sie darüber reden. Und heute sollte es soweit sein.

„Geh rein und bring es hinter dich", drängte Patty, da Sylvie sich offensichtlich nicht entschließen konnte, aus dem Wagen zu steigen.

„Aber du wartest auf mich", verlangte Sylvie.

Patty nickte und drückte ihre Hand. „Er wird dir den Kopf schon nicht abreißen", sagte sie.

Hoffentlich, dachte Sylvie.

VERSCHIEDENE VERHÄLTNISSE

Heimlich hatten Sebastian Prestel und Elisabeth von Wettenberg geheiratet. Mit Rücksicht auf die Trennung ihres Sohnes Beat von Sylvie hatte die Gräfin auf ein fröhliches Hochzeitsfest verzichtet, was ihr keineswegs leicht gefallen war. Niemand hätte ahnen können, dass sich die Dinge zwischen den beiden so schnell zum Besseren entwickeln würden. Schon das erste Gespräch hatte eine deutliche Entspannung gebracht. Sylvie hatte ihre grundsätzliche Bereitschaft signalisiert, wieder mit Beat zusammenzuleben. Sie wollte allerdings noch ein wenig Zeit verstreichen lassen um mit sich selbst ins Reine zu kommen. Bis es soweit war, wollte sie noch in ihrem Elternhaus bleiben. Beat war einverstanden. Da die ganz große Familientragödie also abgewendet schien, entschlossen sich Elisabeth und Sebastian doch noch, ihre Hochzeit mit einer kleinen Feier im engsten Kreis in der Villa Wettenberg nachträglich zu feiern.

Da Elisabeth fand, Beats und Sylvies Wohnung eigne sich besser für die Ausrichtung des Familienfestes und da Beat nichts dagegen hatte, wurde dort im Esszimmer ein Büfett aufgebaut, während der Salon zum Konzertsaal umfunktioniert wurde. Denn selbstverständlich durfte die Sanwaldt'sche Hausmusik an einem solchen Festtag nicht fehlen.

Kurz bevor die Gäste eintrafen, schritt Elisabeth in Abendgarderobe durch die Räume um zu sehen, ob alles am rechten Platz war. Als sie Beat versonnen am Fenster stehen sah, trat sie zu ihm, legte ihm die Hand auf die Schulter und meinte: „Wenn du Sylvie heute vor ihrer gesamten Verwandtschaft bittest, über Nacht zu bleiben, wird sie bestimmt nicht nein sagen."

Beat zuckte die Schultern. „Ich weiß nicht, ob das eine gute Idee ist", sagte er. „Sobald Sylvie das Gefühl bekommt, man wolle sie zu etwas drängen, reagiert sie erst recht störrisch."

Elisabeth zog die Brauen hoch. „Das mag ja sein", entgegnete sie kühl, „aber schließlich hast du ihr was zu verzeihen und nicht umgekehrt. Sie soll dankbar für dein Entgegenkommen sein."

Gerne hätte Elisabeth noch mehr dazu gesagt, aber sie kam nicht dazu, denn die ersten Gäste fuhren vor. Nach und nach kamen die Sanwaldts, Weihbischof Rottmann und Elsa, Johannes und Afra Hängsberg sowie eine ganze Anzahl anderer Freunde. Nachdem die Gesellschaft vollzählig versammelt war, setzten die Musiker sich an ihre Plätze und gaben ein beschwingtes Stück von Vivaldi zum Besten.

Mitten in der musikalischen Darbietung klingelte Elisabeths Handy. Sie hatte es achtlos auf der Kommode abgelegt und ganz vergessen, es vorher abzuschalten. Wie peinlich. Eilig sprang sie auf. Wegen der Musik konnte sie den Anrufer nur schlecht verstehen. Sie glaubte Adrians Stimme zu erkennen, was ihr sogleich einen tiefen Schrecken versetzte.

„Adrian, bist du das?", fragte sie mit gedämpfter Stimme in den Hörer, nachdem sie sich in die Diele zurückgezogen hatte. „Wo bist du? In Rio?"

„Keineswegs", erwiderte Adrian bestens gelaunt. „Ich steh vor eurer Familienvilla. Wie ich sehe, habt ihr Gäste."

„Warum bist du nicht in Brasilien?", wollte seine Schwester erstaunt wissen. Es klang wie ein Vorwurf. Und es war auch einer.

„Ich habe mich auf etwas besonnen, was du mir immer wieder gesagt hast", antwortete Adrian mit sichtlicher Genugtuung. „Weglaufen ist keine Lösung."

Er wollte noch weitersprechen, aber seine Schwester fiel ihm ins Wort: „Wenn du auch nur den geringsten Versuch unternehmen solltest mit Sylvie Kontakt aufzunehmen, dann ... dann wird das fürchterliche Konsequenzen haben." Sie wusste selbst nicht, welche das sein könnten, und auch nicht, für wen.

„Reg dich ab, Schwester", beruhigte sie Adrian, „ich hab nicht vor mich wieder in Sylvies Leben einzumischen. Ich wollte mich nur bei dir melden, bevor du dir Sorgen machst. Für alle Fälle geb ich dir auch noch die Telefonnummer meiner neuen Arbeitsstelle. Dort erreichst du mich am besten."

Elisabeth suchte nach einem Zettel, fand aber keinen, sondern nur eine Serviette, die jemand bei der Vorbereitung des Festes hier abgelegt und vergessen haben musste. Mit einem Kugelschreiber schrieb sie Adrians Namen und die Nummer, die er ihr diktierte, darauf.

Inzwischen hatte die Musik aufgehört. Sebastian kam heraus und bat seine Frau, endlich hereinzukommen um mit den Gästen anzustoßen. Da Elisabeths Kleid keine Tasche hatte, knüllte sie die Serviette einfach zusammen und behielt sie in der Hand.

Nachdem man Elisabeth und Sebastian hochleben lassen hatte, wurde das Büfett eröffnet. Beat bemerkte, wie unsicher Sylvie sich fühlte. Da er unbedingt vor seiner Mutter mit ihr reden wollte, nahm er sie beiseite. Sie sah ihn mit einem reservierten Blick an, widersetzte sich aber nicht. „Was immer meine Mutter heute zu dir sagen wird", meinte er dann, „es bleibt bei dem, was wir vereinbart haben. Du kommst wieder, wenn du innerlich frei von dieser Geschichte mit Adrian bist."

Sylvie atmete erleichtert auf. Sie hatte befürchtet, er wolle sie zum Bleiben überreden. „Das ist sehr fair von dir", sagte sie dankbar.

„Nicht nur fair", entgegnete Beat reserviert. „Ich hab auch meinen Stolz. Ich lege keinen Wert darauf, mit dir zusammenzuleben, wenn Adrian noch in deinem Herz herumspukt."

Sylvie nickte. In seinen Worten war Bitterkeit, für die sie aber Verständnis hatte. Gemeinsam gingen sie zu den anderen Gästen ans Büfett. Elisabeth bemühte sich gute Laune zu verbreiten, verlor Beat und Sylvie dabei aber nie ganz aus den Augen.

Über angeregten Gesprächen wurde es spät. Die Gäste brachen einer nach dem anderen auf, bis auch der letzte gegangen war. „Ein schönes Fest, Mama", sagte Beat schließlich zu Elisabeth, nachdem sie gemeinsam die Spülmaschine eingeräumt hatten. „Den Rest machen wir morgen."

„Vielleicht kommt das Schönste ja erst noch", entgegnete Elisabeth und zwinkerte ihm zu.

Beat hatte keine Ahnung, was sie meinte. Erst als er ins Schlafzimmer ging, begriff er. Sylvie saß auf dem Bett und sah ihn an. Beat blieb in der offenen Tür stehen. „Hat Mama dich bedrängt?", fragte er. Sylvie schüttelte den Kopf. Erst jetzt trat er ganz herein und nahm auf der anderen Seite des Bettes Platz. „Liebst du mich noch?", wollte er wissen.

„Ich weiß es nicht", antwortete Sylvie nach kurzem Schweigen. „Im Moment fühle ich mich vollkommen leer."

Zunächst war Beat über ihre Worte enttäuscht. Aber dann sah er das Gute darin. „Du bist wenigstens ehrlich", sagte er. „Das ist vielleicht die beste Voraussetzung für einen Neuanfang."

Sylvie streckte ihm die Hand entgegen. Tief bewegt nahm er sie.

Nachdem Adrian an diesem Nachmittag von der Wettenberg'schen Villa weggefahren war, war er zum Büro des *Kreativ-Teams* gefahren. Auf dem Parkplatz holte er ein mit Folie abgedecktes Modell eines Gebäudes aus dem Kofferraum und ging damit nach oben. Als er das Büro seines Chefs betrat, blieb dieser hinter dem Schreibtisch sitzen und sah ihn vorwurfsvoll an. „Du kommst spät", sagte er ungehalten.

„Dafür hab ich dir auch was mitgebracht", erwiderte Adrian, unbeeindruckt von dem Vorwurf. Er stellte das Modell ab und zog die Plastikfolie weg. Ein filigranes Gebäude kam zum Vorschein, dessen schwungvolle Dachkonstruktion als erstes ins Auge fiel.

Thommy schien seinen Ärger schon wieder vergessen zu haben. Neugierig stand er auf und kam heran. Er war ein Mann, der eine gute Arbeit auf den ersten Blick erkannte. Er besaß aber auch ein untrügliches Gespür für Kosten. „Sieht teuer aus", sagte er deshalb gleich.

„Es hält sich in Grenzen", entgegnete Adrian und zog den Ordner mit seiner Kostenkalkulation hervor.

„Du wirst mir das alles genaustens erklären müssen", sagte Thommy, „auch wenn es die ganze Nacht dauert." Adrian nickte nur. „Morgen ist die Besprechung mit *Garten-Kaiser.* Ich will, dass wir den Auftrag bekommen."

„Werden wir", versicherte Adrian selbstbewusst.

Als Beat am nächsten Morgen aufwachte, war Sylvie schon wach. Mit offenen Augen lag sie im Bett und starrte an die Decke. Beat küsste sie auf die Wange. Sie blieb beinahe regungslos. Er setzte sich auf. Ihm wurde klar, was für ein weiter Weg vor ihnen lag.

„Es war unsere erste Nacht nach langem", sagte er. „Wir dürfen auch nicht zu viel von uns erwarten."

„Das tue ich nicht, Beat", entgegnete Sylvie.

„Ich mache uns Frühstück."

Er stand auf und ging in die Küche. Vielleicht habe ich zu viel zu schnell gewollt, dachte Beat. Aber er hatte einfach das Gefühl gehabt, er müsse Adrian auf diese Weise aus ihrem gemeinsamen Ehebett verdrängen. Und dann war da noch dieses Bild, das er nicht vergessen konnte: die Umarmung der beiden, der Kuss, in dem so viel Leidenschaft gewesen war, wie er sie nie zuvor an Sylvie erlebt hatte.

Beat hatte eben den Tisch für das Frühstück gedeckt, als es an der Wohnungstür klopfte. Es war Sebastian, der auf einem Silbertablett ein paar mit einer Serviette bedeckte belegte Brote brachte. „Elisabeth meint, du sollst nicht jeden Tag mit leerem Magen ins Büro gehen", erklärte er, „deshalb hab ich dir aus den Resten vom Büfett ein paar Brote gemacht."

„Danke, Sebastian", entgegnete Beat, „aber das wäre nicht nötig gewesen. Wir frühstücken gleich."

„*Wir?*"

Beat nickte. „Sie ist geblieben."

„Das wird Elisabeth freuen. Dann will ich nicht länger stören."

Beat ging wieder ins Haus. Inzwischen saß Sylvie am Frühstückstisch und schenkte sich und Beat Kaffee ein. Sie sah ziemlich blass aus. Beat stellte den Teller mit den belegten Broten auf den Tisch. „Von Sebastian", erklärte er.

Sylvie schüttelte den Kopf. „Außer Kaffee krieg ich jetzt nichts runter", sagte sie.

„Du solltest aber was essen", erwiderte Beat. „Du bist in den letzten Wochen ziemlich dünn geworden."

„Adrian hat gesagt, das stünde mir gut." Sylvie hatte die Worte bereits ausgesprochen, als sie begriff, was sie da sagte. Sie sah Beat mit einem reumütigen Blick an. „Entschuldige, Beat. Das war gedankenlos von mir."

Beat, der wie erstarrt dasaß, brauchte eine Weile, bis er den jäh aufflammenden Zorn im Griff hatte. Er schluckte die Bemerkung, die ihm auf den Lippen gelegen hatte, runter und sagte stattdessen: „Wir können ja nicht so tun, als ob es ihn nicht gegeben hätte. Obwohl ich dem Himmel danke, dass er in Rio ist." Er warf Sylvie einen böse aufblitzenden Blick zu. „Von mir aus könnte er auch auf dem Mond sein, und zwar auf der erdabgewandten Seite."

Sylvie erschrak über den Hass, der in diesen Worten lag – und das sollte sie auch.

Adrian hatte nicht den geringsten Zweifel, dass sein Entwurf den Leuten von *Garten-Kaiser* gefallen würde. Er war ausgefallen, aber nicht zu extravagant, und vor allem war er bei weitem nicht so teuer wie er aussah. Thommy hatte Adrians Kostenvoranschläge die ganze Nacht lang durchgerechnet, verschiedene Varianten ausprobiert. Er stellte am Ende fest, dass Adrians Vorschlag der Beste war. Ehe es an die Präsentation ging, fuhr Adrian nach Hause, putzte sich heraus und kam dann ins Büro zurück.

Als er ankam, waren die Leute von *Garten-Kaiser* schon da. Zu Adrians Überraschung war der Kaiser eine Kaiser*in:* Wanda Kaiser, eine äußerst attraktive Blondine Mitte vierzig. Sie hatte zwei Berater mitgebracht, mit denen zusammen sie sich das Modell und die Kalkulation vorführen und erläutern ließ. Wieso nur hatte Adrian unter ihren Blicken stets das Gefühl, dass sich nicht nur sein Entwurf auf dem Präsentierteller befand, sondern er gleich mit? Wanda Kaiser hatte anscheinend ein deutliches Interesse an seiner Person.

Vielleicht wurde man sich ja deshalb so schnell handelseinig. Wanda Kaiser wollte den Entwurf kaufen. Ein Vertrag, der sämtliche Modalitäten regelte, sollte noch ausgearbeitet werden. Um den Geschäftsabschluss zu begießen lud Thommy Adrian und Wanda Kaiser mit ihren Begleitern zum Essen in ein Nobelrestaurant ein.

Nachdem man angestoßen hatte, meinte Wanda ironisch: „So schnell bin ich noch nie über den Tisch gezogen worden. Aber es war Liebe auf den ersten Blick. Wenn auch eine teure Liebe."

„Wahre Liebe kostet immer viel“, erwiderte Adrian vieldeutig.

„Auch die weniger wahre“, sagte Wanda lächelnd. „Die Scheidung von meinem Mann hat mich ein Vermögen gekostet. Aber so ist das Leben. Zum Glück vergisst man diese Dinge, wenn sich neue Möglichkeiten auftun ...“ Sie zwinkerte Adrian zu.

Der spielte das Spiel mit und flirtete heftig zurück. Und er würde das zumindest so lange tun, bis der Vertrag endgültig unter Dach und Fach war.

Eigentlich hatte Beat versprochen, den Tag ganz mit Sylvie zu verbringen. Zuerst hatten sie Marie bei ihren Großeltern abholen wollen um dann mit ihr einen kleinen Ausflug zu machen. Aber ein Anruf aus der Firma vereitelte den Plan. Zumindest vormittags musste Beat ins Büro, denn ein ausländischer Einkäufer hatte überraschend seinen angekündigten Besuch vorverlegt.

„Tut mir Leid, dass es jetzt schon wieder so anfängt“, sagte Beat mit einem schlechten Gewissen. „Ich erledige das so schnell wie möglich.“

„Schon gut“, entgegnete Sylvie milde, „du trägst nun einmal die Verantwortung für eine große Firma. Ich kann ja so lange hier aufräumen.“

Dankbar für ihr Verständnis lächelte Beat sie an, küsste sie zum Abschied und verließ die Wohnung.

Sylvie saß noch eine Weile regungslos da. Dann ging sie daran, den Frühstückstisch abzuräumen. Irgendwann nahm sie auch das Tablett mit den belegten Broten, die Sebastian gemacht hatte. Die Serviette, mit der er sie bedeckt hatte, fiel auf den Boden. Sylvies Herz erhielt einen Stich, als sie sie aufhob. „Adrian“, stand darauf mit Kuli geschrieben, dazu eine Telefonnummer.

Von einer Sekunde zur nächsten war ihre Leidenschaft wieder entflammt. Sie lief zum Telefon und wählte die Nummer. Atemlos wartete sie, bis jemand abhob. Nach zweimaligem Läuten meldete sich eine Frauenstimme. *Kreativ-Team* München, sagte sie.

„Entschuldigung ... falsch verbunden ...", stammelte Sylvie und legte auf. Überwog die Enttäuschung oder die Erleichterung? Sie wusste es selbst nicht. Jedenfalls war es gut, dass ihr Adrian weit weg war. Sie zerknüllte die Serviette und warf sie in den Mülleimer. Trotzdem ließ sie das dumpfe Gefühl nicht los, Adrian könne vielleicht doch noch in München sein. Ein Gedanke kam ihr. Die Telefonnummer auf der Serviette war vielleicht keine Privatnummer, wie sie anfangs gedacht hatte, sondern die Nummer seiner neuen Arbeitsstelle. *Kreativ-Team* – so etwas hätte zu Adrian gepasst.

Sylvie holte die Serviette wieder aus dem Müll und wählte die Nummer erneut. Wieder meldete sich die Frauenstimme von vorhin. „Kann ich Herrn Adrian von Freistatt sprechen?", fragte Sylvie.

„Tut mir Leid", antwortete die Frau. „Herr von Freistatt ist heute außer Haus. Kann ich etwas ausrichten?"

„Nein, danke. Ich rufe später wieder an."

Sylvie legte auf. Sie hatte plötzlich ganz weiche Knie und musste sich setzen. Adrian war also doch in München. Er hatte wie vermutet eine feste Stelle. Das sah nicht gerade danach aus, als habe sich seine Reise nach Brasilien nur verschoben. Entweder waren die Reisepläne lediglich ein Täuschungsmanöver gewesen oder er hatte es sich im letzten Moment anders überlegt. Aber das spielte keine Rolle mehr. Viel wichtiger war, dass Elisabeth davon wusste. Wahrscheinlich wussten es alle außer ihr selbst. Zorn keimte in Sylvie auf. Wieso glaubten alle sie wie ein dummes Kind behandeln zu müssen, das nicht wusste, was es tat? Sie war eine erwachsene Frau.

Am Tag nach der kleinen Feier im Hause Wettenberg war Johannes zu einer mehrtägigen Geschäftsreise aufgebrochen, bei der er die Einkäufer verschiedener Drogerieketten für das neue Produkt von *Margosan* interessieren wollte. Er fuhr nicht gerne, denn Afra fühlte sich in letzter Zeit nicht besonders wohl. Sie klagte über Übelkeit und Schwindel. Ein Glück, dass sie Rosi im Haus hatte, die Kinder und Haushalt zuverlässig versorgte.

Am Tag nach Johannes' Abreise suchte Afra einen Arzt auf. Als sie heimkam, bemerkte Rosi ein eigenartiges Strahlen auf ihrem Gesicht. „Was hat der Arzt gesagt, Frau Hängsberg?', wollte sie wissen.

„Es ist nichts Schlimmes", entgegnete sie, „und wird schon wieder vorübergehen."

Rosi nickte. Die beiden Frauen lächelten sich an. Sie verstanden sich ohne viele Worte.

Als Johannes drei Tage später wieder nach Hause kam, begrüßte Afra ihn überschwenglich an der Tür. Sie fiel ihm um den Hals und küsste ihn, noch ehe er seine Reisetasche abgestellt hatte.

„Wie es aussieht, geht es dir wieder besser", sagte er erfreut.

„Das kann man so nicht sagen", entgegnete sie verschmitzt.

„Dann solltest du mal zu einem Arzt gehen."

„War ich doch."

„Und was meint er?"

Afra zog ihn an sich und flüsterte ihm ins Ohr: „Wir kriegen ein Baby."

Johannes hob sie überglücklich in die Luft, drückte sie dann an sich und küsste sie. Heute war er der glücklichste Mann der Welt.

Sylvie hatte der Versuchung nicht widerstehen können. Sie hatte die Adresse des *Kreativ-Teams* aus dem Telefonbuch herausgesucht und war hingefahren. Nicht, dass sie wieder Kontakt zu Adrian hätte aufnehmen wollen. Aber sie musste ihn einfach sehen. Sie stellte also ihren Wagen ab, setzte sich in ein Café auf der gegenüberliegenden Straßenseite und wartete.

„Darf's noch was sein?", fragte die Bedienung.

Sylvie blickte auf. Schon seit zwei Stunden saß sie jetzt hier und starrte auf das Gebäude aus Glas und Stahl. Sie sah die Bedienung an und schüttelte den Kopf. „Zahlen, bitte."

Kurze Zeit später verließ sie das Café und ging zum Auto. Unter dem Scheibenwischer steckte ein Strafzettel. Sie hatte die erlaubte Parkzeit überschritten. Sylvie nahm das Knöllchen heraus und legte es achtlos auf die Mittelkonsole. Dann fuhr sie nach Hause.

Dort angekommen fragte sie sich, was sie da eigentlich gemacht hatte. Sie lief einem Mann nach, den sie nie wiedersehen durfte, wenn sie nicht ihre Familie zerstören wollte. Ihr Verstand sprach dagegen. Und trotzdem war da ein unbeschreiblicher Drang ihn unbedingt wiederzusehen, der ihr einredete, es würde dabei bleiben, ihn nur kurz aus der Ferne zu sehen. Obwohl sie es besser wusste"

Trotz aller Bedenken fuhr Sylvie am nächsten Tag wieder hin. Sie saß wieder im gleichen Café und wartete. Zunächst schien es so, dass sie auch heute kein Glück hatte. Sie wartete bereits zwei Stunden und war kurz davor zu zahlen, als zwei Männer das Bürogebäude verließen. Einer von ihnen war – Adrian!

Sylvie stockte der Atem. Ihr Herz jagte. Sie beobachtete, wie die beiden Männer in einen schwarzen BMW stiegen und davonfuhren.

Wie erschlagen saß sie da. Ihre Hände zitterten. Es bedeutet nichts, beschwor sie sich geradezu, ich werde ihn nicht wiedersehen. Aufgewühlt verließ Sylvie das Lokal. Als sie zu ihrem Wagen zurückkam, fand sie unter dem Scheibenwischer wie schon am Tag zuvor einen Strafzettel. Zu benommen um sich darüber zu ärgern, nahm sie ihn einfach und legte ihn zu dem anderen auf die Mittelkonsole.

Erst als Sylvie zu Hause war, kam sie allmählich wieder zu vollem Bewusstsein. Sie musste jetzt vernünftig sein. Vor allem Marie zuliebe, denn das Kind brauchte eine intakte Familie.

Einige Tage später stand bei den Sanwaldts wieder ein Hausmusikabend auf dem Programm. Beat und Sylvie ließen Marie in der Obhut eines verlässlichen Babysitters zurück. Ihre Oboe unter den Arm geklemmt, verließ Sylvie an der Seite ihres Mannes das Haus. Beat war aufgefallen, dass seine Frau in den letzten Tagen ziemlich schweigsam war. Ob das etwas zu bedeuten hatte? Er wischte sein aufkeimendes Misstrauen fort. Die Situation war nun einmal äußerst angespannt und ging allen an die Nerven.

„Können wir deinen Wagen nehmen?“, fragte Beat. „Der Mercedes musste dringend zur Inspektion.“

„Klar“, entgegnete Sylvie.

Als sie wenig später im Auto saßen, fielen Beat die beiden Strafzettel auf, die in der Mittelkonsole lagen. Er sah sie sich genauer an. „Was ist in der Karolingerstraße?“, fragte er dann. „Du hast dort gleich zweimal zu lange geparkt.“

Sylvie zuckte zusammen. Wie unvorsichtig von ihr. Sie hätte die Strafzettel nicht offen herumliegen lassen dürfen. „Dort ist mein Zahnarzt“, sagte sie. „Er hat immer ziemlich lange Wartezeiten.“

Beat schüttelte ärgerlich den Kopf. „Dann solltest du ihn mal wechseln“, brummte er. „Wozu sind wir Privatpatienten?“ Nach kurzem Schweigen sah er Sylvie nachdenklich von der Seite an.

Beat konnte seine trüben Gedanken nicht mehr abschütteln, weder auf der Fahrt zu den Sanwaldts noch während der

Musikvorführung. Er saß dabei neben seiner Mutter, der bereits aufgefallen war, wie geistesabwesend er war. Schließlich beugte er sich zu ihr und flüsterte ihr zu: „Sag mal, wo ist eigentlich Sylvies Zahnarzt?"

Erstaunt über diese Frage, sah Elisabeth ihn an. „In der Augustenstraße", teilte sie dann mit.

Beat nickte. Die Antwort hatte seinem Herzen einen Stich versetzt, aber er zeigte es nicht. Sylvie belog ihn also. Nun wollte er nur noch wissen, warum.

Unterdessen ging das letzte Musikstück und damit der musikalische Teil des Abends zu Ende.

Nachdem der Applaus verebbt war, nutzte Johannes die Aufmerksamkeit um etwas zu verkünden. „Afra und ich erwarten ein Baby", sagte er und strahlte dabei übers ganze Gesicht.

Sogleich drängten sich alle um Johannes und Afra um zu gratulieren. Nur Sylvie blieb bedrückt sitzen. Sie musste wieder an das Kind denken, das sie verloren hatte. Auch wenn sie es damals nicht hatte bekommen wollen, war sie dennoch voller Trauer über den Verlust. Und über den Verlust ihrer größten Liebe: Adrian. Tränen stiegen in ihre Augen. Ehe sie vor allen Leuten losheulte, rannte sie lieber hinaus. Nur Patty hatte bemerkt, wie ihrer Schwester zumute war. Sie folgte ihr in die Küche, wo sie sie gänzlich in Tränen aufgelöst vorfand. Sie konnte sich denken, warum Sylvie so betrübt war.

„Sei nicht traurig, Sylvie", tröstete sie Patty. „Es wäre alles noch viel schlimmer gewesen, wenn du Adrians Kind nicht verloren hättest."

„Das weiß ich ja", schluchzte Sylvie. „Aber es tut trotzdem verdammt weh, wenn ich Johannes und Afra so glücklich sehe. Es ist nicht nur wegen des Kindes, weißt du. Irgendwie ist meine ganze Ehe ruiniert und ich frage mich, ob es jemals wieder so werden wird, wie es früher war."

Patty nahm Sylvie in den Arm und streichelte ihr beruhigend über den Rücken. „Es wird alles gut werden", sagte sie. Nach kurzer Zeit hatte sich Sylvie wieder einigermaßen gefasst. Sie löste sich aus der Umarmung ihrer Schwester. „Geh nach oben und frisch dein Make-up auf", sagte Patty. „Muss ja nicht jeder gleich sehen, dass du geweint hast."

Sylvie lächelte Patty dankbar an und verschwand.

Den ganzen Abend über blieb Sylvie, abgesehen von ein paar Höflichkeitsfloskeln, schweigsam. Ihr war im Moment einfach nicht zum Feiern zumute. Deshalb war sie froh, als sie wieder zu Hause war. Doch kaum war der Babysitter gegangen, stellte Beat sich vor seine Frau hin und sah sie mit einem finsteren Blick an.

„Ist irgendwas?", fragte sie ahnungslos.

„Warum lügst du mich an, Sylvie?", wollte er wissen.

Sie zuckte zusammen. Ihr Blick wurde unstet. „Ich... wieso?", stammelte sie unsicher.

„Dein Zahnarzt ist in der Augustenstraße. Wo warst du, als du diese beiden Strafzettel bekommen hast?" Seine Augen blitzten aggressiv. „Gibt es schon wieder einen anderen Mann?"

„Du spinnst doch", entgegnete Sylvie. Aber sie wusste selbst, dass sie wenig überzeugend wirkte. Obwohl nichts mit Adrian gewesen war, fühlte sie sich schuldig. Und Beat spürte das.

Sie wandte sich ab und ging an ihm vorbei ins Schlafzimmer. Beat folgte ihr, denn so einfach wollte er sie nicht davonkommen lassen. Er nahm ihr Schweigen eher als eine Bestätigung seines Verdachts. „Du musst schon entschuldigen", sagte er bissig, „aber ich bin ein betrogener Ehemann. Da wird man ziemlich empfindlich. Wo warst du also an diesen beiden Tagen? Ich verlange eine Antwort!" Sein Ton war fordernd. Er war wie ein Vulkan kurz vor dem Ausbruch.

„Ich hab da was durcheinander gebracht“, sagte Sylvie schwach. „Ich war an diesen beiden Tagen im *Fashion Point.* Weil ich mich bei einem Teil nicht entscheiden konnte, bin ich zweimal hingefahren. Ich hab es dann doch nicht genommen.“ Der *Fashion Point,* eine Boutique, war wirklich ganz in der Nähe. Ein Glück, dass ihr das noch eingefallen war.

Beat verzog den Mund. Die Antwort besänftigte sein Misstrauen kaum. Dennoch gab er sich fürs erste damit zufrieden.

„Ich warne dich, Sylvie“, sagte er. „Pass auf, was du tust. Ich wache mit Argusaugen über dich.“

DER PREIS DER MORAL

Der Herbst hielt seinen Einzug und bescherte den Sanwaldts wie jedes Jahr eine Menge Gartenarbeit. Berthold hatte gegen die Abwechslung zu seiner Schreibttischarbeit nichts einzuwenden. Als er gerade das Laub in der Einfahrt zusammenfegte, hielt er plötzlich in seiner Arbeit inne und schaute in den Nachbargarten.

Seit Josef zu seiner Elsa gezogen war, war der Haushalt des Geistlichen geradezu ein Paradebeispiel der Harmonie. Es hatte sich nämlich herausgestellt, daß Josef ein ausgezeichneter Handwerker war, der Roman eine Vielzahl von Diensten leisten konnte. Im Moment war er damit beschäftigt, die Sträucher zurückzuschneiden, während Elsa singend einen Korb voller Laub zum Komposthaufen trug. Und dazwischen ging Roman im Garten auf und ab und studierte seine nächste Predigt ein. Eine Insel der Glückseligen, mochte es Berthold scheinen.

„Guten Morgen, Herr Sanwaldt", erklang da eine gestrenge Stimme.

Berthold blickte auf und erwiderte den Gruß. Der Generalvikar Hengstmann ging an der anderen Seite des Einfahrtstores vorbei. Er war gewissermaßen Romans Intimfeind und versuchte ihm bei jeder Gelegenheit ans Zeug zu flicken. Ein Mann, wie Roman zu sagen pflegte, der die Buchstaben des Gesetzes besser kannte als jeder andere, von deren Geist aber nicht die leiseste Ahnung hatte.

Romans Freude, ihn zu sehen, hielt sich in Grenzen, denn immer wenn er zu Besuch kam, brachte er einen Sack voller Schwierigkeiten mit. Der Generalvikar warf einen despektierlichen Blick auf Josef und Elsa und bat seinen ungeliebten Bruder in Christo dann um ein Gespräch unter vier Augen.

In Romans Arbeitszimmer teilte er diesem dann mit gespitzten Lippen mit, dass in Zeiten sittlichen Verfalls gerade die Pfarrhäuser Bollwerke gegen die Unmoral sein müssten. Deshalb sei es nicht zu dulden, dass ein Verhältnis wie das zwischen Josef und Elsa unter dem Dach eines Geistlichen geduldet würde. „Schon gar nicht, wenn dieser Geistliche sich um Kardinalswürden bemüht", fügte der Generalvikar hinzu.

„Soll ich die beiden etwa vor die Tür setzen?", entgegnete Roman verärgert.

„Entweder das oder die beiden heiraten."

Roman verzog den Mund. Erst vor ein paar Tagen hatte Josef ihm erzählt, er könne Elsa, obwohl er sie liebe, nicht heiraten, denn dann würde ihm seine Witwerrente, auf die er nun einmal angewiesen sei, gestrichen. Ein nachvollziehbares Argument, fand der Weihbischof, denn schließlich war die verstorbene Frau Josefs berufstätig gewesen und hatte ein Leben lang in die Rentenkasse einbezahlt, während Josef selbst, der lange Zeit einen kleinen Bauernhof bewirtschaftet hatte, nur eine geringe eigene Rente erhielt.

Je mehr er bemerkte, in welche Zwickmühle er Roman brachte, desto mehr genoss der Generalvikar die Situation. Schließlich drohte er dem Weihbischof sogar, die unsittlichen Verhältnisse höheren Orts zu melden und so die mögliche Ernennung zum Kardinal von vornherein zu vereiteln. Mit vor Schadenfreude geschwellter Brust verließ der Generalvikar das Haus.

Wütend schlug Roman auf den Bücherstapel auf seinem Schreibtisch. Er hätte diesen Wolf im Schafspelz zu gerne einen Fluch hinterhergesandt, beließ es dann aber bei einem Stoßgebet zum Heiligen Hippolyt, seinem ganz persönlichen Heiligen. Was sollte er jetzt machen?

Er griff in seinen Spirituosenschrank und steckte eine kleine Flasche Rum in seine Jackentasche. Dann verließ er das Haus, schob sich wenig später durch die Lücke in der Hecke und stand vor Berthold. Dieser hatte schon mit seinem Freund gerechnet, denn ihm war klar gewesen, dass der Generalvikar schlechte Nachrichten bringen würde.

„Für Wein ist es ja noch ein wenig zu früh", sagte Roman missgelaunt, „aber was hältst du davon, lieber Berthold, wenn wir zu diesem guten österreichischen Rum etwas Tee gießen?"

Berthold lächelte milde und verschwand mit seinem geistlichen Freund im Haus.

Schon nach kurzer Zeit hatten Adrian und Thommy gemerkt, dass sie aus dem gleichen Holz geschnitzt waren. Deshalb wurden sie bald so was wie Freunde, auch wenn Thommy immer wieder durchscheinen ließ, wer zumindest in geschäftlicher Hinsicht der Boss war. Trotzdem fand Adrian in ihm einen Menschen, dem er auch persönliche Dinge erzählen konnte. So erfuhr Thommy von Adrians Sehnsucht nach Sylvie und von der gleichzeitigen Aussichtslosigkeit dieser Liebe, die in den familiären Verstrickungen ihre Ursache hatte.

„Es gibt Frauen", sagte Thommy, „die vergisst man schnell wieder. Andere bleiben einem ein Leben lang im Gedächtnis. Deine Sylvie scheint für dich zur letzteren Kategorie zu gehören. Deshalb solltest du um sie kämpfen."

Eine Zigarette zwischen den Fingern hing Adrian in einem aufblasbaren Sessel und starrte durch die Glasfront nach draußen. „Meine Schwester sagt, die Ehe zwischen Sylvie und Beat funktioniere wieder", sagte er schließlich. „Aber was noch schwerer wiegt: Sylvie traut mir und meiner Liebe nicht. Und wahrscheinlich hat sie Recht. Auf einem wie mir baut man seine Zukunft nicht auf." Nach langem Schweigen setzte Adrian sich auf. Asche fiel von seiner Zigarette auf den Boden. „Ich hab für heute genug", sagte er, stand auf und zog seine Jacke an. „Die Pläne hier sehe ich mir zu Hause an." Er klemmte sich mehrere Rollen und Hefter unter den Arm, verabschiedete sich von Thommy mit einem Nicken und verschwand.

Unten auf dem Parkplatz kramte Adrian seine Autoschlüssel heraus. Doch als er aufschließen wollte, blieb er wie angewurzelt stehen. Litt er mittlerweile an Halluzinationen oder war die Frau, die gerade das Café auf der gegenüberliegenden Straßenseite verließ, tatsächlich Sylvie?

Adrian warf die Baupläne in seinen Wagen und rannte über die Straße. Sylvie hatte bemerkt, dass er auf sie zukam, und war stehen geblieben. Seit sie ihn zum ersten Mal hier gesehen hatte, war sie immer wieder hergekommen. Nicht um mit ihm Kontakt aufzunehmen. Aber sie wollte ihm nahe sein.

Und nun standen sie einander gegenüber und sahen sich lange sprachlos an – bis sie sich in die Arme fielen und mit einer Leidenschaft küssten, als wollten sie sich gegenseitig verschlingen.

„Hör auf", flehte Sylvie Adrian an. „Wir dürfen das nicht tun!"

Aber sie konnten es nicht aufhalten. Wie eine Naturgewalt riss die Leidenschaft sie fort. Erst nach einiger Zeit kamen sie wieder zu Bewusstsein. Sylvie löste sich ein wenig aus Adrians Umarmung.

„Es war nicht klug von dir hierherzukommen", sagte er. „Du weißt doch, was auf dem Spiel steht!"

„Natürlich weiß ich es", versetzte Sylvie. Sie senkte den Blick. „Wie soll es nun jetzt weitergehen mit uns?"

„Gar nicht", sagte Adrian hart. „Wir müssen vernünftig sein. Vergiss mich einfach!"

Tränen traten in ihre Augen. „Wenn ich es nur könnte", schluchzte sie. „Wieso bist du nicht nach Brasilien gegangen? Dann wäre es leichter."

Adrian schwieg eine Weile. Schließlich sagte er: „Ich bin es nicht wert, dass du für mich alles aufs Spiel setzt, Sylvie. Bisher habe ich über kurz oder lang noch jede Frau verlassen und so würde es auch bei dir sein." Adrian wusste selbst nicht, wie viel er davon glaubte und wie viel er nur sagte um ihr die Trennung zu erleichtern. „Leb wohl", sagte er nur noch, wandte sich um und ging – ohne sich umzudrehen.

Margot kannte ihren Berthold gut genug um zu wissen, dass hinter seiner plötzlichen Idee, einen Ausflug in die Berge zu machen, irgendeine Absicht steckte. Das schalkhafte Grinsen, mit dem er sie während der Fahrt immer wieder ansah, war ein deutliches Anzeichen dafür. Aber sie bedrängte ihn nicht sein kleines Geheimnis zu offenbaren, sondern genoss einfach die Fahrt. Schließlich war es ein wunderschöner Herbsttag, schneebedeckte Berggipfel glänzten vor dem kristallklaren Blau des wolkenlosen Himmels. Berthold würde mit dem Grund für diesen Ausflug schon noch herausrücken.

Sie hatten die deutsch-österreichische Grenze schon hinter sich gelassen, als Berthold von der Landstraße in eine kleine Nebenstraße einbog, die zu einem malerischen Bergdorf führte. Vor einem Gasthof hielt er an. Nach einem ausgiebigen Mittagessen, meinte Margot: „Jetzt hast du mich lange genug hingehalten, Berthold. Willst du mir nicht endlich sagen, was wir hier machen? Wir sind jedenfalls nicht zufällig hier, oder?"

„Da hast du wieder einmal Recht, Liebling", entgegnete er. „Wir machen einen Besuch bei einem österreichischen Freund und Kollegen, dessen Rat ich brauche."

„Das ist ja was ganz was Neues", lachte Margot. Sie war ein wenig beschwingt, denn sie hatte zum Essen ein Weizenbier getrunken. „Seit wann brauchst du juristischen Rat?"

„Familienrecht war noch nie meine Domäne", teilte ihr Mann mit, „schon gar nicht *österreichisches* Familienrecht."

„Familienrecht?“, wiederholte Margot. „Es ist doch nicht wegen Sylvie?“

„Wie kommst du auf Sylvie?“, fragte Berthold.

Margot zuckte die Achseln. „So ganz traue ich dem neuen Ehefrieden nicht. Beat hat sich kein bisschen verändert. Er ist nach wie vor ständig auf Reisen.“

„Er ist eben der Chef eines großen Unternehmens“, gab Berthold zu bedenken. Margot nickte. „Ich hab das Gefühl, die Affäre mit Adrian hat mehr zerstört, als die beiden alle Welt und sich selbst glauben machen wollen.“

Die Worte seiner Frau machten Berthold nachdenklich. Wollte sie ihm damit sagen, dass sie Sylvies Ehe für unrettbar gescheitert hielt? „Das wäre ja furchtbar“, sagte er.

„Vor allem für Sylvie“, pflichtete Margot bei. „Sie stünde im Falle einer Trennung allein da, denn Adrian scheidet ja wohl als Alternative aus.“

Berthold sah auf die Uhr. Zeit zu gehen. Er winkte die Bedienung herbei und zahlte. Dann verließen sie das Gasthaus und spazierten die Dorfstraße hinab. Am Ende des Ortes wohnte Bertholds Freund, den er vor Jahren auf einem Juristenkongress kennen gelernt hatte. Auf dem Weg zu seinem Haus erklärte er Margot, was er vorhatte um Romans Dilemma zu lösen. Margot hörte mit wachsendem Staunen zu. Schließlich meinte sie, wobei sie ihren Mann in die Wange kniff: „Ich hatte ja keine Ahnung, dass du so raffiniert bist.“

Während Berthold und Margot daran gingen, Romans Problem ohne dessen Wissen zu lösen, erklärte der Weihbischof Josef und Elsa mit entsprechend betretener Miene die Sachlage. Je mehr sie erfuhren, desto länger wurden ihre Gesichter.

„Das heißt, entweder wir heiraten“, fasste Josef am Ende zusammen, „oder Sie kündigen der Elsa die Stelle und uns beiden die Wohnung.“

Roman nickte schweren Herzens. „Sie können sich partout nicht zu einer Heirat entschließen, Herr Josef?"

Josef nahm Elsas Hand und sah sie mit einem liebevollen Blick an. „Ich hab's Ihnen ja schon gesagt", meinte er. „Gegen das Heiraten hätte ich nichts einzuwenden. Aber auf die dreizehnhundert Mark Rente kann ich nun mal nicht verzichten."

„Natürlich", seufzte Roman. Er stand aus seinem Sessel auf und ging vor den beiden alten Herrschaften, die auf dem Sofa saßen, auf und ab.

„Dann soll uns die Moral also dreizehnhundert Mark kosten", sagte Elsa bitter. „Gerecht ist das nicht. Und ich glaube ja nicht, dass uns der Herr Generalvikar den Ausgleich zahlen würde. *Ihm* ist die Einhaltung der Moral das vermutlich nicht wert."

„Ganz bestimmt nicht", pflichtete Roman bei. „Leute wie Hengstmann lassen für ihre Moral immer die anderen zahlen. Oder hungern, wenn ich an meine Zukunft denke. Denn ohne Sie, Frau Elsa, muss ich Hunger leiden."

„Dann stellen Sie halt eine andere Haushälterin an", versetzte Elsa.

„Völlig ausgeschlossen!", protestierte der Weihbischof im Brustton tiefster Überzeugung. „In meinem Alter stellt man sich nicht mehr so leicht um. Die häusliche Ordnung ist die Grundfeste meines Wirkens. Deshalb lässt sich damit nicht so einfach herumexperimentieren."

Elsa und Josef hatten nicht gedacht, dass sie für den Weihbischof eine derart wichtige Rolle spielten. Er trat nun vor sie beide hin und sagte in feierlichem Ton, der auch einen unverkennbaren Anteil Grimm enthielt: „Wenn sich gar keine andere Lösung ergibt, bin ich bereit, dem moralisch unanfechtbaren Lebensgefährten meiner Haushälterin die Witwerrente aus meinem Sparguthaben zu zahlen, auch über meinen Tod hinaus."

Die beiden alten Leute sahen sich überrascht an. Das war mehr als sie von Roman erwarten durften und Josef wusste nicht, ob er das Angebot annehmen konnte. Immerhin entschieden sie darüber nachzudenken.

Unruhig wälzte Sylvie sich in ihrem Bett herum. Schließlich fuhr sie aus bleiernem Schlaf auf. Benommen sah sie auf die leuchtenden Ziffern ihres Radioweckers. Erst zwei Uhr morgens. Die Nacht erschien ihr endlos. Sie stand auf, ging in die Küche und trank ein Glas Wasser. Ihre Kehle war wie ausgetrocknet. Genau wie ihr Herz, das sich nach Adrian sehnte. Seit sie sich wieder begegnet waren, war sie regelrecht liebeskrank. Sie musste etwas dagegen tun. Bloß was? Adrian hatte Recht, wenn er sagte, sie dürften sich nicht wiedersehen, denn dann würde alles nur wieder von vorne anfangen, und das Ergebnis würde noch verheerender sein als beim ersten Mal. „Lieber Gott“, flüsterte Sylvie, „mach, dass diese verdammte Sehnsucht endlich vergeht.“

Nachdem sie sich vergewissert hatte, dass Marie friedlich schlief, kehrte auch sie ins Bett zurück. An Schlaf war jedoch nicht zu denken, denn hinter ihrer Stirn drehten die Gedanken sich wild im Kreis. Ein Glück, dass Beat am nächsten Tag von seiner Geschäftsreise zurückkommen würde. Schon viel zu lange hatte er sie allein gelassen. Sylvie beschloss, ihn zu überraschen, indem sie ihn vom Flughafen abholte. Und später würden sie sich einen romantischen Abend machen. Dieser Gedanke besänftigte ihr aufgewühltes Gemüt ein wenig, sodass sie schließlich einschlief.

Von Beats Sekretärin erfuhr Sylvie am nächsten Morgen, wann das Flugzeug ihres Mannes landete. Ungeduldig erwartete sie ihn am Ausgang des Gates.

Eine Aktentasche in der einen Hand und einen Koffer mit der anderen hinter sich herziehend, trat Beat durch die automatische Tür. Sylvie rief seinen Namen. Als er sie bemerkte, kam er erfreut und überrascht zugleich auf sie zu. Bisher hatte sie ihn so gut wie noch nie abgeholt, wenn er von einer Geschäftsreise zurückkam.

„Gibt es etwas Besonderes?“, fragte er, nachdem er sie begrüßt hatte.

Sylvie schüttelte den Kopf. „Alles normal.“

„Normal ist das Beste.“

„Heute Abend ist übrigens Hausmusik bei meinen Eltern“, teilte Sylvie mit. „Aber ich dachte, nachdem du so lange weg warst, gehen wir beide lieber irgendwo schön essen. Der Babysitter ist schon bestellt.“

Beat überlegte kurz und schüttelte dann den Kopf. „Essen gehen können wir auch ein anderes Mal“, sagte er. „Wir sollten uns nicht von der Familie absondern, das ist nicht gut. Außerdem haben wir den anderen Musikern gegenüber eine Verpflichtung.“

Sylvie nickte und senkte enttäuscht den Kopf. Die Gründe waren nur vorgeschoben, das spürte sie deutlich. Beat wollte einfach nicht mit ihr allein sein. Seine Zuversicht, sie könnten den Bruch in ihrer Ehe wieder kitten, war längst einer Ernüchterung gewichen.

Nach und nach rollten Teilnehmer und Zuhörer des Sanwaldt'schen Hausmusikabends heran. Nur Johannes und Afra hatten sich entschuldigt, da Johannes an diesem Nachmittag von einer ausgedehnten Geschäftsreise zurückgekommen war und sie den Abend in trauter Zweisamkeit zu Hause verbringen wollten. Josef und Elsa saßen zwischen den Zuhörern und lächelten immer wieder vergnügt in sich hinein. Berthold hatte ihnen seinen Plan mitgeteilt und sie hatten sich sofort einverstanden erklärt. Vorläufig wollte man dem Weihbischof nichts davon sagen. Es sollte eine Überraschung für ihn werden.

Dass die Familienharmonie irgendwie gestört war, merkte Berthold an diesem Abend auch an der musikalischen Harmonie. Während Sylvie den anderen im Tempo hinterherhing, spielte Beat geradezu verbissen die Noten herunter ohne sie freilich mit Ausdruck und Leben zu füllen. Während seine Frau ihn betrachtete, hörte sie schließlich ganz zu spielen auf. Es schien, als veranlasse Beats Anblick sie, angestrengt über etwas nachzudenken.

„Aufhören", rief Berthold ungehalten dazwischen. „Was ist denn mit dir, Sylvie? Ein bisschen mehr Konzentration, bitte!"

Doch statt seinem Wunsch zu entsprechen, erhob Sylvie sich von ihrem Platz, legte die Oboe hin und verließ eiligen Schritts den Salon. Als Erklärung gab sie im Hinausgehen lediglich an, sie müsse dringend weg.

Beat sah ihr erstaunt nach. „Was soll das denn?", fragte er empört.

„Erklär ich dir morgen", entgegnete Sylvie.

Mit diesen Worten war sie endgültig zur Tür hinaus. Beat sprang auf und wollte ihr nach, doch Patty hielt ihn zurück. „Bleib besser hier, Beat", meinte sie. „Wenn Sylvie so ein Gesicht macht ist sie nicht aufzuhalten." Nur widerwillig hörte er auf seine Schwägerin und setzte sich.

„Dann spielen wir eben die Mozart-Sonate", verkündete Berthold. „Die geht auch ohne Sylvie."

Während die Hausmusiker sich wieder sammelten, startete Sylvie ihren Wagen und fuhr los. Sie musste jetzt mit jemandem sprechen. Mit jemandem, der auch schon in einer so ähnlichen Situation gewesen war. Afra. Hatte sie dem Kloster gegenüber nicht auch ein Gelübde abgelegt und sich später doch für ein Leben mit Johannes entschieden?

Fiebernd vor Unruhe kam Sylvie vor der Villa der Hängsbergs an. Sie sprang aus dem Wagen und läutete Sturm. Nach einer Weile trat Johannes im Bademantel aus der Haustür um zu sehen, wer an der Einfahrt stand. Als er Sylvie erkannte, sagte er: „Wir sind schon im Bett", erklärte er. „Ist irgendwas passiert?"

„Ich muss dringend mit Afra sprechen", sagte Sylvie, während sie auf Johannes zukam.

Während Sylvie im Wohnzimmer wartete, holte Johannes seine Frau. Unschlüssig sah sie ihren Mann an. Eigentlich gehörte sie nicht zu Sylvies Vertrauten.

„Tut mir Leid, dass ich so spät noch störe", entschuldigte sich Sylvie, als Afra eintrat, „aber du bist die einzige, die mir helfen kann."

Afra nahm neben ihr Platz. „Dann erzähl mal", forderte sie Sylvie auf.

Sie berichtete daraufhin zunächst von ihrem Wiedersehen mit Adrian und dann von all den fruchtlosen Versuchen Beats Vertrauen und Zuneigung wiederzugewinnen und ihre Ehe zu retten. „Als ich ihn heute Abend so eifrig musizieren sah", schloss sie, „habe ich begriffen, dass ich es nie schaffen werde, ihm wichtiger zu sein als seine Arbeit und seine Pflichten."

„Lüg dir nichts in die Tasche", entgegnete Afra. „Mir scheint das Wiedersehen mit Adrian viel entscheidender für das erneute Aufbrechen deines Konfliktes zu sein."

Sylvie schüttelte heftig den Kopf. „Adrian steht nicht zur Debatte. Was immer er für mich empfinden mag, er will jedenfalls keine Fortsetzung unserer Affäre. Seine Familie ist ihm offensichtlich wichtiger. Ich werde aus ihm nicht schlau. Aber das ist auch nicht so wichtig, denn mir ist klar geworden, dass ich mich nur auf ihn eingelassen hab, weil in meiner Ehe schon vorher was nicht gestimmt hat. Und zwar von dem Zeitpunkt an, als Beat die Firma geerbt hat."

Afra sah Sylvie nachdenklich an. Sie fragte sich wieder, warum sie mit ihren Problemen ausgerechnet zu ihr kam. Aber dann fing sie an zu verstehen. Vater, Mutter, Schwester – sie alle schienen ihr wohl zu nah um unvoreingenommen ihre Gefühle zu begreifen.

„Ich frage dich, Afra", fuhr Sylvie fort, „wärst du im Kloster geblieben, wenn du dich nicht in Johannes verliebt hättest, nur weil du ein Gelübde geleistet hast? Du warst doch vorher schon nicht mehr von der Richtigkeit deiner Entscheidung überzeugt. Soll man also aus Vernunftsgründen, aus Rücksichtnahme und Loyalität etwas weiterleben, das eigentlich rettungslos kaputt ist?"

Afra beugte sich vor. „Soll man? Muss man? Darf man?", sagte sie. „Du solltest dir klar werden, was *du* willst und das dann tun – ohne Rücksicht auf Beat, deine Familie oder irgendjemanden sonst. Ob es sich als richtig oder falsch herausstellt, wirst du sehen. Auf jeden Fall ist es das einzig Wahrhaftige. Und darauf kommt es an."

Sylvie nickte. Was Afra sagte, hörte sich im ersten Moment einfach an. In Wahrheit aber war es das Schwerste überhaupt.

Die Sanwaldts hatten sich in ihren besten Sonntagsstaat geworfen. Es ging ja auch um einen feierlichen Anlass. Wo blieben nur die beiden Hauptakteure? Aber das war nicht die einzige Sorge der beiden. Berthold versuchte schon den ganzen Morgen Sylvie zu erreichen. Ihr seltsames Verhalten vom Vorabend gab reichlich Anlass zur Sorge. Dass nur ständig der Anrufbeantworter lief, wirkte da nicht gerade beruhigend. „Wir schauen auf der Rückfahrt mal bei den beiden vorbei", schlug Margot vor.

Endlich kamen Josef und Elsa. Elsa trug ein fesches Dirndlkleid, Josef seinen besten Anzug. Die beiden berichteten, dass der Weihbischof sich über den unangekündigten Ausflug ziemlich gewundert, sich zuletzt aber mit der Erklärung zufrieden gegeben habe, sie müssten einen dringenden Verwandtenbesuch machen.

Tatsächlich aber standen Elsa und Josef knapp drei Stunden später in einer kleinen österreichischen Kirche vor dem Altar um sich für den Rest ihres Lebens im Angesicht Gottes das Jawort zu geben. Obwohl außer den Sanwaldts, die die Trauzeugen waren, keine weiteren Hochzeitsgäste eingeladen waren, hätte die Zeremonie kaum feierlicher sein können.

Eher ausgelassen ging es dafür nachher im Dorfgasthof zu, wo die vier den Ehrentag bei einem üppigen Festmahl feierten. Berthold ließ sich nicht lumpen und spendierte eine Flasche Champagner.

„Vielen Dank auch", lachte Josef und fügte verschmitzt hinzu, „obwohl wir uns den Schampus nun auch selbst hätten leisten können. Schließlich sind wir verheiratet und ich muss trotzdem nicht auf meine Witwerrente verzichten."

Das frisch getraute Brautpaar und Margot sahen Berthold zufrieden an. Das hatte er wirklich geschickt eingefädelt. Wer von ihnen hätte schon geahnt, dass man in Österreich eine kirchliche Trauung vor der zivilrechtlichen vollziehen konnte und dass letztere auch später in Deutschland nicht nachgeholt werden musste? Auf so was konnte nur Berthold kommen.

„Trinken wir auf das Brautpaar", sagte er und hob sein Glas.

„Und auf Sie, Herr Sanwaldt", fügte Josef hinzu, „denn ohne Sie und Ihre österreichische Lösung wäre es nie zu dieser glücklichen Wendung gekommen!"

Es war schon später Nachmittag, als die vier die Heimreise antraten. Je mehr man sich München näherte, desto mehr zogen auch die dunklen Sorgenwolken über dem eben noch so sonnigen Gemüt der Sanwaldts auf. Sie machten einen kleinen Abstecher zur Villa der Wettenbergs um nach Sylvie zu sehen. Doch auch nach mehrmaligem Klingeln machte niemand auf. Nicht einmal Elisabeth und Sebastian waren zu Hause.

Berthold und Margot wollten schon wieder ins Auto steigen, als sie in einiger Entfernung einen Mann sahen. „Ist das nicht Adrian?", fragte Berthold mit sich rasch verfinsternder Miene.

Es war Adrian. Als er die Sanwaldts erkannte, wandte er sich um und ging zu seinem Wagen zurück. Berthold geriet beim Anblick des Mannes, der seiner Meinung nach die Ehe seiner Tochter zerstört hatte, derart in Rage, dass er ihm nachlaufen wollte um ihn davor zu warnen, Sylvie noch mal zu nahe zu kommen. Doch Margot hielt ihren Mann zurück. „Das muss Sylvie schon selber machen", sagte sie. „Sie ist schließlich erwachsen."

Tags darauf lenkte ein gut gelaunter Generalvikar Hengstmann seine Schritte auf die Villa des Weihbischofs Rottmann zu. Am Morgen hatte er die Kopie eines Fax erhalten, das an Roman adressiert gewesen war und ihn zu einem Gesprächstermin nach Rom rief – zur Vorbereitung seiner Ernennung zum Kardinal, wie man vermuten durfte. Hengstmann befand sich in der Vorfreude des kommenden Triumphes, denn er glaubte seinem geistlichen Mitbruder so oder so eins auszuwischen: Entweder er musste auf seine Haushälterin verzichten oder auf die Kardinalswürde. Denn dass die beiden alten Leute dem Weihbischof zuliebe heirateten und damit auf die Rente verzichteten, die sie dringend brauchten, war nicht anzunehmen.

Romans Miene verdüsterte sich schlagartig, als er den Generalvikar erblickte. „Was willst du denn hier?", fragte er seinen Gast, obwohl er es genau wusste.

„Ich habe heute Morgen die Kopie eines Faxes aus Rom bekommen, das an dich gegangen ist", erklärte der Generalvikar. „Wir wissen beide, warum man dich sehen will. Aber bevor du fährst, muss ich wissen, wie du die leidige Geschichte mit deiner Haushälterin geregelt hast. Sollte sich in dieser Sache nichts getan haben, so..."

„Jaja“, fuhr Roman dem Generalvikar ins Wort und machte eine abfällige Handbewegung. Er glaubte noch immer, Elsa und Josef hätten in Österreich lediglich einen Verwandtenbesuch gemacht.

In diesem Moment trat Elsa in das Arbeitszimmer ihres Dienstherren. Sie begrüßte den Generalvikar mit ausgesuchter Höflichkeit und fragte ihn dann, ob er auch zum Mittagessen bleibe. Es gebe gefüllte Kalbsbrust mit Knödel und Kraut. „Schön wär's ja, wenn Sie Zeit hätten“, fügte sie hinzu, „denn dann könnten Sie gleich mit uns anstoßen.“

„Bloß nicht so schnell“, versetzte der Generalvikar, „noch ist unser lieber Weihbischof nicht Kardinal.“

Elsa winkte ab. „Davon rede ich nicht.“

Nun wurde auch Roman neugierig. „Was gibt es denn dann zu feiern?“, fragte er.

„Unsere Hochzeit halt“, antwortete Elsa und strahlte dabei über das ganze Gesicht. „Der Josef und ich haben gestern geheiratet.“

Der Generalvikar und Roman machten lange Gesichter. „Ihr habt was?“, fragte der Weihbischof.

„Nicht böse sein“, bat Elsa. „Wir wollten keine große Geschichte draus machen. Freilich, schade ist es schon, dass Sie uns nicht getraut haben, aber der österreichische Pfarrer hat auch sehr schön gesprochen. Und außerdem kann der Josef jetzt seine Witwerrente behalten, weil wir nur ein kirchliches Ehepaar sind und kein staatliches.“

„Das ist ja nicht zu fassen!“, rief Roman erleichtert aus. „Wem um alles in der Welt ist das denn eingefallen?“

„Deinem Freund Sanwaldt, nehme ich an“, sagte der Generalvikar missmutig. „Unter diesen Umständen wünsche ich dir eine gute Reise nach Rom. Auf Wiedersehen!“ Damit verschwand er. Offensichtlich war ihm der Appetit auf gefüllte Kalbsbrust vergangen.

Schon seit einer halben Stunde saß Adrian regungslos hinter seinem Schreibtisch und starrte auf das Modell von Wanda Kaisers Gartencenter. Doch es war nicht das Modell, das ihn beschäftigte. Seine Gedanken gehörten einzig und allein Sylvie.

Immer wieder sah Thommy, der am Computer arbeitete, zu Adrian herüber. Schließlich meinte er sarkastisch: „Das hier ist kein buddhistisches Meditationskloster, sondern eine Ideenwerkstatt."

Adrian blickte auf. „Ich weiß", sagte er dann.

„Warum benimmst du dich also nicht danach? Probleme sind dafür da, gelöst zu werden."

Wo er Recht hat, hat er Recht, dachte Adrian. Seine Lethargie legte sich schlagartig. Er schnellte hoch, schnappte sich seine Lederjacke, die über der Stuhllehne hing und lief mit großen Schritten zur Tür.

„Vergiss deinen Termin bei Frau Garten-Kaiser nicht", rief Thommy ihm zu.

„Frau Garten-Kaiser kann mich mal", versetzte Adrian und knallte die Tür zu.

Während er nach unten rannte, wurde er sich immer klarer, dass er alles falsch gemacht hatte. Er hatte geglaubt, es sei richtig Sylvies Ehe zu retten, die familiäre Harmonie zu bewahren. Zum Teufel mit der familiären Harmonie! Er liebte Sylvie und er wollte nicht ohne sie leben. Das war es, was er ihr schon längst hätte sagen sollen.

Mit quietschenden Reifen fuhr Adrian wenig später los. Auf dem Weg zur Villa Wettenberg übertrat er so ziemlich alles, was es an Geschwindigkeitsbegrenzungen und Vorfahrtsregeln gab. Die dumpfe Angst, er könne zu spät kommen, trieb ihn an. Aber wieso zu spät?

Vor dem Haus angekommen sprang Adrian aus dem Wagen und drückte auf den Klingelknopf neben der verschlossenen Einfahrt. Trotzdem dauerte es eine Weile, bis die Haustür aufging und jemand heraustrat. Adrians Atem stockte. Beat. Er hatte nicht damit gerechnet, ihn anzutreffen. Wieso war er nicht in der Firma?

Die beiden Männer starrten sich feindselig an. Adrian wich nicht von der Stelle. Er hatte einmal das Feld geräumt, er wollte diesen Fehler nicht noch mal begehen. „Ich muss Sylvie sprechen, Beat!“, sagte er mit Nachdruck.

„Das muss ich auch“, entgegnete Beat kühl. „Sylvie ist nicht da. Und ich habe keine Ahnung, wo sie steckt.“

AUF BEWÄHRUNG

Es wurde nun schon Winter und noch immer wusste niemand, wo Sylvie steckte. Sie hatte kurz nach ihrem Verschwinden ihren Eltern und Beat Briefe geschrieben, in denen sie mitteilte, sie müssten sich keine Sorgen um sie machen, denn es gehe ihr gut. Sie wolle ihre Leben jetzt selbst in die Hand nehmen und müsse deshalb jede familiäre Einflussnahme vermeiden.

Je länger seine Tochter fort war, desto weniger wollte Berthold glauben, dass mit ihr tatsächlich alles in Ordnung war. Sylvie war unreif und launisch, heute ging es ihr gut, morgen war sie zu Tode betrübt. Nicht zuletzt deshalb hatte sie als Teenager einen Selbstmordversuch unternommen. Berthold war in Sorge, dass das wieder passieren könnte.

Margot versuchte seine Bedenken zu zerstreuen. „Red dir nichts ein", sagte sie, während sie neben ihrem Mann am Fenster stand und in den verschneiten Garten hinausblickte, „Sylvie ist heute viel erwachsener als damals. Außerdem hat sie Mariechen. Sie würde das Kind niemals allein zurücklassen."

Zufällig traf Weihbischof Rottmann Sylvie in einer Einkaufspassage in der Stadt. Im ersten Moment wirkte sie ein wenig verlegen, aber dann versicherte sie glaubwürdig, dass es ihr gut ginge und niemand sich sorgen müsse. Außerdem versprach sie sich bald zu melden.

„Ich werde eine Kerze für dich anzünden", versprach der Geistliche beim Auseinandergehen.

„Das ist lieb, Onkel Roman", entgegnete Sylvie. Ihr war anzusehen, dass der Schimmer familiärer Wärme, der ihr mit Roman wieder begegnete, sie tief bewegte.

Zurück aus der Innenstadt, machte der Weihbischof sein Versprechen sofort war, indem er in den Dom ging und vor der Madonna eine Kerze anzündete. Dabei beobachtete ihn der Generalvikar, der Roman in der Kirche verschwinden sehen hatte und ihm gefolgt war.

„Die Kerze kannst du dir sparen", sagte er nun.

Roman wandte sich um. „Wieso?"

„Der neue Kardinal wurde heute ernannt. Man hat nicht dich ausgewählt, sondern den Bischof von Mainz." Seine Genugtuung war unverkennbar.

Doch zum Erstaunen des Generalvikars trat ein entspanntes Lächeln auf Romans Gesicht. „Wenn es so ist", sagte er, „dann zünde ich gleich noch eine Kerze an. Aus Dank, dass dieser Kelch an mir vorübergegangen ist. Ein Ehrgeizling wie du mag ein hohes Amt für eine Gnade halten. In Wahrheit ist es eine Bürde." Während er den Generalvikar schweigend ansah, wurde sein Lächeln immer verschmitzter. Dann fuhr er fort: „Du solltest aus Dankbarkeit ebenfalls eine Kerze spenden. Schließlich bleibe ich dir jetzt erhalten. Du wirst also noch viel Freude mit mir haben."

Der Generalvikar zog die Brauen zusammen und verließ ärgerlich die Kirche. Wenn er etwas nicht vertrug, dann war es Romans ironischer Spott.

Erneut zogen drei Wochen ins Land, in denen man von Sylvie nichts hörte. Eines Tages aber, als Elisabeth von Wettenberg bei einem Einkaufsbummel auch ins Kaufhaus Obermann ging, glaubte sie ihren Augen nicht zu trauen. Zwischen den Kleiderständern und Regalen erblickte sie plötzlich Sylvie. Elisabeth sprach sie nicht an, sondern verließ sogleich das Kaufhaus und verständigte Beat.

Beat hatte sich schon fast damit abgefunden, dass seine Ehe gescheitert war. Er vermutete, Sylvie sei inzwischen mit Adrian zusammen. Eigentlich war es ihm aber egal. Das einzige, was ihn noch interessierte, war seine Tochter. Nur aus diesem Grund begleitete er seine Mutter zwei Tage später ins Kaufhaus Obermann. Aus einiger Entfernung beobachteten sie Sylvie bei der Arbeit.

Beat hatte bald genug gesehen und verließ den Laden. Seine Mutter hatte alle Mühe mit ihm Schritt zu halten. Es war unverkennbar, dass das Wiedersehen ihn aufwühlte. „Wo sie Marie in der Zwischenzeit wohl hat?“, fragte er Elisabeth, als sie wieder auf der Straße waren.

„Bei den Sanwaldts ist sie nicht“, erklärte sie. „Vielleicht hat Sylvie sie in einem Hort untergebracht.“

„Das ist doch absurd!“, rief Beat wütend aus. „Sylvie hat es nicht nötig zu arbeiten. Aber vielleicht hat ihr das dein dreimal verfluchter Bruder eingeredet, weil ihm selbst das Arbeiten schon wieder zu viel geworden ist und er eine Frau braucht, die ihn aushält, nachdem er von dir nichts mehr bekommt.“

Elisabeth wusste, dass Beat das nicht wirklich glaubte. Adrian war nach wie vor sehr engagiert im *Kreativ-Team* tätig und verdiente dort gut. „Ich werde mal mit Adrian reden“, sagte Elisabeth schließlich. „Vielleicht weiß er, was da los ist.“

Nachdem sie sich von Beat getrennt hatte, fuhr sie zu den Büros des *Kreativ-Teams* um mit Adrian zu sprechen. Die beiden Geschwister hatten losen telefonischen Kontakt, sahen sich aber nur selten. Doch je länger der Bruch zwischen ihnen her war, desto mehr sehnte Elisabeth sich danach, das vertraute Verhältnis von früher wieder herzustellen. Vor allem mit Rücksicht auf Beat unterließ sie es.

Adrian war erstaunt, sie zu sehen. Elisabeth fragte ihn rundheraus, ob er sich noch mit Sylvie treffe, was er ebenso deutlich verneinte. „Dann weißt du also nicht, dass sie im Kaufhaus Obermann als Verkäuferin arbeitet?“, fragte sie.

Adrian horchte auf. „Das höre ich zum ersten Mal", entgegnete er.

„Es ist unglaublich", seufzte Elisabeth. „Ihr Mann ist der Besitzer der größten Porzellanmanufaktur Europas und sie arbeitet als Verkäuferin."

„Was ja nichts Böses ist", versetzte Adrian.

„Aber was ist mit dem Kind! Acht Stunden am Tag befindet es sich in der Obhut von Menschen, deren pädagogische Befähigung mir mehr als zweifelhaft erscheint."

Adrian lächelte spitz. „Woher willst du das wissen? Kennst du die Leute etwa?" Elisabeth blickte zur Seite, sagte aber nichts. Deshalb fuhr ihr Bruder nicht weniger spöttisch fort: „Wenn ich mir überlege, wie viele pädagogische Kapazitäten auf mich eingewirkt haben, müsste ich ja ein hervorragendes Mitglied der Gesellschaft geworden sein."

Elisabeth fehlte im Moment jeder Sinn für Ironie. Deshalb überging sie Adrians Bemerkung einfach und bat ihn stattdessen: „Sprich du mit ihr, Adrian. Auf dich wird sie hören."

„Du vergisst, liebe Eli, dass sie mich ebenso aus ihrem Leben verbannt hat wie euch", erwiderte Adrian. „Seit sie weg ist, habe ich nichts mehr von ihr gehört. Außerdem ist Beat doch die Stimme der Vernunft, oder?" Auch darauf ging Elisabeth nicht ein. Sie bat ihren Bruder nochmals, diesmal mit größerem Nachdruck. Doch Adrian ging in diesem Moment ein anderer Gedanke durch den Kopf. Oft hatte Elisabeths Überbesorgtheit ihn gestört. Seit einiger Zeit aber vermisste er wenn schon nicht ihre Fürsorge, so doch ihre Anteilnahme an seinem Leben. Sie war für ihn weniger eine Schwester als vielmehr eine Mutter. „Wenn ich etwas an dieser Sache bedaure, Eli", sagte er, „dann ist es, dass ich dich verloren habe."

Zur gleichen Zeit fand im Foyer der *Margosan*-Verwaltung die Präsentation des neuen Tees statt. Margot und Johannes staunten über das lebhafte Interesse, das *Push,* so der Name des neuen Produktes, fand. Eine Vielzahl von Einkäufern waren sogar von weither gekommen um den Tee kennen zu lernen. Patty lief mit Tabletts voller Teegläser herum und achtete darauf, dass keiner der Besucher zu kurz kam. Aus gegebenem feierlichen Anlass hatte sie den Tee, der ausnahmsweise kalt ausgeschenkt wurde, mit Champagner gemischt, was einen erstaunlich erfrischenden Geschmack ergab, wie alle zugaben. Vielleicht war diesem Einfall auch die vergnügte Stimmung der Leute zu verdanken.

Doch für die Sanwaldts sollte das Vergnügen ein rasches Ende finden, denn Sylvie machte das Versprechen, das sie Roman gegeben hatte, wahr und tauchte überraschend ebenfalls auf der Feier auf. Patty bemerkte sie als erste und begriff auch die Absicht, die ihre Schwester dazu bewogen hatte, das Wiedersehen ausgerechnet hier stattfinden zu lassen. In der Öffentlichkeit würde das Donnerwetter ihres Vaters sicher um einiges milder ausfallen.

Sylvies Rechnung ging auf – und doch auch wieder nicht. Denn kaum waren sie zu Hause, da machte Berthold seiner lange aufgestauten Wut endlich Luft. Er ließ Sylvie gar nicht zu Wort kommen, sondern schrie sie nur an:

„Da glaubt man alles für seine Kinder zu tun, und man darf dafür nicht einmal erwarten, dass sie einem sagen, wo sie sich aufhalten.“

Sylvie saß neben Patty auf der Couch in der Bibliothek und ließ alles über sich ergehen. Sie hatte sich für ihre Rückkehr einen denkbar schlechten Zeitpunkt ausgesucht. Berthold war mittlerweile auf so ziemlich jede seiner Töchter sauer. Patty hatte, ohne ihn um Rat zu fragen, beschlossen, ein Semester internationales Recht in Toronto zu studieren, und sogar die kleine Verena hatte sich mit ihrer Kindergärtnerin angelegt, weil ihr deren Anweisungen nicht in den Kram passten.

Margot stand an Bertholds Schreibtisch gelehnt und sah zu, wie ihr Mann seinen Töchtern die Leviten las. „Es kommt doch nichts dabei heraus, wenn du hier rumschreist", sagte sie spitz, als Berthold eine Verschnaufpause machte. „Lass Sylvie erstmal erzählen, was los war."

Berthold fuhr herum und sah seine Frau mit einem bösen Blick an. So einen Blick hatte sie an ihm noch nie gesehen. „Fall du mir nicht auch noch in den Rücken", stieß er aus.

„Das tue ich nicht", versetzte Margot. „Ich appelliere lediglich an deine Vernunft."

„Dann bin ich es also, der hier unvernünftig ist", fuhr Berthold sie absichtlich missverstehend an. „Was hab ich denn getan? Ein Leben lang gearbeitet und mich um meine Familie gekümmert, meine eigenen Interessen zurückgestellt, während jede meiner Töchter stets ihren Dickkopf behauptet hat." Er machte eine kleine Pause, in der er Sylvie und Patty zornig ansah. Plötzlich blitzten seine Augen auf. „Wisst ihr was?", sagte er. „Jetzt werde ich mal wegrennen und mich selbst verwirklichen!" Damit rannte er aus der Bibliothek.

Margot ließ ein paar Minuten verstreichen, in der Hoffnung, er könne sich bis dahin wenigstens wieder ein klein wenig beruhigt haben. Schließlich folgte sie ihm ins Schlafzimmer, wohin er sich verzogen hatte, und fand ihn, wie er einen Koffer packte. „Wo willst du denn hin?", fragte sie, lässig am Türrahmen lehnend.

„Weiß nicht", erwiderte Berthold, „vielleicht auf die Bahamas."

„Wieso fragst du mich nicht, ob ich mit will?"

Er unterbrach seine Tätigkeit und sah Margot zornig an. „Du hast doch überhaupt keine Zeit, für nichts und niemand. Bloß für deine Firma."

„Aha, daher weht also der Wind", versetzte Margot. „Du bist nicht nur auf deine Töchter, sondern auch auf deine Frau sauer." Margot wusste zu genau, dass sein Vorwurf nicht unberechtigt war. In den letzten Wochen vor der Markteinführung des neuen Tees war sie wirklich kaum zu Hause gewesen.

Berthold war unterdessen fortgefahren zu packen. „Ich bin doch so was von unwichtig hier", schimpfte er, während er wahllos Hemden und Unterwäsche in den Koffer warf, „und zwar für alle." In seiner blinden Wut wollte er Margot absichtlich verletzen.

„Denkst du das wirklich?", fragte sie.

„Allerdings."

„Na, dann gute Reise."

Kurze Zeit später fuhr ein Taxi vor. Den Koffer in der Hand verließ Berthold das Haus und stieg ein. Und weg war er.

Sylvie hatte sich das Wiedersehen mit ihrer Familie wirklich anders vorgestellt. Sie hatte sich den ganzen Nachmittag frei genommen und nun war es erst drei Uhr und sie war schon wieder auf dem Weg nach Hause. In ziemlich gedrückter Stimmung. Dass die Wut ihres Vaters berechtigt war, gab sie ja gerne zu. Aber musste er deshalb gleich so ausrasten?

Sie stieg die Treppe des Mietshauses hoch und kramte gedankenversunken den Wohnungsschlüssel aus ihrer Manteltasche. Doch dann blieb sie wie angewurzelt stehen. Vor ihrer Tür saß Adrian. Als er sie bemerkte, stand er auf.

„Adrian", sagte sie. „Wo kommst du denn her? Wer hat dir gesagt, wo ich wohne?"

„Eine Kollegin von dir im Kaufhaus", entgegnete er.

Vorsichtig kam Sylvie näher. Der Ärger in ihrem Elternhaus war völlig vergessen. Adrian vor sich zu sehen, brachte ihre Gefühle durcheinander und ließ alles andere unwichtig erscheinen. Ihr Verlangen brach so unvermindert hervor, als wären sie nie getrennt gewesen. Aber sie durfte ihm nicht nachgeben.

Sylvie versuchte Adrian nicht zu zeigen, was sie fühlte. Doch kaum waren sie in der Wohnung verschwunden, da waren alle guten Vorsätze dahin. Sie lagen sich in den Armen und fielen geradezu mit gierigen Küssen übereinander her. „Ich liebe dich, Sylvie", beteuerte Adrian.

„Ich liebe dich auch", entgegnete Sylvie.

In diesem Moment erschien es ihnen, als ob es das Schicksal selbst war, das sie immer wieder zueinander führte.

Zwei Stunden später brachte Sylvie zwei Tassen Kaffee ins Schlafzimmer und reichte Adrian eine davon. Dann schlüpfte sie zu ihm unter die Decke und legte ihren Kopf an seine Schulter.

„Wenn ich in der Zeit unserer Trennung etwas begriffen habe", sagte er, „dann, dass ich ohne dich nicht leben kann."

Sylvie zweifelte nicht an der Aufrichtigkeit dieser Worte. Aber was war morgen? Er hatte in seinem Leben schon so oft seine Meinung geändert. „Wenn ich etwas begriffen habe", meinte sie, „dann dass ich nicht mit dir leben kann."

Überrascht ließ Adrian die Tasse, die er eben an die Lippen gesetzt hatte, wieder sinken.

„Was soll das heißen?", fragte er. „Gehst du wieder zu Beat zurück?"

Sylvie schüttelte den Kopf. „Beat ist in seiner Firma zu sehr eingespannt um einer Frau und einem Kind die nötige Aufmerksamkeit zu widmen", erklärte sie. „Ich mache ihm das nicht einmal zum Vorwurf. Es ist einfach so. Aber ich will nicht so leben."

„Wo steckt Marie überhaupt?", fiel Adrian ein.

„Bei einer Freundin hier im Haus. Sie hat selbst Kinder und passt auf sie auf, solange ich arbeite. Sie erwartet mich heute noch nicht zurück. Ich dachte ja, die Aussprache mit meinem Vater würde länger dauern. Aber er ist einfach weggerannt. Das ist überhaupt nicht sein Stil."

Adrian lächelte milde. „Der Mann wird doch auch einmal ausflippen dürfen", meinte er dann verständnisvoll. „Aber mich interessiert etwas anderes."

„Und was?"

„Warum du nicht mit mir leben kannst?"

Sylvie wandte sich um und sah ihn an. „Weil ich dir nicht traue, Adrian", sagte sie. „Du musst zugeben, dass du noch nie bei etwas geblieben bist. Schön, seit einer Weile arbeitest du. Aber für wie lange? Wer weiß, wann dich wieder der Hafer sticht. Jedenfalls möchte ich mein Leben nicht auf eine so unsichere Grundlage stellen."

„Dann ist es also aus mit uns?", fragte Adrian betroffen.

Sylvie senkte den Blick. Sie hatte lange gegen ihre Leidenschaft für Adrian angekämpft – erfolglos, wie ihr dieses Wiedersehen gezeigt hatte. Deshalb blieb ihr nichts anderes übrig, als sich in das zu fügen, was offenbar ihr Schicksal war.

„Wir werden unsere Liebe füreinander ausleben, solange sie hält", sagte sie.

„Wie großzügig von dir", entgegnete Adrian mit bissigem Spott. „Spielen meine Gefühle in deiner Kalkulation auch eine Rolle? Oder traust du mir keine echten Gefühle zu?"

„Du kannst jederzeit gehen, Adrian."

„Tolle Aussichten."

„Du kannst dich aber auch verändern. Du kannst mir zeigen, dass dein neues Leben mehr ist als nur ein Strohfeuer. Wenn es nur um mich ginge, würde ich dir vielleicht mehr zugestehen. Aber es geht vor allem um Marie. Sie braucht Sicherheit."

Adrian nickte.

„Dann bin ich also ein Mann auf Bewährung", entgegnete er lächelnd.

„Genau", sagte Sylvie und küsste ihn.

Seit über einer Woche war Berthold schon fort. In der Nachbarschaft machte bereits das Gerücht die Runde, im Haus der Sanwaldts stehe eine Scheidung an. Als Elsa davon erfuhr, schickte sie ihren Josef in die Stadt um für den Weihbischof eine besonders gute Flasche Kognak zu besorgen. Sie schenkte ihm dann ein Glas davon ein und trat zu ihm ins Studierzimmer.

Zunächst druckste Elsa nur herum, sprach von einem Schock, einer Enttäuschung, einem unfassbaren Schicksalsschlag. Roman schwenkte den Kognak im Glas und meinte nur lächelnd: „So schlimm war die Botschaft, dass ich nicht Kardinal werde, auch wieder nicht."

„Davon red ich doch gar nicht", versetzte Elsa. Erst jetzt wurde der Weihbischof hellhörig. Und dann endlich nahm Elsa auch das vermaledeite Wort Scheidung in den Mund. Roman nickte. „Du meinst Beat und Sylvie. Eine schreckliche Geschichte."

„Aber nein", widersprach Elsa erneut. „Ich rede von Margot und Berthold."

Ein Ausdruck des Entsetzens trat auf das Gesicht des Weihbischofs. „Wer sagt denn so was?", stieß er bestürzt aus.

„In der ganzen Nachbarschaft spricht man davon", teilte Elsa mit und fügte, ein wenig beleidigt, hinzu: „Margot hätte es mir wenigstens selber sagen können. Schließlich bin ich ihre älteste Freundin."

Roman hielt es nicht länger zu Hause. Obwohl es schon spät war, stattete er Margot einen Besuch ab. Die Miene, mit der sie ihn empfing, schien den Gerüchten Recht zu geben. „Bitte, Margot", sagte er wenig später, „sag mir, dass das nur das übliche Getratsche ist."

Margots Augen wurden noch trauriger. „Von Scheidung ist nicht die Rede", erklärte sie, „aber wir haben eine ernsthafte Krise. Ich hatte jetzt genug Zeit um über alles nachzudenken und ich finde, Berthold hat Recht. Wir erwarten alle nur, dass er funktioniert und für uns ein Fels in der Brandung ist. Jeder hat ihm das aufgehalst, wozu er selbst keine Lust hatte. Auch ich. Für ihn aber hatte niemand Zeit, nicht einmal ich, seine Frau. In der letzten Zeit war ich fast nur in der Firma."

Roman nickte. „Es ist ein Jammer", meinte er, „diese Einsichten kommen immer erst dann, wenn es zu spät ist."

Margot sah eine Weile vor sich hin. Dann blickte sie auf. Sie hatte Tränen in den Augen. „Vielleicht kommt Berthold ja überhaupt nicht mehr wieder", schluchzte sie. „Ich habe solche Angst, Roman."

Nachdem Beat erfahren hatte, dass Sylvie Marie tagsüber in fremde Obhut gab, hatte er sich sofort mit seinem Anwalt besprochen, ob es nicht Möglichkeiten gebe, das zu verhindern. Daraufhin hatte Sylvie ein Schreiben des Anwalts erhalten. Da sie an einer Schlammschlacht vor Gericht nicht interessiert war, verabredete sie sich mit Beat im Hofgarten zu einem Gespräch. Sie hoffte, der öffentliche Ort würde mäßigend wirken und emotionale Ausfälle vermeiden.

Die Begrüßung war so kühl wie der winterliche Morgen, an dem die beiden sich im Pavillon, dem vereinbarten Treffpunkt, gegenüber traten. Sylvie wusste zunächst nicht, was sie sagen sollte. Deshalb entschloss sie sich sofort zum Punkt zu kommen. „Ich bitte dich nichts zu unternehmen, Beat", beschwor sie ihn. „Meine Arbeit ist mir wichtig und Marie bei der Tagesmutter in den besten Händen. Frau Mertens hat sie wirklich sehr gerne."

„So weit ist es gekommen", versetzte Beat bitter, „dass unsere Tochter auf die Liebe einer wildfremden Person angewiesen ist."

Dieser Seitenhieb tat weh. Doch Sylvie schluckte ihre aufkeimende Wut hinunter. „Lass uns sachlich bleiben", bat sie ihn.

„Sachlich?", versetzte er. „Es geht um unsere Tochter. Außerdem ist das nicht so einfach, wenn man der gehörnte Ehemann ist. Ich weiß nicht, was du dir von Adrian versprichst. Sogar meine Mutter, die ihn noch immer abgöttisch liebt, auch wenn sie es nicht mehr so zeigt, macht sich über ihn keine Illusionen. Er ist unstet wie ein Fähnchen im Wind."

„Das sehe ich auch so", pflichtete Sylvie bei. „Deshalb will ich ja arbeiten. Ich will auf eigenen Füßen stehen."

Beat sah sie mit einem verständnislosen Blick an. „Was ist das nur für eine Liebe?", fragte er.

Sylvie zuckte die Schultern. „Ich weiß es nicht", entgegnete sie, „aber es ist eine."

Er merkte, dass er dagegen machtlos war. Außerdem war er zu sehr Verstandesmensch um sich auf lange Sicht Rachewünschen hinzugeben. Da er nun bemerkte, wie ernst es Sylvie mit allem war, lenkte er schließlich ein: „Wir werden schon einen Vergleich finden." Ein Lächeln trat auf seine Lippen. „Wie sagt dein Juristenvater immer? Ein vernünftiger Vergleich ist immer noch besser als eine eigensinnige Niederlage."

„Ja, und er sagt noch etwas: Es gibt für alles eine Lösung, wenn man sie nur will."

Ein letzter Blick in die Augen, die er einmal geliebt hatte und immer noch liebte, dann wandte Beat sich um und ging. Sylvie sah ihm lange nach. Beat hatte das alles nicht verdient. Aber es war nun einmal nicht zu ändern.

Sechs Wochen war Berthold nun schon fort, und noch immer hatte er kein Lebenszeichen von sich gegeben. Konnte seine Wut wirklich so lange anhalten? Und wenn, was bedeutete das dann? Kam er vielleicht überhaupt nicht mehr wieder? Oder nur noch um die Trennung endgültig zu vollziehen? Margot lag in vielen langen Nächten wach und stellte sich diese Fragen wieder und wieder.

Patty war die erste, die gegen die Lethargie, die sich über die Villa Sanwaldt gesenkt hatte, aufbegehrte. „Ich bin dafür, dass wir mal wieder einen Hausmusikabend veranstalten", schlug sie beim Mittagessen vor. „Seit Papa weg ist, hat es keinen mehr gegeben."

Margot fand die Idee irgendwie nicht schlecht. Aber wen sollte sie einladen? Immerhin waren einige der üblichen Gäste in Sylvies Ehedrama verstrickt. „Wir laden alle ein und werden sehen, wer kommt", meinte Sylvie souverän, als Margot ihre Bedenken äußerte.

So geschah es. Und fast alle kamen. Die gesamte Familie Wettenberg war da, sogar Adrian, mit dem Beat inzwischen zumindest einen Waffenstillstand geschlossen hatte. Die beiden redeten nicht miteinander, aber sie duldeten sich zumindest. Und das war für den Anfang schon eine ganze Menge.

Während drinnen im Haus die Musik begann, fuhr vor der Villa ein Taxi vor. Wenig später stieg Berthold aus. Ohne seinen breitkrempigen Sonnenhut abzunehmen ging er ins Haus. Für einen Moment blieb er in der Tür zum Salon stehen. Dann trat er herausfordernd in die Mitte des Raumes und genoss die Überraschung, die so groß war, dass sogar die Musiker in ihrem Spiel innehielten.

„Ihr wart schon mal besser", sagte Berthold mit einem Zwinkern in den Augen. „Habt in letzter Zeit wohl zu wenig geübt, was?" Mit weitausholenden Schritten trat er ans Klavier, seinem angestammten Platz. „Noch einmal von vorne", sagte er, „und zwar im richtigen Tempo."

Liebevoll sah Margot ihren Mann an. Und er erwiderte den Blick. Da sah sie, dass auch er sie vermisst hatte: seine Frau, seine Töchter und die Freunde.

Als das Musikstück zu Ende gespielt war, wollten natürlich alle von Berthold wissen, wo er sich die ganze Zeit herumgetrieben hatte. So erfuhren die Gäste von einer ausgedehnten

Reise durch Australien, die allerdings ein ziemlich unerfreuliches Ende gefunden hatte, denn er hatte sich in der Hitze einen Sonnenstich geholt, der ihm drei Wochen Krankenhausaufenthalt einbrachte.

Nachdem die Gäste gegangen waren, hatte Margot ihren Berthold endlich ganz für sich allein. Sie nahm ihn fest in den Arm, drückte ihn an sich und sagte: „Du darfst nie wieder denken, dass du uns nicht wichtig bist, Berthold! Wir lieben dich und wir haben dich alle vermisst!"

„Ich glaube es dir ja", entgegnete Berthold. „Weißt du, als ich vor meiner Erkrankung die Wüsten Australiens erkundet und dabei diese Einsamkeit erlebt habe, wurde ich plötzlich richtig schwermütig. Da habe ich gemerkt, wie sehr ich euch vermisse... und all die Probleme, mit denen wir uns herumschlagen in unserer schwierigen Familie."

„Die so schwierig gar nicht ist", fügte Margot hinzu. „Denn welche Probleme wir auch immer haben, wir finden trotzdem stets wieder einen Weg zueinander. Und warum? Weil wir auch nach dem ärgsten Streit irgendwann damit anfangen, miteinander zu reden."

ENDE